講談社文庫

盤上に散る

塩田武士

講談社

もくじ

盤上に散る

プロローグ

首に振られたシッカロールが甘く香った。

湿った右の手のひらをランニングシャツで拭《ぬぐ》うと、少年は薄い座布団に胡坐《あぐら》をかいたまま薩摩《さつま》黄楊《つげ》の駒をつかんだ。

使い込まれて飴《あめ》色になったその将棋駒は、孔雀《くじやく》が羽を広げたような木目を描いている。漆《うるし》で盛り上がった桂馬《けいま》の文字が宙に浮いたのも束の間、ピシッという威厳のある音が部屋に響いた。おもいきりしならせた鞭《むち》で標的を打ったような厳しい音だった。

本榧《ほんかや》の六寸盤に放たれたその一手を見たとき、少年の父親は実際に鞭で打たれたような渋い顔つきをした。角刈りのごま塩頭を落ち着きなくかいて、唸《うな》り声を上げる。次の一手までしばらく時間がかかりそうだったため、少年は隣の作業場を見た。

黄楊の丸太が五、六本、壁に立てかけられていて、その対面の壁の隅に文机《ふづくえ》のような小さな作業台がある。台の上には漆が入った桶、版木《はんぎ》刀《とう》、蒔絵《まきえ》筆《ふで》、筆を洗う菜種油などが整然と並べられている。台の横に置いてある木製の小箱は、温度計と湿度計が付いた室《むろ》だ。

　作業場の向こうでは玄関の引き戸が開け放たれ、ぬるい風が漆の酸《す》っぱいにおいと女たちの話し声を運んできた。釣られるようにして、戸の下に置いてある蚊取り線香の煙が揺れる。

　張り詰めていた気持ちがふっと緩《ゆる》み、少年はそこで初めて、自分の肩がひどく怒《いか》っていることに気付いた。大きく息を吐いてから、首を回す。また、シッカロールの香りが鼻腔《びこう》をくすぐった。

　胡坐をかく父親が鋭《するど》い眼光で盤面を見て、呪文を唱えるように聞き取れない言葉を発する。そして、自らの考えを確認するように何度も頷《うなず》く。何か妙手を見つけた気配がする。

　少し、脈が乱れた。

　呼吸がしにくくなって、無理に息を吸い込んだ瞬間、父親の左手がぎこちない動作で駒台へ伸びた。持ち駒の銀が、全く予想外の升目《ますめ》を埋める。

「えぇ？」

　無意識のうちに少年の口から声が漏《も》れた。盤上に駒が一枚増えただけで、景色が変わったように思えた。状況を整理するため、ボロボロに破れた扇子《せんす》で頭に風を送る。

今、攻めているのは自分の方だった。相手は自陣を固めるしかないはずだ。だが、ずっと頭の中で組み立てていた攻防の筋道が、にわかに狂い始めた。

声を上げたものの、少年は内心の当惑を悟られまいと、余裕の素振りで両手の指を鳴らした。飛車を自在に動かして序盤から優勢を拡大していったのは、自分の方だ。それはこの盤面が証明している。

先ほど、桂馬を飛ばして相手の囲いを崩しにかかったのは、決して悪い手ではなかったはずだ。たかだか十年の人生ではあったが、こと将棋に関して言えば、少年の胸には哲学じみた格言がいくつも刻まれている。

苦し紛れの攻撃は自滅への第一歩である。

これは、父のハッタリだ。

そう言い聞かせても、妙に気になる手だった。これが五分の形勢ならば、まるで違う思考回路となっただろう。だが、今の少年の心には「余裕」という魔物が住みついていた。

将棋は敵玉を詰ますゲームだ。勝負が熱を帯びてくると、その本質が見えなくなる一瞬がある。少年はまず、相手の攻めを潰《つぶ》して安心を得ようとした。慎重と小心は紙一重ではあるものの、場合によっては「0」と「1」ほどの差が生じる。「無」と「有」を隔てる溝は、はてしなく深い。

少年は盤上のエアポケットに迷い込んだ。

手数が進むごとに局面が怪しくなっていく。

優勢だったはずが、いつの間にか五分となり、やがて差し込まれ始めた。望む方向とは逆に傾くと、引力に吸い寄せられるように敗北が近づいた。受けに回る時間が長くなるにつれ、少年の精神は徐々に蝕《むしば》まれていく。

この一戦には、決して負けられない理由がある。

それは少年の人生を賭けた対局だった。初めて経験する「真剣」の世界。翻《ひるがえ》って父親にも同じことが言えた。盤を挟んだ男たちは親子の結びつきを断ち、真剣師として互いの心を斬り合っていた。

銭湯に行ったばかりの体が汗ばむ。ランニングシャツを引き伸ばして顎《あご》の滴《しずく》を拭うと、無意識のうちに正座していた少年は前後に体を揺らした。起死回生の策は、八十一升のどこにも落ちていなかった。

飛車を持った父が将棋盤の腹で一度駒を打ち、大きな音を響かせて盤上に放った。飛車は敵陣に入ったことで龍王へと昇格する。

自玉を脅《おびや》かす殺し屋のような駒を見て、少年は平常心を失った。戒《いまし》めを忘れて「苦し紛れの攻撃」に転じ、結果「自滅」を招いた。簡単な五手詰めの局面になって、ついに少年の心が折れた。

しかし、投了の際になっても「参りました」の一言がどうしても言えない。これまで負けて悔しかったことは数えきれぬほどあったが、悲しいことは一度もなかった。この敗戦が意味することを噛み締め、かすれた声で「参りました」とつぶやいた。人前で泣いてはいけない。分かっているのに、堪《こら》えきれない涙が溢《あふ》れて止まらない。悲しみを抑え込もうとする気持ちが嗚咽《おえつ》へと変わる。

二人の間に残された最高級の盤と駒が、この家族を表していた。目元を拭った父が、時間をかけて体勢を変え、テレビの方へ這《は》っていく。その後ろ姿が切なくて、少年は咽《むせ》び泣いた。

父親がテレビにかけていた布をまくり、スイッチを捻《ひね》った。白黒の画面の中から几帳面《きちょうめん》な男の声が聞こえた。呆然《ぼうぜん》とする少年の視線の先で、地元の街並みが揺れている。アナウンサーはパリに本部を置く博覧会国際事務局が、大阪万博の開催を決定したと伝えた。

昭和四十年九月、大阪の街が変わろうとしていた。

第一章

1

深い霧が立ち込め、言葉や感情を包み込んでいく。

意識を根こそぎ持っていこうとする睡魔に抵抗を試みても、強めに設定されているであろう暖房が、闘う意志を溶かしてしまう。風呂にでもつかっているようで、場違いにもくつろいだ気持ちになる。

二月の真っ只中《まただなか》と言っても、今朝はさほど冷え込まず、午後になってから気温が上がった。だから、真冬の意気込みで暖房を入れるのは止《や》めてほしい。末端冷え性の人間が言うのだ。間違いない。

それと、もう一つ。規則正しいリズムで続く、この読経《どきよう》だ。さすが住職を務めるだけのことはあって、聞いているだけで肩の力が抜けてくる。あまり抑揚のない声のせいで、脳には常にアルファー波が出ている状態だ。せめてお経の意味が分かれば少しは頭も働くのだが、ひたすら繰り返される漢字の羅列《られつ》は英語以上にチンプンカンプンである。

と、胸の内でひとしきりの言い訳を終えた後、蒼井明日香《あおいあすか》は気を失った。ここ四、五日の生活を考えれば、それも無理はなかった。張れるだけの気を張り、流せるだけの涙を流した。もう、パスタを茹《ゆ》でる余力もない。しかし、タイミングが悪すぎた。

或いは、人生で最も寝てはいけない場面かもしれなかった。

母の葬儀——。正確に言えば、火葬後の繰り上げ初七日法要。

その最中に、明日香は眠ってしまったのだ。

ホスピスに入っていた母の容体《ようだい》が悪化し、泊り込みで看病を続けてきた。二日前の夜に亡くなってから、悲しみに暮れる間もなく、葬儀会社を選んで、母の引き取りや通夜・告別式の段取りを決めた。母の携帯電話から生前の友人と元いた勤め先の同僚をピックアップしてリストを作り、ひたすら同じ台詞《せりふ》を口にして、お別れの日程を伝えた。この日が来ることは分かっていたのに、縁起でもないと準備を怠《おこた》っていたツケが一気に回ってきたのだ。

兄弟や仲のいい従姉妹《いとこ》でもいれば、どんなに心強かったことか。しかし、一人っ子の彼女には頼るべき人がなかった。今さら実父の行方《ゆくえ》を追う気にもなれず、依頼心を捨てようと踏ん切りをつけた後は、持ち前の行動力を発揮した。

その延長線上に、この眠りがある。

腕に感覚があって、目を開けた。見上げると黒いパンツスーツの女性が頷いていた。葬儀会社の職員だ。

明日香はすぐに意識が飛んだと気付き、できるだけゆっくりと周囲を見回した。先ほどまで控室だった室内は椅子と荷物置きの台、ハンガーラックがあるだけで殺風景だ。幸い、彼女の睡眠に気付いている者はいない。むしろ、着席する約二十人の大半が目を閉じていた。

何とか恥をかかずに済んだようだ。

そこに油断が生じた。立った拍子《ひようし》に目が眩《くら》んだのだ。素早く動いた女性職員に支えられ、何とか転倒を免《まぬが》れた。

坊主頭の向こうに見える遺影。

一年と少し前、癌《がん》が見つかってから行った北海道旅行で撮ったものだ。函館《はこだて》朝市の景色は全て消え去り、薄くボケた桃色を背景に母の笑顔が浮かんでいる。小さな顔の輪郭とはっきりとした二重瞼《ふたえまぶた》、薄い唇は遺伝だと分かる。このときは朝から海鮮丼をペロリと平らげ、娘よりも旺盛《おうせい》な食欲を見せていた。

奇跡的に癌から甦《よみがえ》った人たちの本やブログをこと細かにチェックして、自分にできることを探した。癌に効くと言われている食材を取り寄せ、また、京都の寺へ癌封じのお守りをもらいに行ったこともある。母はそれらの僥倖《ぎょうこう》に恵まれると信じていた。だが、病魔は横柄《おうへい》に痩せ細った身体を蝕んだ。まさしく「蝕む」という表現の通り、癌細胞と抗癌剤の副作用に翻弄《ほんろう》され、少しずつ死へ向かっていった。

抹香《まっこう》をつかんだとき、また目が眩んだ。

情けなかった。十年前なら家に帰り着くまでは、気力で乗り切れただろう。しかし、今年四十路《よそじ》を迎える体は、思ったより疲れに正直になっていた。

合掌《がっしょう》する際、再び遺影に目をやった。

ホスピスに入ってからは、骨ばった顔に不器用な笑みを作って「ごめんね」と謝ってばかりいた母。贅沢《ぜいたく》をさせてやることも孫の顔を見せてやることもできなかった。手を合わせたまま、心中で母のように何度も「ごめんね」と繰り返した。

明日香が席に着くと、伯父《おじ》の邦夫《くにお》が焼香に立った。

横幅のある体を窮屈そうに丸めて焼香をする。母がまともに連絡を取り合っていたのは、この伯父一家だけだ。あとの親戚は邦夫が電話をして、連れてきてくれた。

明日香はこの伯父のことが好きだった。三十歳でテントや倉庫を作る会社を興《おこ》した彼は、高い縫製技術と徹底的にニーズに合わせる姿勢を看板に、着実な経営を続けてきた。仕事は細かいが、その反動のように私生活はだらしがない。女の影がちらついたり、度を超して酒を飲んだりするたびに妻と喧嘩《けんか》し、その都度母が仲裁に入っていた。それでも、人情家には違いなく、常時二十人以上の従業員を抱えて、バブルが弾《はじ》けた後も一人のクビも切らずに不況を乗り越えた。

その豪放な伯父が、大きな背中を震わせている。

明日香はまた、泣けてきた。同時にふと先ほどの精進落《しょうじんお》としの風景が甦った。初七日まで残る親戚で弁当箱を突《つつ》いていたときだ。沈黙を嫌うように邦夫が漏らした。

「明日香、叔母さんのこと聞いてるか？」

「叔母さん？　母の？」

「いや、おまえのや。俺と加奈子《かなこ》の妹や」

母に妹がいたなんて聞いたことがなかった。突然明らかになった親戚の存在に明日香は戸惑った。なぜ、叔母はここにいないのだろう。

邦夫が妻の方を見ると、彼女は乏《とぼ》しい表情で「また今度にしたら」と諫《いさ》めるように言った。小さな声だったが、この寂しい出席者の全員が耳にするには十分だった。それからまた、明日香は気まずい静けさの中に身を置いた。

明日香には母が生きた五十九年を物語る自信がない。親戚から母の青春時代の話や面識のない叔母のことを聞くと、自分の知らない母の一面が立体的に浮かび上がり、もっと話しておくべきだったと悔いが残る。

通夜も告別式も用意した五十席が埋まることはなかった。病気が発覚するまで母が勤めていた特許事務所の同僚や学友の姿もあったが、合わせて十人にも満たない。そのほとんどの人たちが両日とも参列してくれたことに救われたが、仕事と子育てで責任を果たしてきた結果を突き付けられたようで虚《むな》しさが募る。

「南無大師遍照金剛《なむだいしへんじようこんごう》、南無大師遍照金剛……」

長い数珠《じゅず》をジャリジャリと鳴らし、住職が囁《ささや》くように唱える。

焼香を機に離れていった睡魔が戻ることもなく、約三十分にわたる読経が終わった。椅子から立ち上がった住職は振り返って一礼すると、柔和《にゅうわ》な笑みを浮かべて喪主の明日香を見た。

「いやぁ、お疲れのことでしょう」

さすが修行を積んだだけのことはあり、福耳と丸い顔を見ているだけで安堵する。

住職は自身の肉親との別れについて話した後、真言《しんごん》宗の教えと親への感謝の気持ちをうまくまとめて説法した。普段は宗教関係者に「税金払え」などと思っているが、弱っている身にはありがたい言葉の数々だった。

涙ぐむ明日香を慰《なぐさ》めた後、住職はごく自然な様子で四十九日法要の案内をして去っていった。

「坊主丸儲けやな」

先ほどまで神妙な顔で目を伏せていた邦夫が、商売人の地を出して言った。妻に咎《とが》められるのもかまわず、姪《めい》に向かって「なぁ？」と同意を求めた。

「ほんまやで。戒名高《かいみよう》かったやろ？」

他の親戚の男が怒ったように言った。

「給料ひと月分飛びました」

放っておくのも悪いと思い、明日香は話に乗っかった。ようやく場に笑いが起こった。

「今日日《きようび》、パソコンで戒名考えるやつもあるらしいからなぁ。それを参考にしてつくる坊主もおるみたいやで」

「えげつないなぁ。鼻血出るわ」

「さっきの住職かて、夜はロレックスはめてラウンジ行くんちゃうか？」

「観音開きは仏壇だけにしとけっ」

邦夫を中心に盛り上がるおっさんたちを女たちが冷やかな目で見ていた。どちらにもついていけない明日香は、こういうときに兄弟がいれば、どれほど心強いかと思った。

会葬礼品の袋を下げた親戚一同を見送り、最後は伯父夫婦が残った。

「明日香ちゃん、堪忍やで。邦弘《くにひろ》が不義理してもうて」

邦弘とは伯父の一人息子で、刑事裁判を専門にしている弁護士だ。いつも「忙しいのに稼ぎがない」とぼやいているが、実際は秀才の息子を誇らしく思っていて、酒が入ると必ず無罪を勝ち取った覚醒剤事件の話をする。

「そんなことないよ。昨晩お通夜に来てくれただけでも十分や。邦弘兄ちゃんの助けを待っている人がいっぱいおるんやから」

明日香が従兄を持ち上げると、邦夫だけでなく伯母も顔を綻《ほころ》ばせた。

「困ったことがあったら、すぐに連絡するんやで。何でもするさかい」

伯父夫婦をタクシーに乗せると、一人控室に戻った。いつの間にかウエスト回りがきつくなっていて、早くスカートのホックを外したかった。パイプ椅子に腰を下ろし、眼底に溜《た》まった疲れを揉《も》みほぐすように目頭を押さえた。

「蒼井様、準備ができましたので」

男性スタッフがほんの少しだけ頰《ほお》を緩ませて言った。そのさじ加減の行き届いた表情を見て、明日香は微笑するにも気を遣う大変な仕事だと思った。

葬儀会館の地下駐車場で、スタッフが運転する車に乗り込んだ。これから自宅に行って、中陰壇《ちゅういんだん》を作ってもらう。

左手に住吉川《すみよしがわ》が見えた。階段のように連続する落差工に白泡が立ち、遊歩道として整備された両岸に、ジョギングや犬の散歩を楽しむ人々の姿がある。これまで幾度となく母と歩いた川沿いの景色には、何一つ特別な輝きはなかった。その住吉川に澄《す》んだ水を運ぶ六甲《ろっこう》山地の稜線は、傾く陽に照り映えている。

涙を堪えるためにきつく唇を嚙《か》んだ明日香は、一人になりたい、と切に願った。

2

遮光性《しゃこうせい》に乏しいカーテンが、鈍い陽光を浴びていた。

ベッドの上で何度か瞬《まばた》きした明日香は、直感的に「もう午後だ」と思った。部屋は薄暗かったが、不思議と確信めいたものがある。ベッドサイドの棚に置いてある折り畳みの携帯電話を開いた。

三時二十七分——もちろん午後の、だ。

充実した一日にはなりそうにない。半身を起こして凝り固まった右肩を押さえた。すっきりしない頭で、昨日の慌《あわ》ただしさを思い起こした。

中陰壇を設置してから自分の荷物を整理し、葬儀会社からもらったリストに従って今後の手続きに優先順位をつけた。

国民年金の死亡一時金の申請、住民票の世帯主変更、生命保険の受領、電気や水道等の名義変更、運転免許証の返納にクレジットカード、携帯電話の解約……など手続き関係だけでも気が滅入《めい》る。その上、香典返しの手配や四十九日までに仏壇と位牌《いはい》を用意し、さらに墓まで作らねばならない。

母子家庭の一人っ子、しかも独身とくれば、悲しみに暮れることも許してもらえないようだ。作業の途中で心が折れる音を聞いた明日香は、冷凍うどんをすりながら呆《ほう》けた様子でテレビを見て過ごした。時間をどう使っていいか分からなくなり、九時半ごろにはベッドに入った。

恐ろしいことに、あれから十八時間が経過している。

途中でトイレに行ったことはおぼろげに覚えているが、それもたかだか一、二分のことだろう。母が亡くなったばかりで不謹慎だが、死んだように眠っていた自分にあきれた。

深くため息をついたと同時に、面倒な作業をまた一つ思い出してしまった。

「加奈子の口座が凍結される前に、できるだけ預貯金を引き出しとけよ」

伯父の声が甦った。振り込め詐欺のせいか、銀行の企《たくら》みなのか、数年前から一日に引き出せる金額が随分《ずいぶん》と制限され、ＡＴＭがどんどん不便になっている。

「あー！」

ストレスが最高潮に達し、明日香はおもいきり叫び声を上げた。再びベッドの上に身を沈ませる。

「絶対不幸や」

自分でも驚くほど低い声が出た。

せめて甘えさせてくれる男でもいれば、と思うが、四十近くになると周りにいい男が残っていない。離婚した前の夫の顔など思い出すわけもなく、薄暗い未来に孤独を感じた。

手続きは全て明日から始めることにして、明日香は家の中で遺品を整理し始めた。トイレを済ませ、顔を洗ってから自分の部屋の向かいにある六畳間の襖《ふすま》を開けた。母の部屋である。２ＬＤＫのマンションは、女二人で住む分には何の問題もなかった。

東京に本社を置くＰＲ会社に勤めて今年で十七年になる。職場結婚した前の夫と八年前に離婚し、その翌年に大阪支社に転勤。慰謝料を頭金にし、神戸《こうべ》市内にマンションを買って母と暮らし始めたのだった。

母が特許事務所で働き、明日香もそれなりの収入を得ていたので、生活には若干《じゃっかん》の余裕があった。母が元気なときは一年に二回は旅行できたし、よく外食したり、コンサートを観に行ったりもした。

思ったことを口にするのは遺伝というやつだろう。小さな喧嘩は絶えなかったが、ストレスを溜めることはなかった、はずだ。少なくとも母の胃に癌が見つかるまでは、そう思っていた。

奥の壁面は腰高の本棚が幅を利かせ、びっしりとすき間を埋めている。百冊はあるだろうか。単行本が多いのは、読書家の母らしいと思う。棚の上に型の古いＣＤラジカセが置いてあり、隣のラックにＣＤケースが三十枚ぐらい積まれている。明日香は母がよく聴いていたポール・モーリアのベストアルバムを取り出してセットした。バイオリンの澄んだ高音を受けて、電子チェンバロが朝を思わせる爽《さわ》やかな旋律《せんりつ》を奏でる。「恋はみずいろ」だ。

音楽をかけただけで、主のいない部屋の鬱々《うつうつ》とした空気が霧散し、雲に遮《さえぎ》られた陽光までもが穏やかに映る。

本棚の隣、部屋の隅には使い込まれた三面鏡がある。明日香が物心ついたときから目にしているものだ。母はこの小さな椅子に座って、高い美容液を無駄にしないよう、慎重にスポイトの滴《しずく》を手のひらに落としていた。

押入れを開ける。上段のハンガーラックに洋服をかけ、下段に布団と毛布を入れている。ジャケットやシャツを一枚ずつとっては、ハンガーから外した。派手なことを好まなかった母らしく、黒やグレーの落ち着いた色が多い。明日香は無言のまま、今の自分にも着られそうな服を選《よ》っていったが、処分する方の山がどんどん高くなる。コートやワンピースなど丈の長い物は明日香の部屋のクローゼットにある。おそらくそれらもほとんど捨てることになるだろう。

横座りになって畳の上の服を抱えたとき、布団の横にある柔らかいポリウレタン製の洗髪器セットが目に入った。ホスピスに入る前、在宅医療の医師と訪問専門の女性看護師に随分と世話になった。風呂に入れないとき、母は看護師に髪を洗ってもらっていたのだ。日に日に顔を顰《しか》める時間が増えていったが、髪の脂が落ちるとさっぱりした様子で、明日香はそんな母の小さな安らぎが嬉しかった。自分が幼少のころ、母も子どもに対して似たような気持ちだったかもしれない。

忙しさにかまけて、医師と看護師に母の死を伝えていない。だが、伝えるべきなのか否《いな》か、判断に迷う。医療従事者にとって患者の死は日常と隣り合わせだ。知らせることで却《かえ》って気を遣わせないか、悩ましかった。

洗髪器を取り出すと、奥に明日香の肩幅ほどある大きめの木箱が見えた。片手で持てる大きさではなかったので、腰を入れて持ち上げた。手垢《てあか》が染み込んだような艶《つや》があり、所々黒く変色している。相当古い物のようだが、蓋《ふた》には塵《ちり》一つなかった。

保育園で母の日に描いた似顔絵、小学六年の合唱コンクールで指揮をしたときのタクト、中学三年の弁論大会で優勝した際の賞状、高校の修学旅行で北海道から送った雪の結晶の形をしたピアス……。統一感のない小物が、整然と並んでいた。卒業文集も小、中、高と全部そろっていて、会社の内定通知書まで取ってあった。新聞や雑誌の記者を連れて観光地を案内する仕事では、たまに地域住民のフリをさせられ、記事用の写真に撮られることがある。その全ての切り抜きもきれいにファイルされている。

喧嘩の仲直りのたびにやり取りした手紙の束は、輪ゴムをしてまとめられていた。高校二年生で初めて彼氏ができ、嬉しさのあまり連日帰りが遅くなった。それをきっかけに母と激しい口論をして、一週間ほど口をきかなかった時期があった。精神的な疲労が悪く作用したのかもしれない。明日香は冷戦状態の中で高熱を出してしまった。言葉を交わさずとも献身的に看病してくれた母に申し訳ない気持ちでいっぱいになり、謝罪の手紙を書いたのだった。以来、続いた不定期な文通によって、自《おの》ずと言葉を選ぶことを学んだ。

この木箱には一人娘の人生が詰まっている。今さらながら母親の深い愛情が身に沁《し》み、泣けてくるのを堪えられなかった。

明日香は兵庫《ひょうご》県の西宮《にしのみや》市に生まれた。父は大阪に本社を置く繊維の専門商社に勤めていて、アジアを中心に生地《きじ》の調達に出回ることが多かった。物心ついたときからあまり家にいなかったので、互いによそよそしく接していたように思う。覚えていることと言えば、土産《みやげ》物のセンスがないことで、遊び方が分からない木工玩具や眼球が飛び出した粗末な人形を渡されるたびに、明日香は年齢にそぐわぬ愛想笑いを浮かべたものだ。そのくせ、自分は免税店で買ったブランデーをうまそうに飲むのである。

中学二年生のとき、両親が離婚した。いわゆるバブル期の真っ只中だ。国内市場に金が溢れる一方で、輸出関連企業は急速に進む円高に対して生産コストの削減に苦心した。父親の仕事が多忙を極めたのは言うまでもない。離婚について開かれた家族会議はたった一度で、明日香が母親と暮らす意思を伝えると、父はどこかほっとしたような表情を浮かべ、その日のうちに香港《ホンコン》の支店へ向けて出発した。

「国鉄の看板がJRに変わってて、びっくりしたわ」

それが娘にかけた父の最後の言葉だった。

明日香には今になっても解《げ》せないことが一つある。養育費を含め、母が慰謝料を一切受け取らなかったことだ。何か事情があったのかもしれないが、結局そのいきさつを墓場まで持っていってしまった。手に職のない母に頼る生活は当然、楽ではなかった。

それでも母は地元の国立大学を卒業するまで育ててくれた。結婚しても明日香がずっと仕事を続けてきたのは、自立に対する厳しい考えが根底にあるからだ。

孫の顔を見せてやることができなかった。

手紙の束に視線を落とすと、しばらく罪悪感の中に身を置いた。手紙を戻そうとしたとき、底にある薄い箱が目についた。桐箱のようだ。

蓋を開けてみる。黄ばんだ新聞の切り抜きと白い洋封筒が入っていた。

林鋭生様――。

封筒の宛名に憶《おぼ》えはなかったが、確かに母の筆跡だ。裏には母の名が書いてあった。照明に透かして見ると、折り畳まれた紙が入っていた。手紙に違いない。

中を検《あらた》めたい衝動にかられたが、べったりと糊付《のりづ》けされている封筒を見ると、何となく気後れしてしまう。代わりに、記事の方を手に取った。新聞だけでなく、雑誌のものもあるようだ。その全てが将棋について書かれている。

不可解な想いを抱えながら、次々と目を通す。そして、もう一つの共通点に気付いた。

——新世界の昇り龍　プロ相手に全勝——

特にその記事は大きかった。「龍」と書かれた将棋の駒を誇らしげに突き出す男の写真が印象的だった。

角刈りに大きなサングラス。細身のスーツには既視感がある。泣き腫《は》らした瞼を閉じてしばらく考えた結果、昭和の名作ドラマが甦った。

「西部警察」だ。

駒をショットガンに替えれば、渡哲也扮《わたりてつやふん》する大門《だいもん》刑事そのものである。

「次はタイトル保持者に挑戦？　アマ最強の呼び声高い林鋭生《はやしえいせい》さん」

林鋭生……。

写真説明のゴシック文字を見て、明日香は再び洋封筒に目を戻した。

母はこの得体の知れない男に何の用があったのか。色褪《いろあ》せた紙の真ん中に写るサングラスの男を凝視した。そして、無意識のうちにつぶやいていた。

「誰や、このおっさん」

3

地下へ潜る長いエスカレーターに乗っているとき、長野《ながの》オリンピックで見たスキージャンプの団体競技を思い出した。

当時、明日香は東京本社のオフィスで、先輩たちとテレビの前に陣取っていた。社会人二年目で同じ部署に新人がいなかったため「電話が鳴れば取らねばならない」と気を揉んでいたが、幸い日本中が同じ状態だったのか杞憂《きゆう》に終わった。金メダルが決まった瞬間、皆でハイタッチしたのを覚えている。

しかし、地下街の「DUO　KOBE」に下り立つとそんな歓喜の余韻《よいん》は消え失せ、気持ちが重たくなっていた。女性向けの洋服店では、早くもマネキンに半袖の服を着せ、雑貨屋の店先では椅子に置くタイプのマッサージ器が妖《あや》しく動いている。地下街の様子は確かに目に入っているのだが、とても品定めするだけの余裕はなかった。

　ハーバーランド方面のエスカレーターで地上に出る。外は小雨が落ちていた。四月というのに、随分と肌寒い。気乗りしなかったが、有給休暇を取ってまでやって来たのだ。せめてやるだけのことはやろうと決め、折り畳み傘を開いた。

　目的地はすぐ前にそびえる淡い桃色のビルだ。横断歩道を渡ると、迷いが生じる前に中に入った。「休め」の姿勢の警備員に凝視され、怯《ひる》みそうになったものの、受付のお姉さんが優しそうだったので、恐縮した感じで来意を告げた。

「文化部の秋葉《あきば》ですね？　事前にお約束は？」

「いえ……、すみません」

　兵庫県の地元紙、神戸新報《しんぽう》の本社だった。職業柄、新聞記者と接する機会が少ない明日香は、飛び込みの人間が歓迎されないことを知っている。

　内線電話の受話器を持つお姉さんが「アポはないようです」と言うのを聞いて、胃をギュッとつかまれたような感覚に陥った。

「秋葉がこちらに参りますので、お掛けになってお待ちください」

　入り口近くの応接コーナーに案内され、背筋を伸ばして椅子に座った。神戸新報へは、プレスリリースの電話をしたことがあるものの、知り合いの記者は一人もいない。個人的なことなので、会社の同僚にも頼みづらかった。

ガラス張りの向こうに、傘を差して街を行き来する人々が見える。忙《せわ》しない光景を見て、明日香は学友のフリーライターの言葉を思い出した。

「どうも神戸新報の秋葉って記者が、林鋭生と接点があるらしい」

遺品整理の際、桐の箱に入っていた洋封筒の扱いに困った明日香は、悩んだ挙句《あげく》に林鋭生を捜すことにした。母が後生大事に切り抜きまで持っていたのだ。見た目は怖いが悪人ではないだろうと手前勝手に決め付けた。手間はかかっても、会って直接手紙を渡すことで、母の知られざる一面を見つけられるかもしれない。

手続きが一段落した後、明日香は大学で同じゼミだった男友だちに相談の電話を入れた。東京でフリーライターをしている彼は、知り合いの将棋観戦記者に連絡を取ってくれることを約束した。そして一週間前、母の死から二ヵ月経ったころに、ようやく耳よりな情報が入ったというわけだ。

革靴が床をこする音を耳にし、明日香は街並みから視線を移した。

ネクタイをだらしなく緩めた細身の男が、これといった表情を浮かべずに近づいてくる。いかにも気怠《けだる》そうな素振りから記者に違いないと思った明日香は、さっと立ち上がって一礼した。

「蒼井さん？」

男はぞんざいに言うと、返事も聞かずに目の前の椅子に腰掛けた。明日香は先が思いやられると内心で冷や汗をかいたが、そんな素振りは見せずに対面に座った。

「お忙しいところ、申し訳ありません……」

明日香は平身低頭の体《てい》で勤務先の名刺を差し出した。記者は身元のおぼつかない取材対象を警戒すると聞いたことがあるからだ。

名刺を受け取った男は社名に反応して、片眉を上げた。

「前に旅取材でお世話になったことありますよ」

「えっ、私がですか？」

「いいえ、そちらの会社に」

明日香は早とちりを恥じるように頭を下げた。男はその様子をじっと見た後、渋々といった顔でスーツの内ポケットから名刺入れを取り出した。

「で、私に用件というのは？」

上部に青いラインが入った横書きの名刺には、秋葉隼介《しゅんすけ》とある。秋葉は長めの前髪をうるさそうに払った。切れ長の目が特徴的で、あっさりとした面立《おもだ》ちをしている。その涼しげな目が口調の冷たさによく合っていた。

「あのっ、つかぬことを伺いますが、秋葉さんは林鋭生という人をご存じでしょうか？」

「林鋭生？」

それまでのクールな雰囲気が一変し、秋葉が身を乗り出した。明日香は反応の大きさに戸惑い、思わず半身を引いていた。

「あなた……、蒼井さんは林鋭生をご存じなんですか？」

「いえ、それをお尋ねしようと思って参ったんです」

「林鋭生に関する情報提供、というわけではないんですね？」

「はい。すみません……」

秋葉は明らかに落胆した様子で、背もたれに体を預けた。

「僕と林鋭生とのつながりはどこでお聞きになったんですか？」

「学生時代の友人がフリーライターをしてまして、東京の方で観戦記者の人たちに聞いてくれたそうです」

「ふぅん。やっぱり将棋界はすぐに名前が回るな。それで、あなたと林鋭生とはどういったつながりがあるんですか？」

記者らしく質問が途切れない。明日香は取材されているようで、落ち着かなかった。

「個人的なことで恐縮なんですけれど、実は二ヵ月前に私の母が亡くなりまして……」

「あっ、それはご愁傷《しゅうしょう》さまです」

秋葉は居住まいを正してお辞儀をした。明日香は案外いい人なのかもしれないと思い、おかげで少し話しやすくなった。

「遺品を整理してましたら、手紙が出てきたんです」

ハンドバッグから洋封筒を取り出した。手渡すと、秋葉は宛名と差出人を確認した。

「これ、未開封ですね？」

「ええ。母が林さん宛てに書いたもんやと思うんですが、なかなか開けられなくて」

「でも、ここにヒントが書かれてるかもしれませんよ」

「そうなんですけど、できたら本人にお渡ししたいな、と思いまして」

「中身気になるなぁ」

秋葉は人の話などお構いなしといった感じで、しげしげと封筒を見ている。

「開けたらダメですか？」

「えっ、それはちょっと……」

「ですよねぇ。封の開いた手紙もうたら、あのおっさん何言うか分からんもんな」

秋葉は初めて林鋭生に関する情報に触れたが、明日香は引っ掛かるものを感じた。

「あのぅ、林さんって、そんな怖いんですか？」

「ええ怖いですよ」

あっさりと肯定され、絶句してしまった。

「まずね、四六時中サングラスをしてるから、何を考えてるか分からんのですよ。ときどき、フッと笑うんですけど、これが不気味《ぶきみ》で。で、将棋してるときは鬼ですね」

「鬼？」

「ええ。街金《まちきん》の取り立てというのは表の顔で、素顔は賭け将棋で生活する『真剣師』ですから、勝負になるとえげつないですね。一度僕の家に来たことがあって、あるアマチュア棋士と延々練習将棋を指したことがあったんです。そのときなんか『あほっ、ここでいてまわんかい！』『相手に下剤飲ましてでも勝ちゃええんや！』とか、一晩中叫んでましたね」

「………」

「ありゃ、やくざやな」

「やくざ……」

捜したりして、本当に大丈夫だろうか。明日香は頬が引きつるのを止められなかった。

「おっさんが僕に会いに来たとき、ちょうど、今あなたが座ってる椅子に腰掛けたんですよ」

明日香は声を上げそうになるのをすんでのところで堪えた。秋葉はその狼狽《ろうばい》ぶりに初めて笑みを見せた。

「三宮《さんのみや》にね、『水明《すいめい》』って店があるんですよ」

雨は日暮れ前に止んだ。

明日香はスマートフォンに表示した地図を見ながら、肌寒い神戸の街を歩いた。阪《はん》急《きゅう》三宮駅の北側にあるアーケード付きの歩道は、飲食店やパチンコ店、格安チケット店などが並び、人通りが絶えない。居酒屋のチラシを持った店員の呼び込みを次々と断り、西へ向かう。友だちのほとんどがママとなり、勤め先も大阪にあるため、三宮に出てくることが少なくなった。

「いくたロード」から路地に入る。雑居ビルが林立する一帯は、焼鳥屋や寿司屋、タイ料理店などが混ぜご飯のように絡《から》み合い、駐輪する自転車と原付が列を作って雑然としている。まだ足取りが軽やかな大人たちが、年齢や目的に応じてそれぞれ店に振り分けられていく。

路地を抜け少し北へ上がると、一軒だけ趣《おもむき》の異なる店が目に入った。柔らかい桜色の暖簾《のれん》の左端に、白抜きで「水明」の字があった。足元の行燈《あんどん》が、木目のない引き戸をぼんやりと照らしている。

「林鋭生を捜すんやったら『水明』の女将《おかみ》の旦那《だんな》がキーマンですわ。まぁ、一年中乱心してる奴やから、会えるか分からんけど」

数時間前、神戸新報の応接コーナーで聞いた秋葉の声が甦った。彼は鋭生が見つかったら、自分にも連絡が欲しい旨《むね》を付け加えると、別れの挨拶もそこそこに仕事へ戻った。

乱心、という表現が気になる。あまり紳士淑女には使われない言葉だ。しかも一年中ときた。つまり「夏の暑さでどうかしてた」といった類《たぐい》の話ではなく、オールシーズン乱れているということである。

明日香は念のためジャケットのボタンを留め、自らを鼓舞《こぶ》するように強く息を吐くと、引き戸をスライドさせた。

「いらっしゃい」

しっとりと艶のある声に迎えられ、鮮やかな水色の和服を着た女が会釈した。秋葉の言っていた女将だろう。

「お一人様ですか？」

明日香が頷くと、色白で顔の小さい女将が席を勧《すす》めた。

客席はヒノキ造りのL字型カウンターのみ。しかし、入り口と椅子との間に距離があり、椅子の間隔にもゆとりがあるため、少しも圧迫感がない。橙《だいだい》色の照明がほどよく明るく、何より清潔感があった。

全七席のうち六席は入り口に背を向け、カウンターの中の女将と対面する形だが、左の一席だけ向きが違う。明日香が入ったことによって満席となった。

明日香の右隣では四人組とみられるサラリーマンが、猪口《ちょこ》で酒を酌み交わしている。中年が三人に、スーツを着なれていない新人のような男が一人。ちらっと「また部署減るらしいで」と聞こえたので、会社帰りの一杯というところだろう。

「初めてですよね？」

「ええ」

「静《しず》と申します」

静からほのかにゆずの香りがするおしぼりを受け取ると、今度は左側を見た。すぐ隣がショートカットの若い女で、目鼻立ちのはっきりとしたかわいらしい顔をしている。向きの違う〝特別席〟には頭の九割が禿《は》げた、しかし顔の色艶はいい年寄りが座っている。どういう関係なのか、この二人は知り合いらしい。

その年寄りの前には六つに仕切られた角型のステンレス鍋《なべ》があって、数種のおでんの具が黄金色のダシの中に浸《ひた》っていた。明日香は生ビールを頼むと同時に、おでんの鍋を指差して大根と玉子、ロールキャベツを注文した。

「今日はお仕事やったんですか？」

静が細長いビールグラスをコースターの上に置いた。明日香は切れ長な目がどことなく秋葉の目に似ていると思った。

「秋葉さんってほんまに忙しいんかなぁ？」

秋葉のふてぶてしい顔を思い出した直後に、隣の若い女が彼の名を口にしたので、ビールを口に含んでいた明日香は咽そうになった。

「そら新聞記者やったら、忙しいでしょう」

「いやいや、見ようによったら記者ほど自由なサラリーマンはおらんで」

年寄りが静の言葉を即座に否定した。まるで経験者のような口ぶりだ。

「滅多《めった》にメールも返してくれへん」

「あんた、そりゃ脈ないで」

「ちょっと関《せき》さん」

静に窘《たしな》められた関は、禿げ上がった頭をペンペンと叩いて「女将がそんなに怒るんやったら、熱燗《あつかん》、追加せなしゃあないやん」と言って猪口を掲げた。

「静さん、私って脈なしなん？」

「そんなことないって。ああ見えて情の濃い人やから、押しの一手よ。それに加織《かおり》ちゃんは最近どんどんきれいになってるし」

加織と呼ばれた隣の女は、満更でもなさそうに「あっ、そう？」と言って、両手でふっくらとした頬を押さえた。

どうやら三人が話しているのは、神戸新報の秋葉とみて間違いないようだ。ちょうどいいきっかけだと判断した明日香は、おもいきって会話に加わることにした。

「あのぅ、失礼ですけど、その秋葉さんって神戸新報の方ですか？」

一見客《いちげんきゃく》の突然の発言に、三人の会話がぴしゃりと止んだ。問い掛けるような視線を受けたので、明日香は名乗ってから会話に割り入ったことを詫《わ》びた。

「遊佐《ゆさ》加織です」

隣の女が勝気な目をして、明日香を見た。好戦的な視線、ともとれる。

「明日香さんって呼んでいいかしら？　秋葉さんとは……？」

おでんの具が載《の》った皿を明日香に手渡した静が、間に入るようにして聞いた。

「実は今日、お目にかかったんです」

「えっ、会ったの？」

加織が露骨に顔を歪《ゆが》めた。分かりやすい娘だ。明日香は誤解を解くように手を振った。

「初対面ですよ。ちょっとお願いごとがありまして」

「願いごと？　あっ、失礼しました。私ね、こういうもんですねん」

関が足元に置いていた緑色のリュックサックを持ち上げた。何が入っているのか、右側のサイドポケットだけが異様に膨《ふく》らんでいる。しかし、関は明日香の視線にまるで気付かず、中央の大きなチャックを開けて、名刺入れを取り出した。

「お近づきの印にどうぞ」

関は真ん中にいる加織のことなどお構いなしに、名刺を差し出した。「将棋ライター　関秀伸《ひでのぶ》」とある。のけ反った加織が「もう」と声を尖《とが》らせる。明日香はすぐに立ち上がり、関の隣まで行って名刺交換した。

「ほぉ、ＰＲ会社の人ですか？」

「ご存じなんですか？」

「ええ。何を隠そう、私、神戸新報のＯＢやからね」

先ほどの知ったような口ぶりは、単なるハッタリではなかったようだ。

「秋葉さん、忙しそうでした？」

加織が気になって仕方ない様子で尋《たず》ねてきた。初対面と聞いてから、表情が柔らかくなっている。

「ええ。私の用件を聞いてくださって、ここのお店のことを教えていただいたんです。話が終わるとすぐに仕事へ戻られましたよ」

秋葉の多忙が裏付けられると、加織は安堵の息をついた。

「ここのお店でお役に立てることがあればいいんですけど」

静がかまぼこを切っていた手を止め、それとなく用向きを確認してきた。

「実は、林鋭生という人を捜してるんです」

「えっ！」

関が立ち上がらんばかりに叫んだ。静と加織も明日香に向けて目を見張っている。

秋葉も同じような反応だった。

「林鋭生が何かやったんかいな？」

関の問いに首を振った明日香は、簡単にいきさつを語った。

「それで、静さんの旦那さんがキーマンと伺ったもので……」

「なるほど、ええ話やないか。静さん、ここは一つ、協力すべしでしょう」

「そうですねぇ。もちろん、できるだけのことはして差し上げたいんですけど、林さんの居場所となると、うちの旦那も知らないんちゃうやろか」

関の提案に、静が自信なげに答えた。秋葉の言っていた「一年中乱心」という言葉が、明日香の脳裏をよぎった。

「解説しますとね、静さんの旦那さんは真田信繁《さなだのぶしげ》っていう将棋のプロ棋士なんです。真田さんは『三段リーグ編入制度』っていうちょっと変わったルートでプロの世界に入ったんですけど……、説明が難しいな。要するにプロになるための試験対局の前に、林さんが真田さんをしごきまくってプロ入りに一役買ったってわけです」

「さらに遡《さかのぼ》ること二十数年前、父親が借金取りにさらわれて天涯孤独になった真田少年の元へ、鋭生が借金の回収に行ったのが二人の出会いやな。そのときに真剣師の鋭生が将棋の基礎を教えるかたわら、せっせと食料を運んでいった、真田からすれば、いわば恩人というわけや」

加織の話を関が補足し、林と真田の関係がだいたいつかめた。

「その……真剣師って言うんですか？　それって問い合わせ先とかないんでしょうか？」

明日香の的外れな質問に関と加織が噴き出した。

「まず、真剣って賭博《とばく》になるから、厳密に言うと犯罪になるんです」

「えっ、犯罪者ってことですか？」

「そう言われると元も子もないというか……。まぁ、将棋の裏の文化でもあったんですよね」

「加織さんはお若いのに、何でそんなに将棋に詳しいんですか？」

真正面から尋ねられ、加織は面映《おもは》ゆそうに笑った。

「この子はねぇ、女流棋士なんよ」

「えぇ！　棋士？」

明日香はあらためて隣の娘を見た。将棋というと、メガネをかけた男というイメージしかなかったため、こんなに溌剌《はつらつ》とした女子が盤の前に座っているなど想像もできなかった。

「一応、女流タイトルも持ってるからね」

「一応って何ですか、ちゃんと自力で獲りました」

　女流タイトルと言われてもまるでピンとこなかったが、実力者ということはよく分かった。

「話を戻すけどね、真剣師っちゅうのは、平成の世では絶滅してしまったんや」

「絶滅……」

「そう。ワシが現役の記者のときは、取材もしとったんやけど、まぁ、このご時世じゃね。趣味が多様化したし、ネット将棋も盛んやし。街の将棋道場も決して経営が楽やないから。昔みたいに将棋に金使《つこ》てくれるスポンサーもおらんしね」

「スポンサーがいたんですか？」

「真剣師でもある程度有名になるとね、乗り手を募るんや。十番勝負なんかしたら、結構な金が動いてね。今から考えれば、昭和っちゅうのは将棋が生活の武器になった最後の時代かもしれん」

　関の話を聞いていると、地下に蠢《うごめ》く男たちの体臭がにおい立つようだった。

「まさしくそれを証明するようにね、林鋭生が忽然《こつぜん》と将棋の世界から消えたのも、昭和六十三年のことや」

「何があったんですか？」

女流棋士の加織も知らないらしく、先を促《うなが》すために徳利を傾けて関の猪口に日本酒を注いだ。

関はぐいっと一気に猪口を空けると、もったい付けるように「うぅん」と唸って酒を味わう素振りを見せた。そして背筋を伸ばし、自分に注目が集まっていることを確認すると、おもむろに口を開いた。

「知らん」

4

「どうしてもあかんのですか……、えっ？　だからそんな神経質にならんでも大丈夫ですって。……、いや同じこと何回も言わせせんなって。むかつくのっ、いてまうど貧乏人が！」

折り畳みの携帯電話を力任せに閉めると、手元にあるリストに赤ペンで横線を入れる。これで二十人、連続で断られた。

今やあまり見ることもなくなったトヨタ・マークⅡの運転席で、上月達也《こうづきたつや》はハンドルをおもいきり叩いた。赤ペンを持っている右手の手刀がジーンと痛む。

「くそがっ」

達也は直角の説明に使われそうなリーゼントの頭を揺らした。シャコタンのマークII、「WIN」と刻字された折り畳みの携帯電話、そしてこのリーゼント。それぞれが磁場に引き寄せられるようにして集まり、絶妙な時代遅れを演出している。

ほぼ赤い線で埋められたのは、いわゆるブラックリストだ。正規の金融会社から金を借りられなくなった連中の氏名と電話番号が載っている。横のつながりが強い業界では、常にリストが更新される。

達也は週のうち平日の五日間は立体駐車場でアルバイトをしているが、土曜・日曜は闇金業務に勤《いそ》しむため、年中無休の状態だった。

常に金欠ぎみだが、かと言って飢えるほどの切迫感はない。本来なら土、日は就職活動の勉強に充《あ》てたいと思っているのだが、そんな殊勝な心掛けとは真逆の道を進むのには訳があった。

携帯の電子音が、映画「ゴッドファーザー」のテーマ曲をチープに奏でる。表示された番号を見て、達也はリーゼントの先端部分を指先でつまんだ。ストレスが最高潮に達したときの癖だ。

自分を真逆の道へ進ませた張本人からの着信だった。

「こんちはっ」

声が小さいとそれだけで説教されるので、達也は威勢よく挨拶した。

「おう。どんな感じや」

門田剛《もんでんつよし》の偉そうな声を聞き、達也は早くも消耗した。

「今んとこ二十人全滅です」

「はぁ？」

「なかなかつかまらないんですけど、午後からは何とか」

「遊びでやってんちゃうぞ、達也。ノルマ無理やったら、おまえが借りるか？」

「いや、勘弁してくださいよぉ」

媚《こ》びるように言うと、門田は満足そうに笑った。彼にしても上には卑屈な態度を取っているに違いなく、伝言ゲームのように小さな支配欲を満たしていくのである。

「まあ、今度また飯でも連れて行ったるから、根性出して客獲れや」

電話が切れると、達也はすぐに舌打ちした。末端の席に座る達也は、伝言する相手すらいない。

日曜の午前中から、こそこそと車に隠れて副業に追われる身の上が不幸だった。窓を開け、セブンスターを一本くわえる。ようやく花見も落ち着き、これから緑が濃くなって清《すが》しい季節がやってくる。だが、達也は生まれてこの方、四季の移ろいや花木の美しさにまるで興味を持ったことはなかった。車でも時計でも女でも、手に収められるものだけを求めてきた。

タバコを吸い終えると、達也は再び全滅したリストを手にした。「金は薬《ヤク》と同じや。あぶく銭の味を知った人間は、生まれ変わらん限り金に支配される」。この仕事を始める前、門田に紹介された中西《なかにし》というやくざから聞いた言葉だ。達也はその日、初めてフカヒレスープと北京ダックを口にし、気後れするほどきれいな女に囲まれて酒を飲み、そのうちの一人をホテルで抱いた。今考えれば、それから苦悩の日々が始まったのだが、一晩であれほど金の力を見せつけられれば、よし自分も、と思うのも無理はなかった。

達也はリストにある番号のうち、落とせそうな者を選んでCメール攻撃に転じた。「現代人は会話よりクリック」。これは、門田から教わったことだが、どうせ中西かその周囲のやくざからの受け売りだろう。

一口に闇金と言っても形態はさまざまある。やくざが噛んでいるか否か、利息の幅、事務所の有無、取り立ての方法。振り込め詐欺との二足の草鞋《わらじ》をはくグループもあるぐらいだ。

達也が自分の組織について知っていることは、中西が門田のようなチンピラを複数束ね、吸い上げた金を暴力団最大手の資金源にしているということぐらいだ。三年ほど前に貸金業法が改正され、個人の借入総額が年収の三分の一までに規制されたことなどから、消費者金融からあぶれる客を獲得するために人員を増やしたという。

また電話が鳴った。パチンコ屋に勤める女の顧客だ。パッと見は普通の二十代だが、競馬に入れ揚げているうちに身動きが取れなくなった。今や複数の闇金から借り倒し、達也が渡した五万は既に十倍以上の返済額に膨《ふく》れ上がっている。

「あっ、たっちゃん？」

友だちに話し掛けるような馴れ馴れしい口調だ。

「おぅ、耳揃えて返す気になったか？」

「いきなり金の話はナシやで。今週きついからジャンプでいい？」

ジャンプとは利息だけ払うその場しのぎのことだ。

「かめへんで。おまえ、大丈夫なんか？」

「結構きついかも。前に言うてたの、本気で考えようかなぁ」

「デリヘルか？」

「うん。たっちゃん、どう思う？　病気とか怖いんやけど」

「まだ若いんやから、いろんな経験しとくのもいいかもよ。ええ金づるが見つかるかもしれんし。それに、ちゃんとした店に入ったら検査もしてくれるで」

自分に関係のないことなので、達也は無責任に答えた。そろそろ金を回収しなければならない。

「でも、きもいおっさんに舐《な》め回されるんやろ？　ぞっとするわ」

「そんなもん、慣れやで。この世に風俗嬢なんかごまんとおるで」

「そうか。考えとくわ。もし、働くようになったら、お客さんになってや」

「安ぅしてくれんのか？」

「アホ。ツケにして金利取ったる」

女は笑いながら電話を切った。

達也が門田から指示されているのは「ソフト闇金」のやり方だ。五～十万の小口融資で、一週間で三割ほどの金利を取る。しかし、従来のような追い込み型の取り立ては滅多にしない。違法金利を背景にして妙な話だが、顧客との信頼関係を築くのだ。

この商売で最も厄介《やっかい》なのが、警察と弁護士である。最近は借りる方も知恵をつけていて、法律を盾にされると勝ち目はない。タレ込みをさせずに、細く長く金利を吸い取り続けるのがコツだ。

達也は七月の誕生日がくれば三十歳になる。いつまでも使いパシリのような身分でいることは、不満であり情けなくもあった。同棲《どうせい》して一年になる千紗《ちさ》にしても、元々は門田の女だ。捨てられた彼女が当てつけのように達也のアパートへ転がり込んで来て、けじめも何もなく肉体関係を結んだ。

ちょっと電話してみようかと考えたものの、千紗が日曜の朝から起きているはずなどなく、すぐに思い止まった。

午後までに何とかカモを見つけなければならない。達也は再びタバコに火をつけ、Cメール攻撃を再開した。無意識のうちに、リーゼントの先端をつまんでいた。

5

左折して国道に入った瞬間、フロントガラスに陽が差し込んだ。

達也は素早くサンバイザーを下ろし、助手席前のグローブボックスからサングラスを取り出した。カーナビの時計を見る。いつの間にか六時近くになっている。

空腹を覚えた達也は、国道沿いに全国チェーンの定食屋の看板を見つけると、迷うことなく駐車場に入った。つい一時間ほど前、千紗からLINEで外出すると連絡があった。

アルバイトやら友だちとの付き合いやらで、家を空けることの多い千紗が、食事を用意することはほとんどない。サラダ一つろくに作れないので、必然的に外食が中心になり、互いにファストフードとコンビニ弁当で胃袋を満たしている。だから週に一度ぐらい、無性に定食が食べたくなるのだ。最近になって、ようやく魚のうまさが分かってきた。

達也はもともと細身だが、年々脂肪《しぼう》がつきやすくなっている。無精《ぶしょう》で車移動が多いこともあるが、不規則な食生活の影響もあるだろう。いずれにせよ、食べる物を気にしたり、今後の仕事のことを考えたりするのは、三十路《みそじ》を目前にした心境の変化に違いなかった。

店の入り口から一番近い駐車スペースの枠内で、二人組の男が立ち話をしていた。だらしない服装や顔つきで、高校生ぐらいだと分かる。二人とも華奢《きやしゃ》だが、あまり態度がよくなかった。帽子をかぶった色黒の方は、しきりに唾を吐いている。

わざわざ別の場所へ停めるのも癪《しゃく》なので、達也はギアをバックに入れて強引に駐車を始めた。だが、若者たちは気にする風でもなく、会話を続けている。

ツキのない休日を過ごした上、空腹で虫の居所が悪かった。考える間もなく、達也は車を止めて外へ出た。

「どかんかい、こらっ」

巻き舌で凄《すご》んだが、少年たちは目に笑いを浮かべて互いを見ている。

「何がおかしいねん」

「おっさん、何で怒ってんの？」

色黒の方が挑発するように顔を突き出した。

「口のきき方教えたる」

達也が足早に近づくと、もう一人の少年が両手を挙げて一歩前に出た。

「すんません。どきますんで。店にも迷惑かかりますし」

最後の一言にカチンときたが、達也は子ども相手にムキになるのも小物だと思い直し、舌打ちをしてから踵《きびす》を返した。自分を怖がっていないことは面白くないが、早くメシを食ってＤＶＤでも見よう、と気持ちを切り替えた。自分でも丸くなったと思う。

運転席のドアを開けたとき、背後で嫌な音を聞いた。

振り返ると、少年たちが枠の至る所に唾を吐いていた。数秒前まで丸くなったと自覚していた男は、跳ぶように駆け出し、色黒の顎に拳《こぶし》を叩き込んだ。まるで思考のない全自動で、もう一人の鼻先に肘鉄《ひじてつ》をくらわせると、すぐに車に戻って発進させた。目撃者がナンバープレートを覚える前に逃げるという一手で、いわゆるキャリアというやつだ。

夕陽に向かってスピードを上げていくうち、爽快《そうかい》になった。

やっぱり気に入らん奴はしばくに限る。

達也はまだ熱を持つ右手の拳にキスをした。人を殴ったのは久しぶりだが、まだまだ現役だという得体の知れない自信が全身を満たした。

昂《たかぶ》ったまま信号待ちをしていると「ゴッドファーザー」のテーマ曲が流れた。携帯の表示を見た瞬間、気持ちが逆の方向へ流れていく。門田からだ。

「おい！　弁護士が電話してきたぞ！　どないなっとんねん！」

電話に出るなり、怒鳴《どな》り声が聞こえた。瞬時にして胃が縮まり、誰もいない車内で頭を下げた。

後続車からクラクションが鳴った。目の前の信号が緑色に光っている。アクセルを踏んだ達也はすぐにハザードランプをつけ、交差点近くのバス停に停車した。

弁護士にタレ込んだのは、塗装業を営む子持ちの男だ。明るい性格で、達也は彼に好感を持っていた。二日前の会話が頭の中に甦る。本厄でついていないとこぼした男に、門戸厄神《もんどやくじん》のお守りをプレゼントする約束をしていた。ジャンプを繰り返す顧客には、小物を贈って人間関係を構築する、というのが達也の営業手法である。

だが、今回は「ソフト闇金」の〝優しさ〟が裏目に出た。いつの時代も高利貸しは悪者として扱われるが、客の方がしたたかなケースもいっぱいあるのだ。えげつない踏み倒しは、決して珍しいことではない。

「普段からナメられてるから、タレ込まれるんじゃ！　もう新規いらんから、早《は》よ回収せぇ！」

警察と弁護士に睨《にら》まれたときは一旦店を閉めて身を潜める、というのが組織のルールだ。

先ほどまで少年相手に粋《いき》がっていた人間とは別人のように、達也はひたすら謝った。門田に殴《なぐ》られるのは仕方ないにしても、その背後にいる中西の存在が恐ろしかった。高級クラブで中西に「杯《さかずき》や」と言って、ブランデーを注がれたことを思い出す。あれほど笑顔が怖い男は知らない。

達也は塗装業の男の携帯に電話したが、当然のように電源が切られていた。後部座席にあるビジネスバッグを取ろうと半身を捻ったとき、背中に痛みが走った。久々に暴れたせいで、力の入れ方を間違えたようだ。

バッグから男の経歴書を引っ張り出し、自営する会社と自宅へ連絡したが、留守番電話に切り替わった。落とし前をつけないと、門田に顔向けできない。達也は必死になって書類に目を通した。そして、小学一年の長男が通う小学校名を見つけ出した。子どもの線から攻めれば、親などもろいものだ。番号を調べ、大阪市内の小学校に連絡した。

電話に出たのは若い女だった。

「フレンドファイナンスの工藤《くどう》という者ですが……」

達也は名前を偽り、あくまで低姿勢に児童の父親が借金を返済しない旨を伝えた。男の立場は台無しだろうが、闇金業者を裏切った以上、それなりの代償は覚悟してもらわねばならない。男が金を返し、詫びを入れるまで毎日でも電話するつもりだった。

「すみません、これ何の電話ですか？」

女の澄ましたような口ぶりが癇《かん》に障《さわ》った。達也は昔から教員が嫌いだった。子どもばかり相手にして何が先生だ、との思いがある。

「ですから……」

再び男の名を出したとき、女は「あのぅ」と、口を挟んだ。

「本来お答えする義務はないんですけど、今後電話されるのも迷惑なんではっきり申し上げます。そちらがおっしゃった児童は、当校にはおりません」

「は？」

「ですから、一年生にその名前の子はいないんです」

女は「失礼します」と、一方的に電話を切った。

嘘で塗り固められた経歴書を手の中でくしゃくしゃに丸めると、達也はまた手刀でハンドルを叩いた。

「厄年はこっちや」


自宅近くの駐車場に帰り着くと、十時を回っていた。

エンジンを切り、くたくたになった心を静めるためにリクライニングシートを倒した。

貸与されている二台の携帯の電池を使い果たし、元金の回収に動き回ったが、利息を払うことが目的になっている多重債務者に、そんな景気のいい人間などいない。逆に元金回収の狙いを聞き出そうと質問攻めに遭《あ》い、狡猾《こうかつ》な客を相手にして神経をすり減らしただけだった。

何の成果もないまま一日が終わり、門田からくるであろう連絡が憂鬱で仕方なかった。以前、ビジネスホテルに勤めていたとき、人間関係の煩《わずら》わしさに辟易《へきえき》したものだが、それでも業務上の失敗で制裁を加えられることはなかった。会社にいたときの方が自由を感じるなど皮肉な話だ。

私用のスマートフォンが震えた。

その振動のリズムだけで門田からだと確信した。このまま無視したかったが、さらに心証を悪くするだけだ。きりきりと痛む胃を指で押さえた。

登録のない番号が表示されている。嫌な予感を覚えつつ、通話のマークをスライドさせた。

「おかえり」

太く低い声がした。聞き覚えがなく、最初はいたずらかと思った。

「誰や？」

「おかえり」

疲れていた達也は、二度目でようやく言葉の意味を理解した。電話の相手は自分を見ている。シートを起こし、辺りを見回した。駐車場は二十台分の枠のうち、半分ほど埋まっている。前方に四台、外の通りに人影はなかった。

「おまえ誰じゃ」

「おまえ……か」

一瞬、中西かと思ったが、声の主はもう少し年配の感じがする。いたぶるような口ぶりに、達也は素人ではないと思い始めていた。口調を改めようかと迷ったが、弱腰になるとつけ込まれるので、もうしばらく様子を見ることにした。

「俺が誰か分かってんのか？」

「さぁ、誰やったかな。いちいち雑魚《ざこ》の名前なんか覚えてないわ」

「ナメとんかおっさん。ビビってんと、面《つら》見せろや」

男は心底おかしそうに笑った。相手の余裕が伝わってきて、達也は怒りより恐れを抱いた。闇金がらみのやくざなら厄介なことになる。今からでも謝ろうかと逡巡《しゅんじゅん》したとき、笑い声が収まった。

「ほんなら、ご希望の面、見せたるわ」

電話が切れると同時に、真正面に停まっている大型セダンのドアが開いた。運転席から出てきた男がオレンジ色の外灯に照らされる。巨漢でスーツの生地が悲鳴を上げているようだ。達也は電話を持ったまま、唖然《あぜん》とした。どう見てもやくざだ。

男は勝手に助手席のドアを開けて中に入って来た。横に座っただけでかなりの圧がある。逃げる間もなかった。呆気《あっけ》にとられる達也の顔を楽しげに眺めている。

「なんや、ビビってんのか？」

抵抗する気すら起こらず、達也は素直に頭を下げた。

「何や、もうちょっと骨のある奴やと思ってたけど、案外金玉小さいな」

五分刈りの男は両耳とも餃子《ぎょうざ》のように潰れている。おそらく柔道経験者だろう。体格からも相当訓練を積んでいるのが分かる。喧嘩相手として最も避けねばならない人種だ。

「上月達也やな？」

「……はい」

「どないしたんや？　全然元気ないやんけ」

達也は目を伏せたまま固まった。これからどこに連れて行かれるのだろうと思うと、怖くて仕方なかった。やくざに関わったことを心底後悔した。

「俺を誰やと思う？」

達也は男に視線をやった。丸い顔に貼り付いた笑みが不気味だった。

「幹部の方ですか？」

「はぁ？　幹部？　おまえ、俺のこと極道《ごくどう》やと思ってるんか？」

「違うんですか？」

男は愉快そうに頬を緩め、達也の肩を軽く小突いた。やくざに見られたことが満更でもない様子だった。

「失礼なことぬかすな。俺はな、れっきとした公務員や」

「公務員？」

「そや。おまえら、チンピラの天敵や」

「刑事さん……ですか？」

「正義の味方、市松《いちまつ》や。よう覚えとけ」

達也はひとまず安堵して、ハンドルに両手を置いた。刑事なら、少なくとも消されることはないだろう。

「何ホッとしとんねん。やくざと揉めとんか？」

「いえ、そういうわけでは……」

市松はハイライトのパッケージから一本取り出して口にくわえた。達也はすかさずジッポーの火を差し出した。この瞬間に主従関係が明確になり、市松は満足そうに煙を吐いた。

「上月、定食屋はメシを食うとこや」

一度弛緩《しかん》した体に、再度緊張が走った。慌てて退散したが、ナンバープレートを見られていたのだ。

「通報があったんですか？」

「そんなこと、被疑者にペラペラ話す刑事おるか？」

「すんません。僕……、パクられるんですかね？」

「さぁ、それはおまえ次第ちゃうか」

妙な言い回しだった。達也は市松の意図が分からず、問い掛けるような視線を送った。

「門田、飛んだぞ」

「えっ？」

市松は大きく口を開けて笑った後、無防備な欠伸《あくび》をした。

「納めなあかん金持って、女と逃げた」

「嘘ですよ。まさか門田さんが」

「そんな信頼を置けるやつか？」

「いや……。でも、中西さんたちを裏切ったらタダじゃすみませんよ」

「おまえ中西を買い被《かぶ》ってるんちゃうか？　あんなもん三次団体のパシリにすぎん。直参《じきさん》の幹部なんか誰もあいつのこと知らんで」

刑事の一言で、達也は自分の持っている物差しがひどく小さい物に思えた。

「まっ、門田のアホにナメられたってだけの話や。それにしてもおまえ、未成年者どついて、善良な一般市民から違法な金ふんだくって、立派な犯罪者やな」

「あのっ……、勘弁してください」

「貸金業法と出資法は生活安全《せいあん》課やけど、暴行もあるし、なんせ極道絡んでるから、ウチの事件って言えばそうやな」

三年前の早朝、任意同行で刑事たちが家に来たときのことは忘れもしない。二週間弱の留置場生活、泣き崩れていた母。思い出すのも嫌だった。

「勘弁してくださいよぉ、市松さん。僕、もう後がないんです。やり直したいんです」

達也は半泣きになって市松のジャケットをつかんだ。電気工事士の資格を取って、立体駐車場のメンテナンスの仕事をしようと勉強を始めたばかりである。三十になったら真っ当に生きようという決意はいい加減なものではなかった。闇金の方もタイミングを見計らって門田に相談しようと思っていたのだ。

「おまえ、前科もんやし、実刑やな」

市松が窓の外にタバコを捨てた。

達也は目の前が真っ暗になった。ツイてない一日が、最悪の形で締めくくられようとしている。両手で顔を覆った。恥も外聞《がいぶん》もなく、嗚咽を漏らした。

「まぁ、闇金に関して言えば、おまえは従属的やったし、暴行にしても、あのガキの態度も悪かった」

突如として市松の口調が柔らかくなったので、聞き逃すところだったが、達也は暴行に関する発言に引っ掛かりを覚えた。

「ガキの態度って、市松さん見てたんですか？」

「そや。目撃者は俺や」

警察の行動確認《こうかく》対象だったことに、達也は改めて背筋が凍りつく思いだった。

「さっき、おまえ次第って言うたな？」

達也はすがるような目をして頷いた。市松は間を取るように二本目のハイライトをくわえた。達也のジッポーでタバコに火をつけると、煙とともに条件を吐き出した。

「捜してほしい奴がおるんや」

6

林鋭生――。

刑事が去った車内で、達也は状況を整理しようとセブンスターをくわえた。

まず、門田が飛んだことで闇金の仕事からは解放される。暴対の刑事だという市松の庇護《ひご》下《か》にあれば、中西から不当な圧力を受けることもないだろう。収入は減るが、平穏な日常を取り戻せることは歓迎すべきだ。だが、諸刃《もろは》の剣で刑事に暴行と闇金がらみで尻尾をつかまれた。いずれにせよ、自分に残された道は、林鋭生という得体の知れない男の行方を追うことだけだった。

窓の外へ流れていくタバコの煙を見ながら、達也はここが正念場だと思った。年齢的にも、もう遠回りしている余裕はない。再び逮捕され、それも実刑を食らうことになったら、真っ当な将来は望めないだろう。振り返れば自分の甘ったれた人生に嫌気が差す。

達也は学習塾を経営する両親のもと、大阪の堺《さかい》に生まれたが、両親は多忙を理由に息子を祖父母に預けっぱなしだった。京都の製作所に勤務していた祖父は電子部品の販売畑を歩んだ人だ。現役時代は単身赴任や出張で海外へ出かける機会が多かったため、話題には事欠かなかった。その上、職業柄機械全般の知識が豊富で「Windows」が話題になる前から家にはパソコンがあって、一人っ子でも退屈しなかった。祖母は達也が何をしても怒らない温厚な人で、料理も掃除も母とは比べものにならないほど手際がよく、今思えばおかずの味付けやアイロンがけなど一つひとつにセンスがあった。父親から怒られたとき、必ず間に入ってくれたのもこの祖母だ。

小学三年のときに祖父が、六年生のときに祖母が病死した。二人のことを思い出すとき、達也はいつも懐かしさと感謝で胸が苦しくなる。社会の一員として出直そうとしているのも「祖父母に顔向けできない」という気持ちが大きい。

しかし、幼少のころから忙しく働いていた父と母にはあまり親しみを感じない。神経質な父は関西人なのになぜか標準語を使い、息子のことをほとんど褒《ほ》めなかった。同じく標準語で話す母は、父よりも明るかったが、人を小バカにする心の動きが言動の端々《はしばし》に表れていた。両親の考えでは「大学進学は絶対」で、中学受験もその教育方針によるものだった。

達也はときどき思う。もし、祖母の死が一年遅かったら、自分の人生は変わっていただろうか、と。小学六年の夏休み前に亡くなり、達也はショックの余りほとんど勉強が手につかなかった。一学期までは合格圏内だった神戸の難関校が厳しくなり、大阪市内の進学校にランクを下げたが、却って重圧を感じて結果は不合格。各校の受験日が同じで、一発勝負だったことも災《わざわ》いした。

合否の発表があった日、父は全科目の入試問題を手に入れて意気消沈する息子に解かせた。答え合わせの間、ずっと眉間に皺《しわ》を寄せていた顔を達也は今も忘れられないでいる。さすがに母は慰めてくれたが、翌日、お祝い用に買ったケーキが箱ごと捨てられているのを見て、期待を裏切った自分が情けなくて仕方なかった。

「腹下してたことにしろ」

ケーキの箱を呆然と見ていた達也に、父が告げた言葉だ。個人で学習塾を経営する身では、子どもの受験の失敗が仕事に影響すると考えたのだろう。なす術《すべ》を知らない少年は、その嘘にすがりついた。

地元の公立中学校でクラブ活動をしなかったのは、受験勉強のためだ。だが、同じ帰宅部の同級生や先輩と行動をともにするようになって、気を遣わず生きることに解放感を覚えた。初めてカツアゲをしたとき、脅されるがままに金を出す小学生の引きつった顔が、快感へとつながった。喫煙、飲酒、ナンパ、原付の運転。それからはタガが外れたように遊び回った。

中学二年になると両親と口をきかなくなった。父の注意を鼻で笑ったときに頰を張られ、カッとして手元にあったボールペンで腕を突き刺した。脂汗を浮かべて悶絶《もんぜつ》する父の姿に罪悪感を覚えなかったわけではない。母の悲鳴が耳鳴りのように鼓膜の内側で響くのを感じて、もう後戻りはできないと思った。それからは変に腹が据わり、誰であっても視線がかち合うとすぐに喧嘩をしかけた。しかし、負けなしの状態が続いたのは、先制攻撃を躊躇《ちゅうちょ》しないことと体格で相手を選んでいたというだけで、腕力自体はさほどのものではなかった。

達也が高校に進学したのは、単純に友だちとつるみたかったからだ。それに、一足先に社会人になった先輩から、会うたびに愚痴《ぐち》を聞かされていたので、まだ働きたくないという思いもあった。

もともと品のよくない学校だったが、達也はその中でも特に柄《がら》の悪い連中と付き合うようになった。この学校をシメていたのが三年の門田だ。ボスのために合コンを設定したことから覚えがめでたくなり、達也はほとんど通学せず仲間と一緒にパチンコ店や居酒屋に入り浸った。

入学から半年が経ったころ、グループの一人が出会い系サイトで美人局《つつもたせ》にひっかかり、達也は交渉に行くという門田に連れられて現場に赴《おもむ》いた。ホテルの一室にいたのは、絨毯《じゅうたん》の上で正座をさせられている同級生とベッドに腰掛けてタバコを吸う男の二人のみ。ひと仕事を終えた女の姿は既になかった。分厚い体をした中年の男は達也たちにソファーを勧めると、自分の女が寝取られたとする表面的な説明を始めた。

「こいつ反省してへんから、いっぺん事務所連れて行くわ」

達也と門田は、目を真っ赤にしている同級生とともに土下座して許しを請うた。その後、男は長財布から二千円を抜き取ると「これで茶ぁ飲んで来いや」と言って、達也と同級生を追い払った。

一人取り残された門田から招集の連絡が入ったのは、翌日の昼のことだ。主要メンバーの五人が行きつけの喫茶店に駆けつけると、門田は意外なほどさっぱりした顔で現れた。「小遣い稼ぎさせたるわ」と言って説明したのは、振り込め詐欺の概要だった。一人暮らしの大学生を装い、交通事故の示談金名目で親から金を振り込ませるという典型的な手口だ。

あの後、やくざとの話し合いがどういう結末に落ち着いたのかは分からないが、美人局の件を丸く収め、その上仕事まで取ってきた門田の力量に、達也は感服した。

犯行に使うプリペイド式の携帯電話と名簿は、やくざが用意していた。名簿冊子の表紙には「大手企業退職者一覧」や「未公開株取得者一覧」と書かれ、ここから手当り次第に電話するのである。また、生徒の連絡先が載った高校の名簿を集めることを命じられ、提出すると別手当がもらえた。

達也は一度だけ、振り込みまでこぎつけたことがある。自分のことを完全に息子だと思い込んでいる女の叱責《しっせき》を信じられない思いで聞き、口先だけで謝り続けて百五十万円を振り込ませた。罪悪感はなく、むしろ親などいい加減なものだと思った。アルバイトで必死に働いても自給七、八百円だというのに、たった五分で百五十万である。達也はやくざも付き合い方次第で旨《うま》みがあると考え始めた。

年明け、門田の彼女が美人局のやくざと腕を組んで歩いているのを見かけた。悩んだ挙句《あげく》門田に電話すると、全て承知した様子で「貸してくれって言われたらしゃあないやろ」と言われたのだった。達也が現状に疑問を感じるようになったのは、この一件からだ。やくざの圧力に屈し女を差し出す気持ちも、平然と乗り替える女の心情もまるで理解できなかった。

やくざと女が覚醒剤で捕まったのは、それからひと月後のことだ。卒業した門田がカー用品の販売店に就職したのを機に、グループは自然消滅したのだった。達也の高校の思い出は、二年のときから色褪せていく。何人かの女と付き合ったことはそれなりに楽しかったが、特段心に残ることもなかった。

高校卒業後、達也は実家暮らしのままアルバイトで小遣いを稼いだ。成人式で久しぶりに昔の仲間と騒いで帰った朝、両親から学習塾を畳むことを告げられた。父親には外に女がいたようで、既に家庭内別居の状態だった。

大阪市内のビジネスホテルに就職したのは、業界に興味があったからではなく、ただ正社員という身分に魅力を感じただけである。

仕事は組織が小さい分、一人当たりの作業量が多く、決して楽ではなかった。チェックインやチェックアウトの手続き、予約の確認、売上げの集計まで、正社員は清掃と食事以外の仕事をほぼ受け持たねばならず、満足に連休も取れないほどだった。やがて会社員の生活に慣れてくると、休日に考えるようになった。自分の人生はこうして終わっていくのか、と。

だが、勤め始めてから五年後、職場に門田が現れたとき、達也の人生は大きく狂うのだった。

タバコの火が指先まで迫っていることに気付き、ようやく我に返った。車から降りると、達也はアスファルトにタバコを捨てて靴底ですり潰した。

アパートの階段を上がる。オートロックも何もないパッとしない三階建て。闇金の副収入があったとは言え、ろくに働きもしない千紗と暮らすにはちょうどいい物件だった。

市松に会って門田が飛んだと聞き、訣別《けつべつ》する意志を固めた。だが、そうなると千紗の存在が引っ掛かる。門田の女だった過去は消せず、嫌でも思い出してしまう。

開錠してドアを開けた途端、達也は部屋の空気が変わっていることに気付いた。壁にある照明のスイッチを押すと、今朝とはまるで違う光景が目の前に広がった。無秩序に物が散乱し足の踏み場もなかった部屋は、傷んだフローリングとその奥の赤茶けた畳の表面がきれいに見えた。

ある予感が達也を突き動かす。キッチンの水滴がきれいに拭き取られ、全ての食器が棚に入っていた。ダイニングの奥にある和室も、万年床の布団がなくなり、部屋の真ん中にちゃぶ台と座布団だけが取り残されたように置かれている。千紗が愛用していた三面鏡も消えていた。

早まる心音はまるで頭の中で脈打っているようで、達也は混乱を極めた。ちゃぶ台にあるメモ用紙に書かれた結末を読むのに、ひと呼吸分の時間が必要だった。座布団の上に胡坐をかき、メモを手に取る。

——お世話になりました。バイバイ！——

拙《つたな》いウサギの絵の吹き出しに、別れの言葉が書かれていた。能天気な絵には、これから始まる新しい生活への希望が溢れていて、残された人間の気持ちなど露ほども考えない残酷さがあった。

先ほどの市松の声が頭の中で再生される。

「納めなあかん金持って、女と逃げた」

メモ用紙をあらん限りの力で握り潰した後、達也はへそくりの存在を思い出した。闇金の件で口座を閉められたときの備えの金だ。押入れの襖を開けて衣装ケースを引っ張り出した。乱暴に服を取り出し、底に敷いてあったシートをめくった。

何もなかった。

第二章

1

素早く動いたフォークが、一度にふた切れのビフカツを突き刺した。

男はそのふた切れで皿の上を拭うようにして、茶色いソースを存分に付けた。ひと口で放り込むと、荒く鼻息を鳴らして獣の勢いで咀嚼《そしやく》する。味覚に神経を集中させたいのか目は閉じられ、体も固まったまま動かない。噛むごとに快感が広がるような、見方を変えれば単に間抜けな顔を人前にさらして、男はやっと口の中の物を呑み込んだ。

「痺《しび》れるわぁ」

明日香の目を真正面から見据え、男が言った。唐突だったので、明日香はよく意味が分からなかった。

「何がでしょう？」

「ビフカツ。痺れるわぁ」

多分、褒めているのだろう。男はご飯とマッシュポテトを同時に頬張り、慌ただしくふた切れのビフカツをフォークに刺した。ソースと同色のソファーの上で正座する男は、また間抜けな顔を見せた。

汗の噴き出た五分刈りの頭に、ソースまみれの無精髭《ぶしょうひげ》。彫《ほり》が深く、草食系男子を叱り飛ばしそうな戦国武将風の面立ちである。五月というのに、色褪せた黒のタンクトップ一枚で上着はない。

「食べへんの？」

自分の食事が終わる段になって、ようやく明日香の前のテーブルに気付いたようだ。

「ええ。済ませてきましたから」

水を一気飲みした後、男は「あぁ！」と声を出し、心底幸せそうな顔をした。案外かわいらしい表情だった。

関西将棋会館は、ＪＲ大阪駅から環状線でひと駅のところにある。その一階の洋食店で、明日香はプロ棋士と対面していた。ランチタイム終了の時刻とあって、店内には二人以外に客の姿はなかった。カウンターの上部に備え付けられたスピーカーから、微《かす》かにバイオリンの音が聞こえる。

「ビフカツはな、二番目に好きなおかずやねん」

ソファーの上で胡坐になった真田信繁は、ナプキンで口もとのソースを拭った。どうやら普通に腰掛けるつもりはないらしい。

「一番好きなのは？」

そう尋ねるしかない展開なので、明日香が将棋で言うところの「定跡《じょうせき》通り」に質問すると、真田はニヤニヤ笑って「後で教えたるわ」と答えた。なぜ恩着せがましいのか理解できないまま、白けた内心を隠して曖昧《あいまい》に頷いた。

「で、これの行方を捜してるって？」

真田は唐突に汚れたナプキンを突き出した。明日香はとっさに身を引いた。

「ナプキンですか？」

「ナプキンって誰や？　外人捜してんのか？」

「でも、これどっから見ても……」

「ちゃう、ちゃう。ナプキンについてるもんや」

「ソース？」

「何人《なにじん》捜してんねん。ソースの種類や」

「デミグラス……」

「ハヤシや！」

知らんわっ、という言葉を呑み込んで、明日香は引きつった笑みを返した。だが、真田は一向にナプキンを引っ込めない。

「そうです。コレを捜してます」

明日香がナプキンを指差してフォローすると、真田は満ち足りた表情で頷いた。

「まぁ、だいたいの話は嫁はんから聞いてるけど、俺にしてもおっさんのことはあんまり知らんわけや。でも、何がヒントになるか分からんから、まず俺の生い立ちから聞いてもらおか」

明日香が「結構です」と言う前に、男は低い声で語り始めた。自分のペースを崩さないのは、勝負を生業《なりわい》にしている棋士だからか、それとも単に常識がないからなのか。明日香は後者と断定し、仕方なく耳を傾けた。

兵庫県尼崎《あまがさき》市の下町で生まれた真田は、競艇が趣味で定職に就かない父とホステスの母に育てられたという。兄弟がなかったため、小学二年生のときに母親が蒸発してからは、木造アパートで父子二人きりの生活が始まったらしい。明日香はこの時点でもうお腹いっぱいになった。

「小三の夏ごろから、親父が全然働かんようになってな。方々《ほうぼう》から金借りては、家で酒飲みながらずっとテレビ見てたんや。当たり前の話、来るわな、借金取りが」

「そこで林さんが？」

「まだや。これ、ちょうだいな」

真田は明日香の分のお冷《ひや》を奪うと、唇を湿らせた。

「俺らアパートの二階に住んでたんやけど、そのうち玄関前に柄の悪いのがうろつき始めて、夜になると親父は反対側の窓から下りて酒買いに行ってたんや。で、ある晩、いつもみたいに外に出たら、三人のチンピラが待ち伏せしてて、親父を車に押し込んで走り去ったわけや。俺は二階の窓から一部始終を見てたんやけど、それ以来親父に会ってない」

「拉致《らち》されたってことですか？」

「そうや。警察もちゃんと調べてくれへんし、小三の坊主が部屋の中で一人になったわけや」

「お父さまはご無事で？」

「知らん」

明日香は唖然とした。この野性味溢れる風貌は、なるべくしてなったということだ。

　真田は明日香のお冷を飲み干すと、ジーパンの腰回りに差していた手ぬぐいで頭の汗を拭いた。

「ほんで、翌日や。玄関のドアノブがガチャガチャするから、てっきり親父が帰って来たと思って開けたら、西部警察の大門みたいな奴が立ってたんや」

「当時からその格好なんですね？」

「うん。俺、その見てくれだけで刑事やと思い込んでしもて。ほんなら借金取りって言うからショックでなぁ。もうあかんと思ったで」

　自分の苦労話を好む人間は少なくないが、真田は特に楽しそうな様子だった。

「おっさんが金目のもん探してる途中に将棋盤見つけて、『真剣』をすることになったんや」

「小学生と大人が？」

「まぁ。勝負事やから年関係ないけどな」

「いや、あると思いますよ」

「俺が勝ったら父ちゃんを返してもらう、ほんで俺は自分の命を賭けた」

　もはや理解を超える話だった。明日香は「一年中乱心している」という秋葉の言葉を思い出した。

「当時『命賭ける』って言うのが学校で流行《はや》ってて、軽い気持ちで言うてんけど、実際負けたときは殺される、と思ったで」

「殴られたりしたんですか？」

「全然。それから弁当持って来てくれたり、将棋教えてくれたり、世話になったんや。特に将棋に関しては格段に強うなったな。戦術面はもちろんやけど、心理面で相手を揺さぶるっちゅうのは、ほんま勉強になった」

「心理面？」

「例えばな、相手が考えてるときにブツブツ文句言うたり、大きいため息を吐《つ》いたりするんや」

「何かせこいですね？」

「相手が悪い手を指すやろ？　そんなときはすぐに指し返さんとわざとトイレに行くんや。ほんでその悪い局面を長い間見させて精神的に追い込む。どや、ワクワクするやろ？」

「なんか、かわいそうです」

「まぁ、そんなこんなで、親父がおるときより人生が充実してしまった、というオチや」

真田は明日香の反応など構うことなく、強引に話をまとめてしまった。

「林さんとの交流は続かなかったんですか？」

「その後に俺が親戚の家に引き取られてからは、ずっと音信不通。三、四年前に三段リーグ編入試験を受けるときになって、急に出て来たんや。びっくりしたで」

「秋葉さんのマンションですよね？」

「その当時金がなかったから、秋葉と当時はまだ結婚してなかった嫁はんと三人で暮らしてて……」

「静さんも？」

「その変は事情があるんやけど……、話しとったら日暮れるから」

今まで散々生い立ちを話しておいて、真田は急に歯切れが悪くなった。

「とにかく、当時住んどったマンションに来て、猛特訓してくれたんやな。俺がきつい編入試験を突破できたんは、林のおっさんのおかげでもある」

真田が柄にもなくしみじみとした表情を見せたとき、明日香はその顔に既視感を覚えた。どこかで見たことがある。目を閉じてしばらく考えた結果、昭和の名作映画が甦った。

「座頭市《ざとういち》」だ。

フォークを仕込み杖に替えれば、勝新太郎《かつしんたろう》扮する「市」そのものである。

将棋盤を挟んで勝新太郎と渡哲也が向き合い、刀とライフルを置いて駒を持つ絵は、想像するだけで迫力があった。

「これはおっさんの形見や」

真田はジーパンの腰回りから、一本の扇子を取り出した。使い古されたそれを開くと、勢いのある書体で「いてもたれ！」と書いてあった。

「この言葉は？」

「知らん。おっさんの座右の銘ちゃうか？」

「やっぱり、激しい人なんですね？」

「勝負事になったらな。普段はそんなことない」

それを聞いて、明日香は少しだけホッとした。

「将棋をしてないときは優しいんですね？」

「いや、気色悪い」

「は？」

「サングラスで目が見えへんから、何考えてるか分からへんねん」

「優しくはないんですか？」

「気色悪い」

恩人の割にはひどい言い草だ。明日香は気を取り直し、バッグから母が持っていた新聞の切り抜きを出して並べた。

「この記事の中でヒントになりそうなものはないですか？」

真田はパタパタと扇子であおぎながら、記事の一つひとつを食い入るように見つめた。そして「おっ」と漏らすと、その内の一枚を手に取った。

アマチュア大会で優勝したときのものだ。

「俺、今からインタビュー受けるねんけど、この大会を主催してる新聞社の記者やねん。ひょっとしたら、何か分かるかもしれへんな」

真田は勢いよく扇子を閉じ「ごちそうさん！」と声を張り上げると、千五百円を置いて出て行ってしまった。一人残された明日香は、このまま会館の中へ入っていいのかどうかも分からず、途方に暮れた。それにしても、自由な男である。

結局、真田の「一番好きなおかず」という四、五年で最も興味のない話は、謎として残った。

2

暗い雨雲が広がっている。

白黒写真のような空は陰鬱で、見ているだけで気が滅入りそうだ。未明から朝にかけて降っていた雨は上がったものの、この様子ではまた天気が崩れてもおかしくない。

明日香は傘の石突《いしづき》でアスファルトを打ち、無意識のうちにリズムを取っていた。鮮やかな水色の傘で、白のドット柄がかわいい。青空の色合いなので多少気持ちも明るくなる。よく置き忘れる上、知らないブランドだったが、セールのポップに釣られてよかったと思っている。

午後一時を回った。大阪市営地下鉄江坂《えさか》駅から歩いて約十五分。人口密度が高い大阪の市街地らしく、集合住宅と中小企業の事務所や工場が仲よく肩を並べている。

小川俊太郎《おがわしゅんたろう》のマンションもその中の一つだった。八階建ての黄土色の外壁を持つ冴《さ》えない外観で、オートロックもない。銀色の郵便受けの真下に、大小の自転車が所狭しと連《つら》なっている。

真田のインタビューをした記者に事情を説明してからちょうど一週間後、紹介された新聞社ＯＢと会った。彼は「水明」で知り合った関と同年代で、今でも年賀状の交換をしているという。

ＯＢは昭和五十九年に開かれた新聞社主催のアマチュア将棋大会について話してくれた。全国トーナメントの決勝戦で鋭生と対戦したのが小川だった。

「この小川という男も相当強いんですが、もう林鋭生の圧勝でしたな。ほとんどの手をノータイムで指してましたから。解説に来てたプロ棋士なんか真っ青な顔してましたで」

アマチュア大会の出場者は、地方大会を勝ち抜いた時点で新聞社が用意するプロフィール用紙を記入するそうで、ＯＢの男は二十九年前に小川が書いた用紙を見せてくれた。氏名や連絡先、職業、棋歴などの欄《らん》があった。明日香は鋭生のプロフィール用紙も見せてほしいとお願いしたが、連絡先から勤務先まで全てがデタラメだったという。

「連絡がつかへんから困ったんですわ。新世界で居場所突き止めてね、『嘘書いてどないすんねん！』と怒ったんですけど、フッと笑うだけで。気色悪かったなぁ」

真田と同じ感想だ、と明日香は思った。

「アマチュアやったら、無敵やと思ってたんやけど、それから四年ほどして、鋭生と小川が真剣をしたみたいでね。このときに鋭生が負けたらしいんですわ」

「えっ、負けた？」

まだ会ったこともなく、それどころか将棋のルールさえおぼつかないというのに、明日香は鋭生の敗北がショックだった。自分でも気づかないうちに、彼の人となりを心に描きつつあるのかもしれない。

関に聞いた通り、この後、林鋭生は姿を消してしまうのだった。その最後の対局に何があったのか。「真田の好きなおかず」などと違って、こちらの方は解いてみたくなる謎だ。

ＯＢの男からもらったプロフィール用紙によると、小川は今年還暦を迎える。大阪市内の清掃会社勤務ということなので、自宅がダメならそちらに押し掛けるしかないだろう。

自宅の電話は不通だったが、既に郵便受けに入っている名札を確認している。まだここに住んでいる公算が大きい。だが、ＯＢから入手した写真は若かりしころの彼である。さすがに集合住宅の玄関先で待つ、というのは気が引けるので、マンションのエントランスでそれらしい人に声をかけるしか特定の方法がない。

二十分ほど後、ますます雲行きが怪しくなっていく中、マンション前の狭い路上に立っていた明日香の目が、近づいて来る二人の男の姿を捉えた。

一人はくたびれたスーツを着たバーコード頭で、もう一人は八〇年代のヤンキー文化を彷彿《ほうふつ》とさせるリーゼントだった。年齢差もさることながら、身長差もはっきりとしていて、ヤンキーが顔を動かすたびに、髪の先端がバーコードの頭頂部に突き刺さりそうになる。どこから見ても友だちとは思えなかった。

「頼んますよぉ。教えてくださいよぉ」

近くまで来ると、ヤンキーの声が聞こえた。不良にしては意外と年を食っているようだ。ジャケットとパンツはともに黒で、そこそこ落ち着いた服装だった。一応、ネクタイもしている。

「君もしつこいな。そんな毎日来られても困るで」

「話聞いたらすぐ帰りますから。頼んますよぉ」

「そんな昔の話、覚えてへんわ」

バーコードがそう言った瞬間、明日香の頭の中で三十一歳のころの小川と目の前の男の顔が重なり、精度の低い画像処理の結果、かろうじて「似ている？」との曖昧な答えを弾き出した。「昔の話」というキーワードに釣られただけかもしれないが。

男たちがマンションの敷地に入ったのを確認して、明日香はおもいきって声を掛けてみた。

「小川さん?」

男たちは動きを止め、明日香に視線をやった。バーコードが迷惑げな顔でヤンキーを見ると、彼は濡《ぬ》れ衣《ぎぬ》といった様子で首を振った。明日香とヤンキーが仲間だと思ったらしい。

「そうですけど、どちらさん?」

「蒼井と申しますが、今日はあのっ、林鋭生さんという方について……」

「やっぱりそうや!」

小川がヤンキーに正対すると、鋭利と言っていいリーゼントが激しく揺れた。

「ちゃいますよ! 偶然ですから」

「そんなアホな。二十五年も前の話やのに、ここ四、五日で二人も同じ目的《おんな》でやって来るのはおかしい」

どうやらヤンキーも鋭生を捜しているらしかった。明日香はその動機についても知りたかったが、完全に腰が引けている小川の懐柔《かいじゅう》を優先した。

「だいたい君なんか、五日連続で来るなんて頭おかしいで」

「四日です」

「どっちでもええ。言うて悪いけど、君みたいな身なりの人間に毎日来られたら、なんや借金取りに追われてるみたいやろ。近所の目も考えてくれ」

「ですから今日は会社の方に……」

「もっとあかんわ。十一月で定年やのに、最後に変な噂が立ったらどないすんねん。俺は家の前で捕まるんが嫌やから早退までしたんやぞ」

「いやぁ、早《は》よ出てきてもらって助かりましたわ」

このヤンキーは相当厚かましいと思いつつ、明日香は流れに乗っかることにした。

「いきなり来て何ですけど、知ってることをお話しいただいて、今日で解放された方が効率的やと思うんです」

「あんたもかわいい顔して結構押し強いな」

赤の他人に挟まれた小川は、しばらく思案顔を見せた後「近くに喫茶店があるから」とスタスタと歩き始めた。明日香はヤンキーと目を合わせてにんまりしたが、すぐさま互いの名前も知らないことを思い出して、視線を逸らした。

無言のまま二分ほど歩き、古ぼけたマンションの前まで来ると小川が足を止めた。一階が喫茶店になっていて、ドア上にあるオレンジの庇《ひさし》に「喫茶　暖手巣《ダンテス》」と白抜きで店名が書かれてあった。

「なかなかオシャンティーな店ですね？」

「そうやろ」

小川は明らかに「オシャンティー」の意味が分かってなさそうだったが、褒められたことだけは理解したようだった。

店内はいわゆる空《から》の状態で、見渡す限り人の姿がなかった。その割には四人掛けのテーブル席が七つもあって、奥にはカウンターもある。外観からは想像できない奥行きだが、明日香は意外性よりも単に無駄だとの印象を持った。何となく置いたのが丸分かりの観葉植物が、所々スペースを埋めていた。ノスタルジーに浸《ひた》れる昔ながらの喫茶店、とギリギリの線で言えないこともない。

小川がドアに一番近いテーブル席を選び、お供の二人は下座に腰を下ろした。粗末な木製の椅子は動くたびに悲鳴を上げる。

カウンター奥の暖簾から、天然パーマの中年男が出て来た。店の観葉植物と同様、覇気《はき》がない。無難にホットコーヒーを三つ頼むと、最低限の返事をして引き返した。

奥でスイッチを入れたのか、突然激しめの洋楽が流れた。客を落ち着かせたいのか乗せたいのか、「暖手巣」の狙いは不透明である。

「で、二人はほんまに知り合いやないの？」

早めに誤解を解いておこうと思い、明日香は母が亡くなったことから事情を話した。小川は特に反応を示さず、むっつりとしたままだった。

中年の店員が一言も口をきかずにコーヒーを置いて戻った後、ヤンキーが「人助けやと思って」と頭を下げた。

「君……、上月君やったかな？　何回も言うけど、真剣をやったんは二十五年も前の話で、もちろん林さんの居場所も知らんの。今さら役に立つ情報なんかないわけや」

「その二十五年前に何があったんですか？　小川さんとの対局に負けてからですよ。林鋭生が消息を絶ったのは」

明日香は思わず上月の横顔を見た。なぜ真剣師を追っているかは分からないが、情報を持っているのは確かなようだ。

「消息ってオーバーやなぁ。ただ真剣が嫌になっただけやないの？　時代も変わったし。ところであんたらはどこで俺のこと聞いたんや？」

下座の二人は、ボールを野手間《やしゅ》でお見合いするときのように言葉を詰まらせた。上月が何も言わないので、明日香は真田から辿《たど》っていった経緯を説明した。

「真田って、あの真田五段？」

小川は組んでいた脚を元に戻して身を乗り出した。明日香はやや気圧《けお》されながら頷いた。

「俺、めっちゃファンやねん。真田さんはね、日本で初めて三段リーグ編入試験を突破した棋士なんやっ」

小料理屋「水明」で同じ話を聞いた気もするが、明日香にはその偉業が全くピンとこなかった。ややこしそうなので変則的にプロになった人、という理解に止《とど》めている。

「でも、小川さんも強いんでしょ？」

上月がまた乗せるように言うと、バーコードの頭が小刻みに震えた。

「とんでもない。プロとアマの差は歴然としてる。俺なんか対局することすら叶わんわ」

「そんなもんですか」

指でトントンと唇を打つ仕草を見せた後、上月が思いついたように口を開いた。

「そしたらですよ。もし、真田さんと対局できたら、林鋭生のことを話してもらえます？」

「え、何それ？」

小川は戸惑いながらも口元に笑みが広がっていた。

「そんなん、無理やろ。それに話すことなんかないし」

「そしたら、勝負師らしく真剣でいきましょ。真田さんに負けたら、情報をくださ
い。その代わり小川さんが勝ったら、何なりと言うてください。できる限りのことは
しますから」

この強引さと頭の回転の速さはどこで培《つちか》ったものなのだろうか。明日香はあきれる
とも感心するともはっきりしない気持ちで、リーゼントの横顔を見つめた。

「でも、肝心の真田さんが承知するとは思えんなぁ」

上月は自信に満ちた顔で明日香を見ると「出番です」と囁《ささや》いた。

「はぁ？」

「いや、だから真田さん。知り合いなんでしょ？　交渉してください」

「自分の伝手《つて》はないの？」

「俺の伝手はあんたや」

小川を見るときとは違い、ヤンキーの目つきは鋭かった。

「対局受けてもらうにしても、日時と場所を決めなあかんやんか」

「できるだけ早く、近場で。その方がそっちも都合がいいでしょ？」

やはり「あきれる」方に針が振れ、しかし別の攻め口があるわけでもなく、明日香は渋々携帯電話を取り出した。

真田は携帯を持っていないので、先日教えてもらった家の電話に連絡した。二度目の呼び出し音で聞き覚えのある女の声がした。

「あっ、静さんですか？」

明日香は「水明」でお世話になったことや真田を紹介してくれたことなどについて礼を言うと、すぐに本題に入った。静は話の途中で「ちょうど今、家におるから」と気を利かせ、夫に代わってくれた。

「あっ、俺やけど」

ぶっきら棒で野太い声を聞いて、明日香はビフカツを獣のように食べていた様《さま》を思い出した。

「お忙しいところ申し訳ないんですけど、実はお願いがあって……」

回りくどいことが嫌いなタイプとみて、明日香は小川のことを話した後、単刀直入に対局を受けてもらえるよう頼んだ。

「かまへんよ」

明日香は我ながら結構むちゃくちゃな要求だと思っていたが、真田の方は買い物にでも行くような気軽さで、対局を承諾してくれた。

「では、日時と場所を決めたいんですけど……」

「今からや」

「え？　来てくれるんですか？」

「行かへん。ちゃっちゃと済ませるわ。要するに勝ちゃあ、ええんやろ？」

「そうなんですけど……。でも、どうやって？」

「その小川っちゅうおっさんと電話代わってくれる？」

明日香は訳が分からないまま、携帯を小川に手渡した。小川は緊張気味に挨拶をすると「目隠しですか？」と言って固まってしまった。

目隠し、と聞いて、上月がさっと自分のネクタイを外し、使ってください、とばかりに前へ差し出した。が、小川は邪魔くさそうに払《はら》い除《の》けた。

「平手《ひらて》でいいです」

小川はそう言うと、一つ大きく深呼吸をして「お願いします」と頭を下げた。とりあえず、下座の二人もお辞儀した。

「7六歩……、2六歩……、4八銀……」

小川は目を閉じて、意味不明な暗号を唱え始めた。口を開くたび、薄い頭に手を載せて苦しそうに顔を歪める。

「頭おかしなったぞ」

上月の感想に頷きつつ、明日香は何となく彼が将棋をしているのではないかと見当をつけた。

「ひょっとして、目隠しって『将棋盤と駒を見ない』ってことじゃない？」

「マジで？　これ、将棋してるんか」

しばらくして、完全に小川が沈黙した。彼は目の前の男女を上目遣いで見た後、バッグの中から何やら取り出した。

携帯用の将棋盤だった。小さなマグネットの駒がついている。

「あれ、ズルじゃない？」

明日香が小声で尋ねると、上月は表情を険しくした。駒を並べ終え、小川の顔が安堵したように見えた。

「あの小さい将棋盤出すときにチラッとこっち見たやろ？　あれ、後ろめたいことがある奴はようやんねん」

上月が観察するように目を細めた。明日香はこのリーゼント男も大概《たいがい》怪しいと思った。

「もし、あれのせいでプロ棋士が負けたらどないする？」

「でも、プロとアマチュアでしょ？」

「勝負なんか、何が起こるか分からんがな」

言うや否や、上月はテーブルの上の将棋盤を取り上げた。

「わっ！　何すんねん！」

還暦は子どもに返るというが、六十歳を前にして小川は大人げもなく声を荒らげた。

「これ、ルール違反でしょ？」

「何がやねんっ、言いがかりや！」

「でも、目隠しって『将棋盤と駒を見ない』ってことでしょ？　何より、このネクタイを払い除けたことがそれを証明している」

上月はなぜか探偵気取りだったが、目隠しのところは明日香の受け売りで、ネクタイの件《くだり》も決定的な証拠にはほど遠かった。

「これがズルじゃなかったら何なんですか？」

「オ、オシャンティーや！」

小川は気合いで将棋盤を取り返すと、電話に口を当てて「同歩《どうふ》」と言った。彼の勝負に対する執念を前に、明日香たちはなす術もなく〝目隠し〟対局を観戦するよりなかった。

「あっ、負けました」

直後に迎えた呆気ない幕切れに、明日香は椅子からズリ落ちそうになった。小川は小さな将棋盤を見下ろして、深いため息を吐いた。

「あんたの棋力じゃ、林鋭生には勝てん！」

追い打ちをかけるように、彼が持つ電話から真田の大声が聞こえた。小川がしどろもどろになって言い訳を始めると、電話口から「真剣で負けたんやろが！」という真田の怒鳴り声が響いた。

これが勝負の世界というものなのか、二回り近く年下の男に怒られ、小川俊太郎はその名の通りシュンとしてしまった。そして、少し間を置いてから「僕じゃないです」と話した。

明日香は上月と顔を見合わせた。何か裏がありそうだ。

電話を切った後、小川は将棋盤からマグネットの駒をはがし始めた。黙っている二人に、彼はバツが悪そうに苦笑いした。

「さっきの『僕じゃないです』ってどういう意味ですか？」

上月の声が一転、低くなった。表情もいきいきしている。

「昭和六十三年の真剣なんやけど……。実は僕が対局者やないねん」

「はぁ？」

思わず二人して身を乗り出した。何らかの事情はあると思ったが、まさか偽者《にせもの》が出て来るとは思わなかった。

「どういうことなんですかねぇ？」

上月が粘《ねば》り気のある口調で問い質《ただ》した。明日香は段々化けの皮が剝《は》がれてきたと感じた。

「話したら長なるんやけど……。新世界の道場で将棋指しとったとき、林鋭生が俺に近づいて来てねぇ。真剣やるから立ち会いを引き受けてくれって」

「立ち会いって対局のことですか？」

明日香が口を挟むと、小川は寂しい頭を左右に振った。

「審判というか、証人というか。まぁ、その将棋が公正に指されるように見守る人のことや」

「つまり、林鋭生と別の誰かの対局ってことですね？」

「そうや。昭和六十三年の夏やったかな？」

「鋭生の相手は誰なんです？」

上月が急《せ》かすように言った。

「それが分からんのや」

「分からん？　審判したんでしょうが？」

「そうや。旅館の一室で、俺と鋭生と男の三人だけで。六寸盤を挟んでなぁ。それはすごい戦いやった。鋭生の四間飛車《しけんびしゃ》に対して……」

「内容はどうでもええんです。男の名前も分からんのですか？」

「さっぱり。見たこともなかったな」

「そんな強い奴やのに、知らんかったんですか？」

「それが不思議なんや。言うても狭い世界やからな。大会に出てるのも見たことないし」

「どんな奴です？」

「熊のように体の大きい男で、とても頭良さそうには見えへんかった。手も大きいから、駒なんか米粒みたいに感じるんや。でも、恐ろしく強い。あの林鋭生に勝ってんからなぁ」

いつしかバツの悪そうな表情は消え、小川は懐かしそうに明後日《あさって》の方を向いた。

「で、その対局では何を賭けたんですか？」

この一局の後に鋭生が姿を消しているとなると、敗者のリスクを知ることは重要なことだと明日香は考えた。

「それがよう分からんねや」

「肝心なこと全然知らんやんけ！」

上月が刑事ドラマの取り調べのシーンよろしく、ドンッと両手の拳をテーブルに落とした。小川は半身を丸め、小さくなった。

「じゃあ、何で小川さんが勝ったことになってるんです？」

バーコード頭は優しく問い掛けた明日香の方を媚びるように見た。

「ほんの出来心で……」

「出来心とか魔が差したとか、何の意味もない言葉やからなっ」

上月が右手の中指でトントンとテーブルを叩く。明日香は借金の取り立てなんかに向いているかもしれない、と思った。

「対局が終わった後に、その熊男に口止めされたんで、自分から名乗り出ることはないやろと思って。酒が入ったらつい……。その四年前にアマチュアの大会で負けたんが悔しゅうて」

明日香は再び嘆息した。有給休暇を取ってここまで来たというのに、分かったことは、鋭生が旅館の一室で熊みたいな大男と真剣を指した、ということだけ。もうどこから糸を手繰《たぐ》ればいいのか見当もつかなかった。

「しょうもないおっさんやでっ」

あきれ返って背もたれに体を預けた上月が、顔を顰めた。背中を痛めているようだ。同情するほど親しくもないので、そっぽを向いていると、小川が思い出したように手を打った。

「そういや、腰痛持ちやったなあ……」

「林鋭生が？」

小川は明日香の方を見て頷くと、眉間に皺を寄せた。

「そうや。大事な対局の前は鍼《はり》に行っとったわ！」

「鍼？」

小川は二人を交互に見て首肯《しゅこう》した。

「あんたら、京都に行き」

3

カウンターの一番奥に座る男が、猪口の酒を呷《あお》った。

キッと口元を引き締めると、真っ白になった長い眉毛を寄せて余韻に浸るように目を閉じた。口の周りを囲う髭を手の甲で乱暴に拭った後、熱燗用の錫《すず》の酒器を持って猪口に注ぐ。長い銀髪に黒い作務衣《さむえ》。浮世離れした雰囲気を持つが、日本酒を飲む姿は様になっていた。

カウンターのみの十五席。午後六時開店のはずだが、三十分もしないうちに席が埋まっている。この店は入店した順から奥に座るようなので、男は一番乗りということになる。聞き込みでの話を思い出すまでもなく、彼がお目当ての人物だと分かった。

「みんなおでん好きやなぁ」

ビールグラスを片手に持った女が店内を見回して言った。昨日知り合った蒼井明日香だ。大きな目が特徴的で整った顔立ちだが、達也からすればやや薹《とう》が立っている。

「みんなって誰?」

「真田さん、昨日電話で将棋指してくれた人ね。彼の奥さんも同じような小料理屋を開いてるねん。ここの半分ぐらいの席数やけど、L字のカウンターで、おでんと日本酒がメインの店」

「そこにも行ったん？」

「うん、先月ね。神戸にあるんやけど、旦那さんの職業柄、将棋関係者が集まる店みたいで、真剣師のこととかいろいろ教えてもらってん」

達也たちは男と最も離れたところに座っている。つまり、ギリギリ入店できたというわけだ。予約不可なので、外には雨の中を行列ができている。

京都の四条大橋東詰《しじょうおおはしひがしづめ》から南へ下ったところに、このおでん屋はある。達也は知らなかったが、男の居場所を教えてくれたおばさんの話では、店は百三十年以上の歴史があるらしい。時間が値打ちになるという感覚は、大阪生まれの達也にはあまりピンとこないが、京都に来たという実感だけは湧いた。

小川によると、鋭生を診《み》ていた鍼灸師《しんきゅうし》は、座り仕事の職人の間では相当名が通っているとのことだったが、ネット上には一切情報がなかった。それどころか、タウンページにすら所在地を載せていないのだ。

達也は蒼井明日香と共同戦線を張ることにした。亡き母の手紙を渡すため、などという温《ぬる》い事情に興味はないが、金の分配はないので人数が増えて損することもない。

とりあえず自分の目的については「善意の人捜し」ということにしているが、女はあまり信用していない様子だった。

昼の二時に阪急の河原町《かわらまち》駅の改札で待ち合わせをして、雨の中、小川から聞いた宮《みや》川町《がわちょう》の一帯で聞き込んだ。そこで、店の所在地のほか、鍼師の名が菅原龍成《すがわらりゅうせい》であること、完全予約制で一見を診ないこと、相当気難しいこと、どんな痛みでも消し去るが、治療にはかなりの痛みが伴うこと――などの情報を得た。さらに、菅原龍成は曜日ごとに呑む場所を決めていて、土曜日はこの老舗《しにせ》のおでん屋ということだった。

それにしても、話を聞いて回るのがこれほど疲れることとは知らなかった。インターホンに出ない者も少なくないし、最初から訪問販売と決めつけて応対しない連中もいる。一軒ごとに一から順に説明していくのは骨が折れ、これも怪しいセールスのせいだと、闇金時代の自分を棚に上げる達也であった。

龍成がまた熱燗をおかわりした。離れてはいるものの、カウンターがL字のおかげで、はっきり顔が見える。

「よく呑むよね」

女が感心するように言った。

「上月さん……でいいかな？」

「堅苦しいから、達也でいいよ」

少し間を取ってから、女が頷いた。

「じゃあ達也君ね。お酒は強いの？」

「結構呑むけど酒癖悪いから」

「どうなんの？」

「涙もろくなる」

「嘘？」

女が目を丸くした後、笑い出した。

「何で笑うねん。そういう奴おるやろ？」

「おるけど、全然そんなタイプに見えへんわ」

もちろん、なめられないようにと柄の悪い格好をしている達也だが、そのせいで偏見の目で見られることも多い。しかし、自分ではさほどの悪人だとは思っていない。涙も心の底から流しているのである。

「出てくるもんはしゃあないやろ。そっち……、何て呼べばいいかな？」

「好きに呼んで。下の名前でもいいし」

「じゃあ、明日香さんで」

少し照れた達也は咳払いをした後で続けた。

「酒呑むと人間変わるとか？」

「いや……。どうやろ。気張ってるときは大丈夫やけど、物を壊したり、紙破ったり……ぐらいかな？」

「まぁまぁひどいね」

達也は大皿に残っていた飛竜頭《がんもどき》に齧《かじ》り付いた。薄口のダシと大豆の風味が口の中に広がり、このまま日本酒をキュッといきたかったが、ひと仕事の前に涙もろくなっては使いものにならない。ビールで我慢した。

龍成が軽く右手を挙げると、厨房《ちゅうぼう》白衣を着た店主が慣れた手つきで黒いカルトンを差し出した。勘定のようだ。達也たちも慌てて皿の上のおでんをさらいにかかる。

金額を決めて飲んでいるらしく、龍成は五千円札を一枚置いて、物言わず席を立った。

「先に行って。見失うとあかんから」

明日香に耳打ちされ、達也はすぐさま鍼師の後を追った。二人だとこういうときに動きやすい。傘を持って外へ出る。

雨は既に止んでいた。信号待ちをしていた龍成が南に渡り、宮川町通に入った。昼間の調査のおかげでこの一帯の地理は頭に入っている。振り返ると近づいて来る明日香の姿が見えた。

宮川町通は花街《かがい》にふさわしく石畳で、道幅は三メートル弱。細格子のお茶屋や割烹《かっぽう》料理店の間に、民家や青空駐車場もある。低層のマンションも建っているが、瓦の庇《ひさし》で統一されているのがいかにも京都らしかった。不規則に点在する行燈《あんどん》の灯りが、雨上がりで濡れた石畳を優しく照らす。家の近所を探し回ってもお目にかかれない風情だ。

明日香とともに後をつけるうちに、コンクリート打ち放しの「宮川町歌舞練場」が見えてきた。住民によると、毎年四月にこの練場で「京おどり」が開かれるという。達也にとって芸妓《げいぎ》や舞妓《まいこ》は、座敷で踊ったり、金持ちの男に酌をしたりするイメージしかなかったが、舞台の稽古までこなすとなると案外割に合わない仕事だ、と余計なそろばんを弾くのだった。

歌舞練場から少し南へ進んだ地点で、龍成が歩みを止めた。

「何の用や?」

振り向きもしない老人の痩《や》せた背中を街灯が照らしている。

束の間達也と顔を見合わせた明日香が、口火を切った。

「菅原龍成さんですよね？　突然で申し訳ないんですけど、林鋭生さんのことで聞きたいことがありまして……」

「林鋭生？」

龍成が振り返って怪訝《けげん》な表情を見せた。背は低いが、顔に刻まれた深い皺の数々が威厳を与えている。

「鋭生がどないしたんや？」

明日香が亡くなった母と手紙のことを話している間、達也は隣でただ頷いていた。その場しのぎの嘘が通用しそうに思えなかったので、黙っていることにしたのだ。

「ワシかて、きゃつの居場所は知らん」

「どんなことがヒントになるか分かりません。お話ししてもらえないでしょうか？」

「もう帰って寝たいねんけどな」

「お願いします！」

明日香が深々と頭を下げたのに倣《なら》って、達也も腰を折った。

「まぁ……、患者として来るんやったら、世間話ぐらいしてもええで」

「すみません。一見さんお断りって聞いてたもんですから……」

「ええ加減なもんや。そうでも言わなようさん来るから、酒呑まれへんがな」

「では、明日あらためて……」

「予約でいっぱいや。やるとしたら今からや。どうする？　聞いてるかもしれんけど、ワシの鍼はごっつい痛いで。それに打つとこ間違えたら大惨事や」

達也は隣の女と互いの目を探り合った。譲《ゆず》り合いというより、押し付け合いの視線が交差する。鋭利な髪型にもかかわらず、達也は注射が苦手だった。もちろん、鍼灸院には行ったことがない。想像もつかない世界なので、何としてでも患者にはなりたくなかった。

暗い中で固まってしまった男女を見て、龍成が笑い始めた。

「二人とも気が進まんみたいやな。失礼な奴には腕が鳴るわ。おい、ニワトリ頭。おまえ、背中痛いやろ？」

言うまでもないが、達也は今までニワトリを意識して髪をセットしたことなど一度もなかった。だが「二人のうちどちらがニワトリか？」と問われれば、答えは明白であった。そして、実際に背中が痛い。

「いや、自分は……」

「どないすんねん。来るんか来《け》えへんのか」

明日香に背中をボンと叩かれ、達也は苦痛に顔を歪めた。彼女は酒のせいで少し凶暴になっている。

「やっぱり痛いんやんけ」

龍成は踵を返すと、石畳の上を歩き始めた。そして、最初に声を掛けてきたのと同じように、背を向けたまま言った。

「先言うとくけど、酒がきれたら手ぇ震えるで」

4

足音から地面の湿り気が伝わる。

老舗のおでん屋といい、花街といい、京都に来たと実感する一日だが、この細長い路地もまた、古都の風情というところだろう。老人の背を見つめ、達也は傘を杖のようにして進んだ。

庇のすぐ下に取り付けられた裸電球が、ガラスの入った格子戸《こうしど》を淡く照らしている。一見さんお断りのせいか、看板も表札もない。遠慮なしに言えば、間口の狭い陰気な平屋建てである。頼まれても来たくはない雰囲気だ。

「顔色悪いな」

開錠した龍成が、達也の方を見て言った。

「体調悪かったら、止めといた方がいいとか、そんなルールはないんですかね？」

「調子悪いから鍼を打つんよ」

母親のような優しい口調ながら明日香が退路を断つと、鍼師は「そらそうや」と同意して中へ入った。

龍成が玄関脇のスイッチを押すと、天井に備え付けられた二本の蛍光灯が瞬《またた》きを繰り返した。薄暗い照明の下、四畳半ほどの黄ばんだ白壁の部屋が浮かび上がった。待合室のようだ。

右隅にポツンと置かれている二人掛けのベンチが唯一のアクセントと言える。背もたれはあるが、ひじ掛けはない。中央分離帯のように真ん中が三角形に盛り上がって、その下部が空洞になっている。二つの台を無理やりくっ付けたような歪《いびつ》な形をしている。

「あっ、これ将棋の駒ですか？」

同じくベンチを見ていた明日香が弾んだ声を出した。同じ物を見ているはずなのに、達也にはさっぱり意味が分からなかった。

「おう、よう気付いたな」

草履《ぞうり》を脱いだ龍成が、ベンチの前まで行ってしゃがみ込んだ。

「これや」

指で形をなぞられてようやく気付いた。

下部の空洞が将棋の駒の形に見えるのだ。中央の三角形の傾斜が駒の上部を表している。

「これ、ほんまに駒を意識して作ったんですか？」

「そうやなかったら、こんな座りにくい椅子作らへんやろ」

達也を見てぶっきら棒に答えた龍成は、立ち上がると床を軋《きし》ませて部屋の奥へ向かった。珠暖簾《たま》の向こう側に診療室があるらしい。

「なんでこんなん作ったんやろ？」

明日香は家具に興味があるのか、座ったり、叩いたりしてしげしげとベンチを眺めている。よく見ると、空洞を中心に左右に分かれた台のような「椅子」の部分に、金具の取っ手が付いていていた。

「これ、何やろ？」

「さぁ、引き出しにでもなるんちゃう？」

明日香が右側の金具に片手をかけ、引っ張ったがびくともしない。彼女は立ち上がって両手でそれを引いてみたが、結果は同じだった。

「ちょっと、やってみてくれへん？」

「いや、俺、背中痛いからここに連行されてんで」

「すぐ治してくれるよ」

本当に酒癖が悪いようだ。初対面のときと随分印象の違う明日香を横目に、達也は両手で金具を持って力いっぱい引っ張った。なかなか頑固だが、少し動いた。引き出しではないようだ。中に何かあると分かれば、好奇心も力になる。達也は痛む背中をかばいながら、ゆっくりと引いていった。

中身が半分ほど見えたとき、二人はその場にしゃがんだ。光沢のある木の表面に漆で線が引かれ、それがきれいな升目を作っている。

「これ、将棋盤やんね？」

明日香の質問に、達也は「多分」と不機嫌に応じた。苦労の末に出て来たのが何の興味もない将棋盤とあらば気力も萎《な》える。

「これ作った人、相当アホやわ」

そう言いつつ、何が楽しいのか明日香は先ほどからずっと白い歯を見せている。

「早よ来な寝るでぇ」

龍成の声に二人は慌てて立ち上がった。部屋の奥の珠暖簾をくぐり……と思いきや、暖簾の糸に通されていたのは無数の将棋の駒だった。

「どんだけ将棋好きやねん」

達也は心の叫びをそのまま口にした。これまでの約三十年の人生で、将棋を意識したことなど一度もなかった。だが、あの市松という刑事に尻尾をつかまれてからは、毎日真剣師のことばかり考えている。もういい加減抜け出したかった。

診療室は六畳ほどで、右の壁際にベッドが寄せられ、枕の代わりにキッチンペーパーが一枚、揚げ物を待つように置いてある。ベッドの枕元――キッチンペーパーの奥に胸高の棚があり、その上に引き出しの多い年季の入った木箱がある。

それがこの部屋の全てだった。一枚の絵も一輪の花も、治療に無関係な物は何一つとしてなかった。仕事場の潔《いさぎよ》さが厳《おごそ》かに思えるのは、鍼師の風貌からくる先入観だろうか。達也の身体は、間もなく被《こうむ》るだろう痛みに備えて硬くなっていた。

「まずそのしょうもない上着とシャツを脱いで、上半身裸になれ」

雰囲気に呑まれて気の利いた返しもできず、達也は言われるがまま服を脱いだ。腹回りに多少脂肪がついたと言っても、腹筋は四分割され、細身の割には胸板も厚い。両腕には鍛えている証《あかし》に幾本もの筋ができている。人に見られて恥ずかしい体ではないが、自分一人だけ裸になるのは何か間が抜けているように思えた。

「私、出ましょうか？」

遅すぎるタイミングで明日香が申し出たが、龍成は軽く首を振った。

「いや、ワシが雑談するんは仕事の間だけや。多分、こいつは話す気になれんやろうから」

仄暗《ほのぐら》い照明の中で、鍼師が不敵な笑みを浮かべた。達也はすがるような目で明日香を見たが、彼女は微笑《ほほえ》んで頷くだけだった。

「よっしゃ、仰向けに寝ろ」

風変りな鍼師ではあったが、ベッドのシーツは真新しく清潔であった。達也はキッチンペーパーの上に、油ではなくスプレーでベトベトになった後頭部を載せた。

くすんだ灰色のヤモリが長い手足の指をいっぱいに開き、天井板の木目に沿うようにへばり付いている。縁起のいい生き物らしいが、光の少ない所にいるのを見ると不気味だ。

傍《かたわ》らに立った老人が達也の顔を覗《のぞ》き込んだ。

「舌出してみ」

「えっ、舌に刺すんですか？」

「ええから出せや」

逃げ場のない達也はおもいきって口を開いた。龍成はじっと見つめた後「もうええわ」と言って、ベッドに腰を下ろした。続いて左右の手首に八本の指をそえて脈をとる。

「胃腸の動きが悪い。ストレスや」

占い師のようにズバリと言い当てられ、達也は驚いた。

「何で分かるんですか？」

「人間の体で嘘をつくんは口だけや。脈が弱っとる」

たったこれだけのことだが、龍成に対する信頼がかなり増した。少なくともヤブではなさそうだと、達也はひとまず安堵した。しかし、頭上で木箱の引き出しを開ける音が聞こえると、緩んだばかりの身がまた硬くなっていく。目前に迫った痛みに集中し「根性ないんか、根性ないんか」と、胸中で呪文のように唱えて自らを鼓舞した。

「おまえ、ガチガチやな。鉄板みたいやぞ」

「大丈夫です」

「腹の上で肉焼いたろか？」

鍼師の冗談にも付き合う気にはなれず、達也は心の中でひたすら「根性ないんか、根性ないんか」と繰り返していた。

右の足首がスッとした。アルコールが染み込んだ綿で拭かれたのだ。注射の前と同じである。条件反射で鼓動が早まった。

コツコツと控えめな音がした。足首に感触はあったが、痛みはまるでなかった。

「あのっ……、今鍼刺してるんですか？」

「そうや。全然痛ないやろ？　胃腸に効くツボや」

全身の力が抜けた。何ヵ所も鍼で刺されると聞いていたので、修羅場を想像していたが、どうやら杞憂に終わったようだ。達也はようやく周囲の状況に目を配るゆとりができた。

「明日香さん、話始めてもうていいですよ」

「あっ、ありがとう」

明日香の声には、若干つまらなそうな響きがあった。龍成がまた頭上に行って、引き出しを開けた。新しい鍼を出すようだ。

「林鋭生さんと出会ったのはいつごろですか？」

「四十年ぐらい前ちゃうか？」

「そんな前なんですか？　一九七三年ごろということですか？」

「昭和で言うてくれ」

「四十八年です」

「えらい計算早いな」

「今年、四十なんで」

会話を聞いていた達也は驚いて眉を上げた。年上なのは雰囲気で分かっていたが、十も離れているとは思わなかった。

「それぐらいやったんちゃうか」

龍成は明日香を見ながら綿を手にした。今度は足の甲がスッとする。

「背中のツボな」

龍成が言い終わるや否や、激痛が全身を貫いた。

「アー！」

達也は本能的、というより習慣的に、右手の指先でリーゼントの先端をつまんでいた。ストレスが最高潮に達した証だ。自然と目尻に涙が滲《にじ》んだ。

「鋭生さんは四十年近くもここに通っている、と？」

一向に気にする風もなく、明日香が会話を続ける。

「いや、平成になってからは一回も治療に来てへん」

「最後に来たんは、昭和六十三年の夏じゃないですか？」

「そうやけど夏やったかな？　とりあえず六十三年は間違いないわ。いつも大一番の前にふらっと顔出しよるから」

龍成が足の甲の鍼をグルグルと回した。

「アー！」

先ほど以上の痛みに、体中の毛穴から汗が噴き出した。達也は両手でリーゼントの先端をつかみ、鍼の動きに合わせてグルグルと髪を回した。

「奇妙な癖やね」

さすがに心配になったのか、明日香が顔を覗き込んできた。

「帰りたい」

すがるような目で見る達也に、明日香は心底気の毒そうな表情を見せ「あかん」と言って首を振った。ようやく足の甲の鍼が取られた。

「ごっつい太い鍼使《つこ》たった。うつ伏せになれ」

チンピラにもなれない器とはいえ、中学生のころからそれなりに悪ぶって生きてきた達也だ。しかし今、人生の崖《がけ》っぷちに立たされている彼には「されるがまま」というほかに選択肢はなかった。

絶望的な気持ちで裏返ると、また頭上で木箱の引き出しが開いた。今度はマッチをする音とリンのにおいがする。

「何するんですか？」

「灸《きゅう》や。大したことあれへん」

達也からは見えなかったが、背中から腰にかけてシールのようなものを貼られた感覚があった。よもぎのいい香りがして、心地よい温かさが伝わってきた。

「どや、気持ちええやろ？」

「もう背中痛いままでええんで、鍼をやめてほしいんです」

情けなく眉を垂れ下げた達也の面持ちに、龍成が鼻で笑った。

「で、昭和六十三年の真剣なんですが、相手は誰やったんですか？」

達也の懇願を無視して、明日香が会話を再開した。

「知らん」

「そうですか……。何か大きい物を賭けたんですかね？」

「駒や」

「駒？　将棋の？」

「そや。どうしても欲しい駒があったらしい。鋭生は一千万用意したみたいやから、よっぽどやろ」

「一千万！」

明日香が素っ頓狂な声を出したタイミングで、達也の背中に鍼が打たれた。

「アー！」

上半身が痺れたような感覚に手を動かすこともできず、達也はただ純粋に泣いた。

汗と涙という甲子園《こうしえん》みたいな理由でキッチンペーパーが濡れる。

「それで、負けて一千万取られたんですか？」

「真剣やからな。負けたら取られるわ」

明日香があきれたように天井を見上げた。

「あっ、ヤモリ」

ベッドの上では、ちょうどヤモリと同じ体勢になっている達也が「帰りたい……」

とつぶやいた。

「あかん、酒切れてきた」

震える手を見せた龍成が屈託なく笑った。

「ちょっと勘弁してくださいよ！」

もうたまらんとばかりに達也は跳ね起きた。シャツとジャケットを素早く羽織って、帰り支度を始めた。

「蜂に刺された方がマシや！」

達也が不退転の決意を表明すると、明日香が半笑いで指差した。

「元気になってよかったねぇ」

そう言われて初めて気付いたように、達也は腕を回したり、胸を反らせたりしてみた。嘘のように痛みが消えていた。

「よっしゃ、ほんなら寝るわ。帰ってんか」

ひと仕事を終えた龍成が眠そうな声を出した。明日香が彼の前に回り込んで右手の人差し指を立てた。

「あともう一つだけ。あのベンチと暖簾は、どこで売ってるんですか？」

5

三角の編み笠をかぶった車夫と目が合った。

たくましく日焼けした顔で微笑みかけられたが、明日香はそれとなく視線を外した。背中に「嵐」と書かれた白シャツを着た男たちが二、三人、人力車の近くで客待ちをしている。

ＪＲ嵯峨嵐山駅《さがあらしやま》。南口の階段を下りると、すぐ右手にトロッコの嵯峨駅がある。久々にトロッコに乗ってみたくなったが、もう終わっているだろう。保津川《ほづがわ》下りに行ったのはかれこれ十五年ほど前になる。

午後六時過ぎ。陽の長い季節とは言え、食事の予定がない観光客にとっては帰る時間のようだ。幅の広いアスファルトの道でも、明日香と同じ方向に歩いている人はごくわずかだった。土産物屋や絣《かすり》の店がある一方、魚屋や散髪屋も営業していて、行楽地にもかかわらず地域住民の生活もちゃんと見える。

「渡月橋《とげつきよう》」と書かれた白筒の標識を目印に、右に曲がった。コロッケのにおいが漂って、食欲を刺激する。有給消化で溜まった仕事をこなすため、結局日曜出勤するはめになった。パンツスーツにパンプスという格好で嵐山に来ているのはそのせいだ。ジャケットの下のブラウスは、随分前から汗ばんでいる。

コロッケ屋を過ぎた辺りで、明日香は自分一人だけが観光客とすれ違って歩いていることに気付いた。歩道で写真撮影している人を見かけたので車道に出ると、派手にクラクションを鳴らされた。反射的に頭を下げたが、ハイブリッドカーの静けさは危ないものだと、不注意を棚に上げて腹を立てた。

天龍寺《てんりゅうじ》に突き当たると、ようやく通りに活気が出てくる。寺の背にそびえる山々に陽が遮られ、先ほどまで電車の窓に差し込んでいた陽の光は見えないが、色づいた雲が風に流される様は美しかった。こうして山を間近に感じるとき、京都が盆地だと実感できる。

店の小窓に「ゆばソフトクリーム」の小旗を掲げる豆腐屋、軒先にさまざまな生き物の人形を吊り下げるちりめん細工の店、涼しげな絵で客を誘う扇子屋など、ブラブラするだけで心浮き立つ風景だ。

昨晩、京都から神戸に帰り着いたのは深夜で、今日も朝から大阪で仕事をして、夕方には再び京都にいる。確かに疲れはあったが、ただ暇を感じるよりはずっとよかった。

からあげ目当ての行列の真ん中を突き抜け、軽快に進みながら明日香は上月達也のことを考えた。

不思議な男である。明日香のちょうど十歳下なので、今年三十路を迎えるはずだ。立体駐車場のアルバイトで生計を立てていると言うが、今の時代三十でフリーターというのはザラにいる。だが、どうもアウトローの空気をまとっているように見受けられるのだ。調子よく人に取り入ろうとする一方で、手のひらを返したときの冷たさは、妙な言い方だがキレがある。かと言って鍼灸院の一件でも分かるように完全なワルでもない。林鋭生を捜しているのもきっと、抜き差しならない理由があるはずだ。

渡月橋のたもとには、また数人の車夫がいた。橋の真ん中は二車線の車道になっていて、歩道上では人の塊《かたまり》がゆっくりと動いている。明日香はその一員となって、橋の上から桂川《かつらがわ》を眺めた。広い横幅を持つ川には迫力があるものの、水面に陽が当たらないため、一抹《いちまつ》の寂しさを漂わせていた。

時間をかけて橋を渡った後は、中州にある嵐山公園に入り、砂利《じゃり》を鳴らしながら植え込みの右手にある通りに出た。東へ進んで小橋を渡ると、目的地はすぐそこだ。明日香は立ち止まってふくらはぎを揉んでから、小橋に足をかけた。

放置自転車の多い竹藪《たけやぶ》の前を過ぎ、左手のテニスコートを見た。煌々《こうこう》とたかれたライトの下で、少年たちがラケットを振っている。菅原龍成に教わった店は住宅街の中にあるので、明日香は暗くなる前に訪ねようと、歩調を早めた。

それから少し迷った後、急な下り坂の先、安っぽいアパートの隣に、木造二階建てを見つけた。広い間口で、玄関の引き戸が気前よく開け放たれている。民家のような趣だが、明日香はためらうことなく敷居をまたいだ。

中は殺風景だった。上がり框《かまち》からすぐ十畳ほどの和室になっていて、部屋の二面には壁際に平たい木箱や書籍が雑然と積まれている。障子窓を備えた右側の面にだけ、作業用と思われる文机があり、紙箱に入った筆が約二十本、奥に同じ数ほどの白いチューブが立てかけられ、真ん中にメガネタイプのルーペが置いてある。

　この和室と向こう側の部屋との間には、鍼灸院にあった将棋駒の暖簾がかかっていた。目的地はここで間違いないようだ。

「いらっしゃい」

　その〝駒暖簾〟を分けて、短髪の男が顔を出した。無精髭に白いものが混じっていたが、背が高く体が引き締まっているので若く見える。黒いTシャツにハーフパンツというラフな格好のせいもあるかもしれない。

「すみません、ここって将棋関係のお店ですか？」

「ええ。駒師の工房です」

「駒師……、それであの暖簾を？」

「あぁ、これね。売りもんとちゃうんやけど、いろいろ作るんが好きなもんで」

　将棋駒専門の職人なら、あのベンチを作ったのも頷ける。明日香は人捜しで菅原龍成のもとを訪れ、彼にここの住所を教えてもらったことを告げた。

「なるほど。若い女の人なんか来たことなかったからね」

「若いって言うても、今年四十になるんですけど」

「若いやんか。これからですわ。まぁ、せっかく来てくれはったんで、お茶でも飲んで行ってください」

駒師に座布団を勧められ、明日香はヒールの低いパンプスを脱いだ。一旦奥の部屋に戻った男は、お盆に急須と湯のみを載せて暖簾をくぐった。

出された茶は甘みが強く、口当たりが優しかった。

「このお茶、おいしいですね」

「あぁ、玉露ですわ。地味な生活なんでお茶ぐらいしか楽しみがなくてね」

男はそう言うと、高く積まれている平たい木箱を一つ取って蓋を開けた。「王将」から「歩」まで、将棋の駒が一枚ずつ並んでいる。斜めに美しく木目が入り、明日香は真新しく光る駒に目を奪われた。原材料が木であることは分かるのだが、あまりに洗練されていて、よく磨《みが》かれた琥珀《こはく》のような輝きがある。

「手に取ってみてください」

明日香は「玉将」を取って、指先を滑《すべ》らせた。見た目通りなめらかで、文字の漆の部分だけが盛り上がっている。

「プラスチックの駒しか見たことなかったんで、ちょっと驚きました」

「それは薩摩黄楊の盛り上げ駒で、言うたら最高級品ですね」

「薩摩黄楊っていうのが原材料なんですね」

「将棋の駒はね、だいたい東京の御蔵島《みくらじま》の『島黄楊』と鹿児島の『薩摩黄楊』が使われるんですわ。主観ですけど『島』はきれいな模様の物が多くて『薩摩』の方は硬くて艶が出やすい。将棋盤の榧という木が柔らかいから相性がよくて、盤上でいい音が鳴るんです」

　世の中にプロ棋士や愛好家がいる以上、駒師の存在は理解できるものの、林鋭生の行方を追うことがなければ、まず出会うことのなかった男だ。明日香はささやかなおかしみに頬を緩めた。

「もし、時間あるんやったら、見学していきますか？」

　明日香は早く一千万の駒のことを尋ねたかったが、今後の聞き込みのことも考えて知識を蓄《たくわ》えることにした。

　男はよほど暇だったのか、嬉々として部屋の隅にあったビニール袋を取ってきた。中には台形にカットされた木片が入っている。

「これは薩摩黄楊ですわ。まず、鹿児島の材木屋から四十枚ひと組で板状になったもんを買うんですけど、木目が揃ってるほど値が張る。つまり、この時点で駒になったときの価格も違ってくるってわけです」

男は奥の部屋に案内した。駒の暖簾をくぐると重たそうな木製ドアがあり、開けた瞬間煙たくて息が詰まりそうになった。向こう側は土間になっていて、一斗缶《いっとかん》が並べられている。

「すごい煙たいですね」

「入ったらにおいが移るからここで説明しますわ。これは『燻《いぶ》し』という作業で、一斗缶の底にツゲの削りカスをまぶして火をつける。上部に皿を敷いてそこに木片を並べて、燻すんですね。こうすることで緻密《ちみつ》で硬くなる」

男はドアを閉め、和室に戻るよう促した。その途中で、電動帯鋸《おびのこ》で木片を粗くカットする「粗木取り」や形を整えた後に目を揃える「木地《きじ》揃え」について説明を受けたが、明日香は服に黄楊のにおいがついたかもしれないと思い、集中して耳を傾けられなかった。

「これが駒を彫るときに使う台でね」

片手で持てる大きさの、要するに駒を固定する器具だ。

「駒の字が書かれた字母紙《じぼし》を貼り付けて、この台に固定して……。ここからこの先端が三角の版木刀で彫っていく」

男は「飛車」の駒を彫りながら、後の作業工程について話し始めた。明日香はさすがにここまで細かい説明は求めていなかったが、これも小さなミスが命取りになる職人の気質だと思って、感心する素振りで相槌《あいづち》を打った。

字を彫った駒に「目止め液」のニスを塗り、字の部分に漆を塗り込む。

「いわゆる彫り駒やと作業は大方これでしまいやけど……」

男はきれいに漆が塗り込まれた別の駒を手に取り、表面を漆で塗り潰した。表面が真っ黒になる。

「何か、もったいないですね？」

微笑を浮かべた男はまた別の真っ黒な駒を手にして、サンドペーパーで削っていった。

「文字が出てくるまで表面を削ってね、これが終わったら駒全体を研磨《けんま》して角を丸くする」

続いて完成間近と思われる駒と小筆を示した。

「この蒔絵筆で文字を立体的に盛り上げて、最後に『王将』の底に書体名、『玉将』の底に銘を入れたら完成と」

もうお腹いっぱいの明日香が「大変ですね」とだけ感想を漏らすと、男は「作業の最後の方で駒が割れることがあってね」と、苦労話を始めたので、さすがに付き合いきれないと思った。

「あの、そろそろ……」

男は戸惑う明日香を見て、照れるように笑った。

「あっ、すんません。夢中になってしもて」

「いえ、こちらこそお話の途中、すみません。全然知らない職人さんの世界が見られて面白かったです」

「そういう感想聞くと嬉しいなぁ。今は携帯で将棋できるから、なかなか駒に注目してくれへんのです」

「すごくきれいですよね。でも、職人さんの仕事ですと、失礼ですけどお高いんじゃないですか？」

「ピンきりですかね」

「ちなみに最高級の駒っていうのはどれくらいのお値段なんでしょうか？」

「そうですね……」

部屋を見回した男が考える仕草で顎に手を当てた。

「バブルのときは三百万っていうのを見たことあるけど」

「三百万ですか……。一千万の駒っていうのは、お心当たりないですか？」

男はきょとんとした顔で「ベンツ買えるなぁ」と漏らした。

ここにヒントはなさそうだと判断した明日香は、タイミングを見計らって暇《いとま》する旨を告げた。

確かに駒は驚くほど美しかったが、これといった収穫はなかった。明日香は木造二階建てを振り返り、煙くさいジャケットのにおいをかいでため息をついた。明日からも、生きていくために働かなくてはならない。

暗くなった閑静な住宅街で、明日香は無意識のうちに「一千万の駒」とつぶやいた。昭和六十三年という時期が引っ掛かっていた。思考回路が嫌な方向でつながる。

母の加奈子と父が離婚したのは、前年の昭和六十二年だった。

第三章

1

応接間の大きなガラス戸からきれいに刈られた芝が見える。あいにくの曇り空だったが、鮮やかな緑が目にまぶしい。同じくらい明るい色を見せる葉桜が微風に揺れ、遠くで小鳥の甲高《かんだか》いさえずりが聞こえた。決して派手ではないが、心和《こころなご》む眺めだ。

伯父の家は西宮の苦楽園《くらくえん》にある。西隣は芦屋《あしや》市の六麓荘《ろくろくそう》で、一帯は関西の財界人らが居を構える高級住宅街だ。上を見ればキリがないが、一代で二百坪の家を建てた邦夫は、明日香の周りでは一番の成功者と言える。

邦夫がこの邸宅を建てたのは、明日香の両親が離婚した昭和六十二年で、日本中が土地神話に踊らされていたバブル期のころだ。もともとは財テクブームに乗って、投機目的で購入したらしいが「人生で一回は苦楽園に住んでみたい」と思い家を建て、生活しているうちにバブルが弾けた。明日香は、大学を卒業するまでは正月に顔を見せに来ていたが、東京の会社に就職してからは疎遠になった。

応接間は中央にこぢんまりとした丸テーブルがあり、ワインレッドのテーブルクロスがかかっている。明日香が今腰掛けているのは、使い込まれた観のある渋い木枠の椅子で、群青《ぐんじょう》色のクッションの座り心地がよかった。暖炉の扉は閉じられ、大理石のマントルピースの上に置いてある鉢には、プチトマトが青い実をつけていた。

「よう来たな」

ドアが開き、Tシャツにハーフパンツ姿の伯父が血色のいい顔で現れた。小脇に赤いヘルメットのようなものを抱えている。

「突然お邪魔して……」

「かまへん、かまへん。ほんまやったら、晩飯も一緒に食べたいんやけど、先約があってな」

邦夫は明日香の前まで来ると、赤ヘルを逆さに置いて、その上に大きな尻を沈めた。

「ちょっと失礼」

腰を左右に振って運動を始める。どうやらバランスチェアのようだ。

「伯父さん、ダイエットしてんの？」

「腹出てきたなぁと思って」

「今ごろ気付いたん？」

「おしっこするときにな、自分の腹でチンチン見えへんねん。腹からおしっこ出てるみたいで結構悲しいんや」

邦夫の広い額には早くも汗の筋が幾本もできていた。明け透けな伯父の発言に慣れている明日香は「お察しします」と一言だけ返した。

「あぁ、きつい。止めよかな」

「まだ三十秒も経ってないよ」

「あかん、三年ぐらいに感じる」

円を描くように回していた腰の動きを止め、邦夫は椅子から下りた。

「もう止めんの？」

「これしんどいわ」

額の汗をTシャツの袖で拭った邦夫が、対面の椅子に座った。ギシッと軋む音がした。

「ほんで今日は何の話や？」

林鋭生捜索の糸は途切れかかっていた。彼の足跡でもっとも近いものは三、四年前に、神戸新報記者の秋葉隼介宅で真田信繁と対局したときであり、その他の関係者から出て来るのは昔話ばかりで居所のヒントになるような情報は皆無だった。

明日香は原点に立ち返り、もう一度家族の線から洗い直すことにした。気になったのは叔母の存在だ。親戚が彼女の存在を隠したがるのが引っ掛かった。母の過去とつながる新たな糸が見つかるかもしれないと思ったのだ。

「お葬式のときに言うてた叔母さんのことなんやけど」

「あぁ、そのことか」

もう一度汗を拭うと、邦夫の表情がやや引き締まった。部屋の空気が変わったタイミングでノックの音がし、トレイを持った伯母が部屋に入って来た。夫とは対照的に華やかなパープルのワンピースを着ている。伯母は明日香の好きなルイボスティーと邦夫にはペットボトルの水を置いてから、化粧水のボトルを差し出した。

「明日香ちゃん、これ使ってみ。肌がピーンとなんで」

離婚してしばらくは婚活のため身ぎれいにしていたものの、母を看病している間に、肌の手入れや服装が疎《おろそ》かになっていた。年齢を重ねて経済的に余裕ができても、女は増える年輪に比例して出費が嵩《かさ》む。

「今年大台に乗るやろ？　ちょっとでもケアを怠ったら、もう死ぬんちゃうかっていうぐらい老けるで」

「三十代に入ってからだいぶ皺が増えたのに」

「そんなもん序の口や。見てみ、このほうれい線。お金かけててもこれやで」

伯母は母と同い年なので、今年六十歳になる。遠目にはとても還暦を迎えるようには見えないが、近くに来るとご指摘のほうれい線や首筋の皺が目立つ。

「そんなん、どっから見ても四十代やで」

「うまいこと言うわぁ、この子。化粧水、また神戸に送るから」

うきうきとした表情を見せたのも束の間、伯母は苦い顔で夫を見下ろした。

「こんなしょうもない椅子買《こ》うて。食べるの我慢したら痩せるのに。今日も仕事や言うて、焼き肉食べに行くねんで。いやらしい」

「やかましい。口数と皺だけは減らんな」

「あんたの腹の脂肪には負けるわ。私、ちょっと出て来るから」

妻の弾んだ声を聞いた邦夫は、面倒くさそうに片手を挙げた。伯母は上品な笑みを作って明日香に手を振ると、軽快に部屋を後にした。

「伯母さん、楽しそうやね」

「最近合唱なんか始めてな。下手くそな歌聞かされるんかなわんから防音室作ったった」

気ままな独り身に不満はないが、こうした夫婦の適切な距離感はうらやましかった。

少し空きかけた間を先ほど聞いた小鳥のさえずりが埋めた。

「コマドリや。たまにこの庭の梅の木に止まるんや。ほんで何の話やったかな？」

「叔母さんの……」

「そやそや」

邦夫はペットボトルの水を口に含むと、吐息を漏らした。

「うちの家が戦前から大阪で銭湯をやってたんは知ってるか？」

「えっ？　全然知らんかった」

母方の祖父母は、いずれも明日香が幼少のころに他界していて、微かな記憶しかない。写真で見る限り、邦夫の恰幅《かっぷく》のよさは祖父譲りのようで、着物姿の祖母には品があった。母が家族のことを語りたがらなかったため、祖父の職業やどういう亡くなり方をしたのかさえ知らない。さほどの家柄でもなさそうだったので、自分のルーツを辿る気にもならなかった。しかし、母が亡くなり唯一人取り残されると、自分の存在が頼りなく思え、気持ちが変わり始めている。

「戦時中に空襲で丸焼けになったんやけど、再建してな。俺が小さいころはまだ繁盛してたんけど」

「叔母さんは？」

「千賀子《ちかこ》いうて、俺の四つ下やから、加奈子の二つ下やな。三人兄妹や」

「どんな人やったん？」

「これが誰に似たんか別嬪《べっぴん》でな。歌うんが好きな奴で、小学校のまだ小さいころまでは、親父がよう場末のスナックに連れて行って歌わしとったな。子どもが『アカシアの雨がやむとき』とか歌うんやで。西田佐知子《にしださちこ》知ってる？」

「いや、分からへん」

「関口宏《せきぐちひろし》の嫁はんや」

そう言われても返事のしようもなく、明日香は伯父の歌を遮って先を促した。

「戦後銭湯の数が増えてな。近所に新しいとこがどんどん開店していって、東京オリンピックの三年前に店を畳んだんや。それから親父は製鉄会社に再就職したんやけど、今度はオリンピック後の不況で会社が倒産してしもうた。千賀子が十歳のときや。それからは土木の現場や」

「お祖父《じい》ちゃんだいぶ年やったんちゃうの？」

「当時三十九や」

今の自分と同じ年だ。時代が違うと言えばそれまでだが、二度も仕事に失敗し、その上三人の子どもを養わねばならないという状況は、明日香には耐えられないほど過酷なものだろう。会ったことのない祖父の苦労に胸が痛んだ。

「大阪万博の開催が決まった年やからな。四年半で整備してしまわなあかんかったから、ごっつい建設ラッシュで、交通事情が一変したんや。阪神高速が四方に延びて、地下鉄が今みたいに格子状になったんも万博関連の整備や」

懐かしさが込み上げてきたのか、その後も開発物語が十分ほど続き、奈良《なら》の幹線道路建設の件《くだり》で、明日香はさすがにストップをかけた。先日の駒師もそうだが、年寄りの話は枝葉の部分が長い。

「親父の仕事は平たく言えば、千里《せんり》ニュータウンの団地づくりや。もともと肉体労働向きやないし、二、三年ぐらいで体壊してしもた。ほんで母親が働きに出たんやけど、当時の女の稼ぎなんかしれてるから、俺が夜間の高校に入り直して、親父が行ってた現場で働き始めたんや」

邦夫は暑さが治まらないらしく、立ち上がってガラス戸を開けて外の空気を入れた。

「千賀子が『女優になってみんなを楽にさせたる』って言い出したんはちょうどそのころや。加奈子も勝気やったけど、妹の方は輪をかけて気が強かったな。末っ子やから皆でかわいがったせいもあるかもしれん」

「また、なんで女優なん？」

「『サウンド・オブ・ミュージック』観てからや。それから女優になるって言うて、俺もよう映画連れてってたけど、千賀子は一回観ただけで台詞を覚えてまうんや。顔もきれいやし、根性もあるし『こいつやったら』って何回か思たことはある」

「うちの母は何て言うてたん？」

「仲のええ姉妹やったから、応援しとったよ。でも、親父が許さんかった。高校一年のとき、家を飛び出して大衆演劇の劇団に入ったんや。役者になるって言うても、コネがない人間には何を入り口にしたらええか分からん時代や」

「よく知らない世界なんやけど、全国を旅して回るやつ？」

「そうや。そこですぐに座長のおっさんとデキて、うまいこと言われたんやろな、贔《ひい》屓《き》の客の相手もさせられて、耐えられんようになって一年半で夜逃げや。それでも舞台に上がりたい言うて、踊り子になって東京のストリップに出て……。こっちに帰って来て付き合ってた男が花札に狂って借金ばっかり増える。アホや。ほんまのアホや」

ガラス戸の近くに立っていた邦夫が、対面の椅子に腰を下ろして深いため息を吐いた。

「十八社や」

「えっ？」

「千賀子が手ぇ出したサラ金の数や。金踏み倒して、複数の会社からこっちに連絡があって。親父は『もう勘当《かんどう》した』って言うて一切手伝わんかったから、おかんと加奈子と三人で必死になって捜したんや。昭和五十年の夏やった。あるサラ金の取り立て屋に匿《かくま》われてるって、千賀子から電話があったんや」

取り立て屋と聞いて、ピンとくるものがあった。明日香の興味深そうな目に応えて、邦夫が話を続けた。

「千賀子と同い年の青年で、会社名義のアパートで世話してるという話やった。慌てて迎えに行ったんやけど、あいつの顔見たとき、もうあかんわって思たな。あんな元気やった奴が、まだ二十歳の若い子が、たった四年でボロボロになってもうた」

「ボロボロって……」

「薬や。加奈子と二人、涙が止まらんかった。何とかしてやりたいけど、全部で千五百万も借金してて、利子がどんどん膨れ上がってる状態でな。昔のサラ金なんか今と全然ちゃう。むちゃくちゃやった。あのときの財力じゃどうしょうもなかった。不甲斐のうてしゃあなかった」

「それで、伯父さんはどうしたの？」

「それが、話が妙な方向に進んでな。青年が千賀子の身柄を押さえたことを知った他の十七社と、引き渡しを拒《こば》む一社が対立したんや。要はちょっとでも債権を回収せなあかんから、千賀子を手元に置いて働かそうとしたわけや。ほんで、今考えてもおかしいんやけど、どんな決着のつけ方したと思う？」

ひょっとして、という予想はあったが、明日香は首を傾げた。

「将棋や」

やっぱり――。青年の正体がはっきりするとともに、母と彼の接点が初めて浮き彫りになった。母の手紙の件を切り出すタイミングを逃したまま、明日香は曖昧に頷いた。

「生まれて初めて真剣師っていう生きもんを見たな」

なぜか邦夫の顔に笑みが戻った。

「林鋭生っていう男でな」

2

目的地は中華料理店に変わっていた。

長袖シャツを着た二人のおばちゃんが目の前を通り過ぎていく。一人はヒョウ柄、もう一人は真ん中に特大の鶴の刺繍《ししゅう》が入っている。束の間、これが大阪のアニマル柄文化か、と感心した。関西に住んでいながら、明日香は大阪の新世界に一度も来たことがなかった。

邦夫から真剣が行われた将棋クラブを教わった翌日、達也と待ち合わせて新世界までやって来たのだった。昭和五十年と言えば、明日香が二歳で、母が二十二のときだ。つまり林鋭生と出会ったころ、母には既に夫がいたことになる。それから十二年後に両親が離婚し、翌年、林鋭生が大金を賭けて真剣に挑んでいる。それぞれの情報はまだピースの状態だが、明日香にはおぼろげにパズルの絵が見えていた。

「あかんわ。誰も覚えてないって」

通天閣《つうてんかく》から北へ延びる通り沿いを聞き込んでいた達也が戻ってきた。中華料理店の前で考え事をしていた明日香をよそに、彼は一人で周辺の店を回っていった。よほど切羽《せっぱ》詰まった事情があるらしい。今日は紫のカッターシャツに白いズボンと靴をはいている。それにいつもの直角リーゼントだ。一緒にいるところを会社の同僚や友だちに見られるのは、何としても避けたかった。

「通天閣の地下に将棋センターがあったらしいけど、十年以上前に閉めたみたい」

「伯父さん、そこと間違えたんかな？」

「どうもその昭和五十年の対局のときは、まだセンターができてなかったらしい」

達也はさらにジャンジャン横丁に二軒の将棋クラブがあるとの情報を仕入れてきた。外見や目つきはヤンキーそのものだが、案外有能な男だ。

明日香たちは早速、ジャンジャン横丁の二軒の将棋クラブで話を聞いたが、四十年近くも前のアウトローの一戦など記憶している者はいなかった。

「収穫なしか」

リーゼントの先端を指でつまんで項垂《うなだ》れる達也を少し哀れに思い、明日香は昼ご飯をごちそうすることにした。二人は特に考えもなく、横丁内にある串かつ屋の暖簾をくぐった。

「イラシャイマテ」

浅黒い顔をした東南アジア系の店員が満面の笑みで迎えてくれた。奥行きがなく、横に長いカウンターが伸びる。そのカウンターの中にいる従業員は、日本人と外国人が半々で、明日香が串かつ屋に抱いていた〝大将〟のような男は一人もいない。日曜の昼ということで、店内はほぼ満席だった。東南アジア系の彼が指し示した席へ向かう途中、カウンターの一番端に視線を向けた明日香は、衝撃でめまいがした。

タイガーマスクが酒を飲んでいた。

「なんで……」

人目を引くという点では同類と思われる達也ですら眉根を寄せている。

男のピンクのTシャツから伸びる腕は細く、プロレスラーでないことは分かる。両手の十指全てにはめられた指輪は、ちょうど関節の辺りにつけられていて、指の曲げ伸ばしを著しく阻害している。さらにハトのように首を前後させ、話し相手などいないのに「チッス、チッス」とつぶやいているのだった。

新世界とはよく言ったものだ、と明日香は未知の領域に足を踏み入れたことを強く自覚した。店の配慮に違いないが、彼の隣の二席だけが空いている。つまり、そこに座るしかないのだ。

「アスパラちょうだい」

男の声はタイガーマスクのイメージを覆《くつがえ》す甲高いものだった。達也より先に店に入ってしまった流れで、男の隣に座るはめになった。あまり隣を意識しないように心掛け、店の壁に掛かっているメニューから牛カツ、カキ、タマネギなどを選び、生ビールを注文した。

「さて、これからどうするかや」

カウンター越しに突き出しのキャベツと生ビールを受け取ると、達也はジョッキを傾け、一気に半分ほど飲んだ。

「少なくとも、ここにヒントはなさそうやね」

二人で実りのない会話を進めるうちに、牛カツの串がきた。底の深いステンレスの容器に、ウスターソースがたっぷりと入っている。言わずと知れた「二度づけ禁止」のルールだ。たっぷりとソースをつけてからおもいきり齧った。熱い衣の内側から肉汁が出てきてすぐにビールが欲しくなる。疲れたときはおいしい物を食べるに限る。それだけで結構リセットできるものだ。

続けてカキやタマネギを食べ、ジョッキを空けると、楽しくなってきて、二杯目以降は日本酒にした。

「もう将棋ばっかり」

明日香がうんざりした様子でこぼすと、達也も大きく頷いて同意した。

「俺も何の興味もないからな。じっと駒見て、何が楽しいのか全然分からん」

「じゃあ何で林鋭生のこと捜してんのよ？」

「早《は》よおっさん見つけなヤバいんや」

「林鋭生がヤバいの？　それともあんたがヤバいの？」

「俺の方や。人生詰んでまう」

達也が苦々しい顔で冷や酒をおかわりした。この際、事情を聴いておこうと、明日香が口を開きかけたときだった。

「アスパラちょうだい」

スマートフォンをいじっているタイガーマスクが、再びアスパラを注文した。タイミングを逸した明日香は口をつぐみ、視界にチラチラと入るタイガーマスクを意識の外へ追い出した。

「とりあえず、この辺の生き字引みたいな人を捜そうか？」

明日香の提案に達也が気乗りしないような表情で頷いた。おそらく徒労になるだろうことは、二人とも分かっている。

日本酒は急に酔いが回る。手の力が抜け、明日香はキャベツを落としてしまった。

すかさずサッとピンクの影が動き、タイガーマスクが拾い上げた。

「これ、落ちましたよ」

返されても困るが、ひとまず礼を言ってひと切れのキャベツを受け取った。関わり合いを避けるため、すぐに半身を達也の方へ向けたが、背中に強い視線を感じた。振り返ると目の前にトラの顔があった。

「将棋の関係者捜してるんですか？」

盗み聞きされていたことに不快感を覚えたが、この距離なら仕方ないだろう。明日香は曖昧に頷いた。

「全く偶然ですねぇ」

マスクは口と目だけが空いていて、彼が笑ったのが分かった。

「何が？」

達也が相手を刺すような勢いでリーゼントを突き出した。

「俺なんすよ、関係者」

「あなたが将棋の？」

男は景気よく頷いたが、プライベートでタイガーマスクを装着する人間を信用するのは難しかった。

「相沢麗《あいざわれい》って女流棋士知ってますか？」

二人が首を振るのを見ると、男はすぐに「遊佐加織は？」と重ねた。

「加織ちゃんって、あのかわいらしい女の子？」

明日香は神戸の「水明」で会った少しふくよかな女子を思い浮かべた。

「二人とも元カノなんですよぉ」

「えっ？　加織ちゃんが？　……覆面のあなたと？」

「あっ、これ？　これはいつもしてるわけじゃなくて、天王寺《てんのうじ》動物園あるでしょ？　近くに。あそこのトラを見るときにつけるんです」

「こいつ頭おかしいで」

堪《たま》り兼ねた様子で達也が口を挟んだ。明日香にも異論はなかった。

「自分、こういうもんなんっす」

男はカウンターの上に置いていた年季の入ったセカンドバッグを手元に引き寄せた。中から裸のまま入っていた名刺を二枚取り出し、手渡された。

――HPからSPまで　変幻自在のPP　YASUSHI――

お近づきの印のはずが、こうも存在が遠のく名刺はかつて見たことがなかった。

「やっぱり、こいつ頭おかしいで」

「そういう君も結構おかしな頭をしてるよ」

「髪型は自由やろ。中身はおまえみたいに沸騰してへんわ」

一応、普通の髪ではないという自覚はあるらしい。明日香はリーゼントを一瞥《いちべつ》してから、YASUSHIなる男に向き直った。

「とりあえず、何をされてる人なんですか？」

「詩人っす」

「あかんわ」

達也が天を仰いだ。

「この……、HPやらSPやらは何を表してるんですか？」

「あっ、やっぱり響いちゃいます？」

勘違いしたYASUSHIが嬉しそうに飲みかけの冷やグラスを勧めてきたので、明日香は厳しく断った。自分のグラスの酒を初対面の者に飲まそうとする感覚が理解できない。達也は戦意を喪失したのか、そっぽを向いている。

「最近ね、ツイッター始めたんすよ」

「はぁ、それはお疲れさまです」

「さっきのツイートもね、フォロワーからの反響がえげつなくて」

二人の無反応を物ともせず、ＹＡＳＵＳＨＩは持論を展開し始めた。

「文明の進歩なんて言うと、聞こえはいいですけどね、結局は便利さを追求してきたにすぎないんっすよ」

どこかで聞いたような薄っぺらい話だったが、明日香は雨宿りの心境で適当に相槌を打った。

「その結果はどうっすか。人間は自ら発明した機器によって自由を奪われるという愚《ぐ》を犯してるじゃないですかっ。俺はね、そこんとこをツイートしたわけなんです」

「スマートフォンもツイッターも最先端やで」

達也の的確な指摘に、トラがハッとした感じでのけ反った。「逆に……」と言った後、言葉が続かず貧乏揺すりを始めた。

「そろそろ出よか？」

達也が背を向けると、ＹＡＳＵＳＨＩは「デザートはこれからだよ！」と独特の怒りの表し方をして立ち上がった。店中の視線が集まるのを感じた明日香は、タイガーマスクとリーゼントをなだめて座らせた。自分でも取り巻く状況がよく理解できない。

「ＨＰとはハードポエム、ＳＰとはソフトポエムッ」

憤然とした様子のＹＡＳＵＳＨＩに、どのタイミングで答えるんだ、というツッコミを呑み込み、明日香はここから逃げ出す方法を思案した。もはやハードポエム云々《うんぬん》とは何かと問い直す気力もない。

達也は体を揺らしながら目を閉じている。相当酒が回っているようだ。ＹＡＳＵＳＨＩはセカンドバッグから四つ折りにした用紙を取り出した。

「これはね、最高傑作の『ゲット　さてぃすふぁくしょん』を超えたと思ってる。それに『マイレージ』へのオマージュにもなってるから」

知ってる前提で話すのを止めてもらいたかったが、明日香は「それはそれは」と言って紙を受け取った。自分の職にかなりのプライドを持っているようだが、その割には作品の管理が雑だ。

「このポエムはね、俺の友人のＨＰにも絶賛され……そうだ、その彼、新世界でずっと将棋を指してるよ」

「えっ？　そんな人いんの？」

「俺が生まれる前からこの辺に住んでるって言ってたから、何か知ってるかもな」

意外なところで鉱脈が見つかった。明日香は酒で赤くなった頬を緩めた。

「よかったら、そのＨＰって人、紹介してくれへん？」

「でも、気難しい男だからね。感性が合わないとつらいと思うよ。少なくともこのポエムの美しさが分からない人間とは会話できないんじゃないかな」

褒めよう。

恥も外聞もなく、明日香は結果から先に定めた。どんなくだらない詩であろうと、仕事でわがままな記者どもに振り回されている自分ならできると思った。

日ごろよく使うお世辞をいくつか頭に浮かべ、明日香は紙に視線を落とした。

——非行期——

おそらく飛行機とかけているのだろうが、そんなことよりも判読ギリギリの丸文字がショックだった。明日香は冷やグラスをぐいっと空けて、もう一度「褒めよう」と自らに言い聞かせ、小癪《こしやく》な丸文字を目で追った。

家庭教師が弟で　照れを隠してタイガーマスク
賽銭《さいせん》を投げるフリして拝《おが》んだら　単車にひかれてイタズラ天使
口に含んだスイカの種を　飛ばした先にはアロハのヤクザ
悪がはびこる世の中で　澄んだ声だよカルロストシキ

男だらけのクリスマス　ししゃもで乗り切るますらおキャバレー
四十過ぎてもあだ名が粗品　高度維持して低空飛行
オレ今、マジ非行期だから

気持ち悪い――。

明日香は込み上げる吐き気と闘った。胃が痙攣《けいれん》しているのはお酒のせいなんかじゃない。普段使いのお世辞が胃液に溶けて何の言葉も出てこない。ツッコミどころが多すぎて、一周回って無の境地。唯一の収穫と言えば、タイガーマスクをかぶり始めた動機が判明したことぐらいか。

たった一つでいい。このポエムの長所を見つけられたら、どんな会社も採用してくれるような気がした。明日香は助けを求めるべく、隣から紙を覗き込んでいる達也の顔を見た。

泣いていた。

リーゼントの庇の下で、彼は顔に涙の筋を作っていた。その真意をはかり兼ね、明日香は問い掛けるような視線を送った。達也はそんな相棒には目もくれず、ＹＡＳＵＳＨＩと強く手を握り合った。

「マジで……、気持ち分かるし」

達也は紫のシャツの袖で涙を拭った。ここで明日香は京都のおでん屋での会話を思い出した。そう言えば、深酒すると涙もろくなると言っていた。

「俺言ったよね？　デザートはこれからだって」

ＹＡＳＵＳＨＩが優雅に脚を組んだ。自作を評価されて図に乗っているのがすぐに分かった。

「アスパラちょうだい」

どんだけアスパラ食うねん――。

デザートと言う割にはアスパラを頼み続けるＹＡＳＵＳＨＩを明日香は胸中で窘めた。

達也はまだ泣いている。

「俺、いっつも賽銭入れんと願い事するし、原付にひかれたことあるし、うどん屋でレモンの汁を隣のヤクザにかけたことあるし、カルロストシキよく聴くし、今日の朝ご飯ししゃもやし……」

「結構なシンクロ率ね」

明日香はバカバカしくなって、日本酒をおかわりした。全てが面倒くさく感じる、この瞬間が酒癖の悪くなる危険信号だ。明日香はいろんな物を壊したいという衝動にかられ始めた。

手初めに持っている紙を破ってみた。

両脇から悲鳴が聞こえると楽しくなり、明日香は隣のタイガーマスクを外しにかかった。

3

これでこそ、ディープ大阪だ。

達也は「新世界・日活《にっかつ》」と赤字で大きく書かれた看板の前で、相好《そうごう》を崩した。成人映画館が大衆演劇の劇場と隣接し、入り口は共通になっている。先ほどから舞台のファンと思《おぼ》しきおばちゃんたちが続々と中へ入って行く。男子便所に堂々と足を踏み入れるような光景だが、大阪ではたまに男子トイレでおばちゃんを見かける。

演劇一座の幟《のぼり》の横に、ポルノ映画の上映掲示板がある。YASUSHIから聞いた通り、その掲示板のポスターの前に男が一人立っていた。「HP」と呼ばれるその男は、ハードポエムとは何の関係もなく、ホットパンツの略だそうだ。

情報に偽りなく、男はジーンズ生地のホットパンツをはいていた。どこにも売ってなさそうな黄土色のパーカー、確かな年輪を刻んだ同じような色の顔、くたびれて頭に載っているだけのような髪。上半身は完全なおっさんなのに、なぜかホットパンツから伸びる脚は細長く体毛も薄い。だが、ふざけたアイコラのようなおっさんの特徴は、そのちぐはぐさだけではない。

——未亡人のプロボウラー　ピンはピンピン玉さばき——

という映画のポスターを食い入るように見つめているのだが、その目力《めぢから》が常軌を逸している。ありったけの神経を集中させて、ピンとボールを持つ劇画のヒロインに焦点を合わせている。声をかけるのをためらうほどなのだ。

「ちょっと、頭痛いから……」

青白い顔をした明日香は、先ほどからこめかみを押さえている。タイガーマスクを強引に脱がせ、普通のおっさんの顔が露《あら》わになると、彼女の笑いが止まらなくなり、同時進行で串を折り、椅子を蹴飛ばし始めた。達也はＹＡＳＵＳＨＩから将棋関係者の居所を聞き出すと、彼女を引きずって店を出て、カフェで一時間ほど休ませたのだった。

密度の濃い時間を過ごすうちに、随分と陽が傾いていた。「成人映画のポスターをガン見している」という情報が正しければ、将棋関係者は彼しかいない。声をかけるのは気が引けたが、達也はおっさんの肩を軽く叩いた。

「あのっ……、お楽しみのとこ申し訳ないんですけど……」

おっさんはポスターへの目力そのままに、リーゼントに視線をやった。

「ごっつい髪やなぁ、それ。ドリルやん」

とりあえず怒られなかったことにホッとして、達也は苦笑いを浮かべてお辞儀した。

「詩人のYASUSHIさんから伺って来たんですけど」

「誰やそれ？」

「いや……、詩人ですよ。タイガーマスクをかぶった」

「あぁ！　あのいかれぽんちか」

「いかれぽんちって……。でも、彼が詩を褒めてくれたって」

「酒肴《おご》ってくれるんや。おまえ見たんか、あいつの詩？　あんなもん、中国やったら捕まるで」

なぜ捕まるのかは分からないが、そのポエムで泣いたなどと口が裂《さ》けても言えなかった。

「そのＹＡＳＵＳＨＩさんから、おじさんが将棋に詳しいって聞いたもんやから」

「おまえも将棋指すんか？」

「いや、俺は頭悪いから」

「そのドリル見たら分かるわ。ほんで、何の用や？　俺、忙しいねん」

「忙しいって、ここで何してるんですか？」

「ポスター見てな、話を想像するんや」

「この絵一枚で？　入って観ないんですか？」

「高いがな。映画代払《はろ》たら、将棋の席料なくなるやん」

関係者と分かったからか、明日香が頭を押さえながら近づいてきた。

「何や、姉ちゃん連れかいな。顔色悪いな」

「ちょっとお酒を呑み過ぎて」

「かまへんがな。酒ぐらいやで、呑み過ぎて様になるんは」

明日香が林鋭生を捜している経緯を説明し「喫茶店でも」と誘ったが、ＨＰは「ここでええ」と譲らないため、成人映画館の掲示板前での立ち話となった。

「林鋭生か……。よう覚えてるわ」

ＨＰによると、昭和五十年の対局場所は鋭生が勤めていた消費者金融が経営する将棋クラブだったという。

「『さわやかローン』っていう会社でな。ここの社長が将棋道楽やって、縁日の大道将棋で二十九手詰を解いた鋭生を見かけて雇ったらしい。その昭和五十年のときは、『さわやかローン』が借金を踏み倒した女を独り占めしようとしたから、他の会社が平等に返済させるべきや、言うていがみ合《お》うとって、殺伐《さつばつ》としとったな」

互いが引くに引けない状況になり、一発勝負の真剣で片を付けることになった。相手方も新宿《しんじゅく》の有名な真剣師を連れて来たという。

「七月やったか、八月やったか、とにかく夏の暑い日やった。真ん中のテーブルを中心に五、六十人はおったかな？　人だかりができて、俺ら話を聞きつけた常連も見物に行って、サラ金会社の連中とどっちが勝つか賭けたんや。俺はもちろん、鋭生に張ったけど、相手も相当強かったなぁ」

日付が変わった午前零時。冷房が切られた薄暗い室内で、対局が始まった。持ち時間は各一時間、使い切ると一手三十秒のルールだったと、ＨＰは詳細に記憶していた。

「確かクーラーが壊れとって、窓を開けて扇風機を四隅で回してたんや。当時は今ほど暑なかったように思うんやけど、何せ人が多いからな。みんな扇子をパタパタさせて、ずっとタオルで汗拭いとった。通常、上手《うわて》が『王』で下手《したて》が『玉』を使うんやけど、これで揉めかけた。でも、鋭生がさっと『玉』を取ってな、『俺は玉があるから』って、こう言うたんや。つまり、上手は譲っても、おまえより骨があるでってことで面子《メンツ》を保ったんやな」

さすがポスター一枚で物語を創ってしまうだけのことはあり、HPの語り口は滑らかで対局場の男くさい情景が目に浮かぶようだった。達也はにわかに興奮し始めた。

「鋭生は後手の四間飛車、相手方は居飛車《いびしゃ》の攻め将棋で、ろくに王さんを囲わんとどんどん駒を前に進める。先に時間を使い切ったんは鋭生の方で、終盤までは明らかに劣勢《れっせい》やった。それでも敗勢にせえへんとこが、あいつのしぶといとこで、いやらしい受けの手を続けるんや。攻めあぐねてるうちに、相手の持ち時間もなくなった」

HPはここでひと呼吸分の間を置いた。CMを挟まれたようで実に憎たらしい。隣の明日香も話に引き込まれている様子で、幾分顔色がよくなっている。

「現代将棋で大事なことは、時間を味方につけることや。互いに三十秒将棋になってから、相手の方は時間を敵に回してしもた。焦ったんやな。百二十四手目、とうとう攻防が入れ替わった。十馬身ぐらい離れてたんが、一気にまくり始めた。それから二人が一手一手指すたんびにクラブ中がどよめいてな。野次が一切なくなった。俺も長い間将棋指してるけど、あれほど興奮したことはなかったな」

男たちがどよめく声が聞こえてくるようで、結果が分かっているというのに、先が気になって仕方なかった。達也はＨＰに催促する視線を送った。

「鋭生が百四十手目に敵陣に龍を作った。龍っていうのは飛車が成った状態な。要するにごっつい強い駒にパワーアップしたってことや。この龍を生きてるみたいに自在に操って、相手の王さんを追い込んだ。最後、相手は『参りました』も言えんと、時間切れ。すごい勝負やった。みんな無意識のうちに息を止めとったんやろな。俺も終わった後は『ハァー』って、緩んだ声が出たん覚えてるわ。それからや、林鋭生が『新世界の昇り龍』って言われ始めたんは」

達也は将棋というと、メガネのもやし野郎がするものとばかり思っていたが、やくざが取り囲む中で勝ち切った鋭生に、そこはかとない強さを感じるのだった。

明日香が伯父から聞いた話によれば、千賀子という彼女の叔母は、鋭生が会社に内緒で手引きして自首させたという。覚せい剤取締法違反で猶予《ゆうよ》判決を受けた後、心臓疾患《しっかん》で病死している。

「もうその将棋クラブはないんですよね？」

「あっこのクラブはほとんどが真剣対局で、あんまりにも噂になったもんやから、警察のガサが入るって噂が流れて、先手を打って閉めたんや。道楽で逮捕されたらアホみたいやからな」

「誰か当時の関係者で、鋭生さんと連絡取ってる人いませんか？」

明日香がすがるようにして言うのを聞いて、ＨＰは顔をしかめた。

「林鋭生は確かにごっつい勝負師やし、情に厚いとこもある。でも、会わん方がええんちゃうか」

達也は明日香と目を見合わせた。何か情報があるようだ。

「何でそう思うんですか？」

「その将棋クラブが潰れたんもそうやけど、段々真剣自体がやりにくい世の中になっていってな。でも、真剣師は根っからのギャンブラーや。競馬、競艇、競輪で身を持ち崩す奴と一緒。もう病気みたいなもんや。鋭生の場合、勝負の場がどんどんアウトローの方向に流れていった」

「つまり、やくざと……」

「そうや。チンピラ崩れの取り立て屋やのうて、ほんまもんと付き合うようになったんや」

達也はクラブで女をはべらしていた中西の姿を思い出した。刑事の手伝いと言えど、結局裏社会の話になる。やっかいな方向へ進もうとする展開に、無意識のうちにリーゼントの先端をつまんでいた。

4

広い肩幅の男がゆったりとした足取りで近づいて来る。

ＪＲ大阪駅構内のホテル。平日の午後、ロビーラウンジの席には、まだ幾分の余裕があった。何かと忙しない大阪の街にあって、比較的穏やかな時間が流れている。

男はひと目でシルクと分かる光沢《こうたく》のある半袖カッターシャツで、裾《すそ》を幅広の黒ズボンの中に入れている。生地が体の線を模《かたど》っているが、特に腹が出ているわけではない。達也の前まで来ると軽く手刀を切るような素振りをしてから対面に座った。

「すぐに分かったわ」

男がリーゼントを指差して笑った。この髪のおかげで待ち合わせに困ったことがない。

「磯田《いそだ》さんですか？」

男は軽く頷いた。梅雨入りを前にして既に日焼けしている顔の中で、特に鋭い一重瞼の目が印象に残る。不気味さを含む表情が、中西のものと同じだった。

結局本名を知らないまま別れたHPに紹介されたのが、目の前にいる磯田重明《しげあき》だった。明日香を連れて来なかったのは、足を洗ったとは言え、彼が極道の世界にいたからである。長らく堅気として暮らしているとしても、達也には信用できなかった。彼はつい二ヵ月ほど前まで、HPが言うところの「ほんまもん」の元で働いていたのだ。


同級生が美人局に引っ掛かったのをきっかけに、振り込め詐欺に手を染めたが、元締めのやくざが覚醒剤で捕まってからの約十年間は穏やかに流れた。高校を卒業し、フリーターを経てビジネスホテルの正社員として勤務。社会人として五年が経過すると、おおよそ自分の器が分かってきた。だが、二十七という年齢は、達観するには早すぎた。魔の手を差し伸べたのは、門田だった。

「結局、俺にはおまえしかおらん」

そう言って頭を下げられたとき、達也は純粋に感激してしまったのだ。深く考えることなく差し出された手を握り返した。昨日の続きで今日を生きる中で、かつての兄貴分の存在は強烈なアクセントになった。

「性質《たち》の悪いおっさんがおって、追い込んだろかと思ってんねや」

そう言って頼まれたのは、怪文書をばらまくことだった。やくざが絡んでいたと知るのは、捕まってからだ。

いわゆるフロント企業が狙っていた競売物件の落札に、新たな事務所の開設を予定していたタクシー会社が新規参入したことからトラブルが起こった。フロント企業側は門田ら子飼いに命じて、乗車拒否などの言いがかりをつけて入札を妨害しようとしたが、相手が引かなかったため、怪文書を作成することにした。

内容は完全なデタラメで、タクシー会社の脱税と社長の不倫を告発するものだ。達也と門田は指紋が残らないように怪文書をコピーした後、封をして相手方の社員寮や市議宅など計百二十ヵ所に発送。番号が分かった社員宅に無言電話をかけ続けた。

達也にはまるで罪悪感がなく、それどころかちょっとした正義感すら覚えていた。だからあの秋の朝、任意同行を求められた刑事に激しく食ってかかったのだ。完全に冤罪《えんざい》だと信じていたので、顔色をなくす母親を鼻で笑うほどの余裕があった。

警察署の参考人室は窓のない狭い一室だった。向かいに座ったマル暴担当の刑事に「タバコくれや」と言った瞬間、おもいきり机の脚を蹴られた。

「見覚えあるやろ？」

ガタイのいい刑事がビニール袋に入った怪文書を机の上に滑らせた。鼓動が早まったまま粋がって見せたが、刑事に「調子乗んのはそのへんにしとけや」と凄まれて戦意を喪失した。その後は諭《さと》されるようにして容疑を素直に認めると、刑事は「通常逮捕《つうたい》な？」と言って、段取りよく用意された令状を示し、時間を告げた。

名誉毀損。それが逮捕容疑だった。鑑識のおっさんに両手の指紋と掌紋《しょうもん》を取られ、所々が剝げた銀色の手錠をはめられた。署の階段を上がり、撮影部屋で正面や右、左の写真を取られ、没収された所持品の一つひとつを書類に書かれるうちに、泣きたくなった。

留置場の朝は早い。六時半の「起床！」の号令で一日が始まる。訓練された軍隊のように、素早くふとんを畳んで持ち上げると、開錠されるのを待って雑居房を出る。挨拶が飛び交う中を歩いて倉庫に布団を置くと、自分の房内の掃除、朝食と続く。

達也は最初の夜こそ独居房だったが、二日目からは雑居房に移された。〝ルームメイト〟は自動車盗《とう》の中年と覚醒剤の若い男。スプレーがないため幼く前髪を下ろしていた達也は、ひたすら腰を低くして接した。幸い二人とも明るく親切で、心配していたいじめはなかった。

勾留《こうりゅう》を決める新検調べでさんざん脅された後、さらに権力に従順になった達也は、刑事の「おまえはある意味被害者なんや」という言葉にほだされ、洗いざらい白状した。

ドアのないところで用を足すのも自由に風呂に入れないのも大きなストレスだったが、なかなか割り切れなかったのが番号で呼ばれることだ。

結局、勾留延長は一回。計十二日間を「二十七番」として過ごした達也は、名誉毀損の罪で起訴され、裁判で執行猶予付きの判決を下されたのだった。

言うまでもなくホテルは免職。フリーターに戻ったものの、カラオケボックスのバイトでは年下の学生から小バカにされて居場所がなかった。昨年、立体駐車場の受付に職場を変え、母親から金を借りて今のアパートに越してすぐ、千紗が転がり込んできた。

バイト先にメンテナンスで来ていた男と仲良くなり、三十歳を前に人生をやり直すべく、電気工事士の資格を取ろうと勉強を始めた矢先、門田が闇金の仕事を手土産に会いに来たのだ。留置場の経験から二度と付き合うまいと思っていたが、千紗のことを言われ気が引けた。彼女が門田の差し金だったと気付くのは、二人が消えてからのことだ。

「もう三十年以上も前のことやからな」

磯田の声で我に返った達也は、聞き返そうとしてやめた。何をきっかけに機嫌を損ねるか分からない、というのは経験則での判断だ。

「俺からしたら林は詐欺師や」

磯田はかつて、国内最大手の三次団体に所属していたという。話は同じ三次団体の組同士でシノギがかぶってしまったことから始まる。

「昭和五十四、五年ごろやったと思う。大阪市内で廃業した旅館があって、そこの土地が売り出されることになった。B勘って知ってるか？」

達也が首を横に振ると、磯田はナプキンに簡単な図を描きはじめた。

「俺らがやってたんはな、土地売買のすき間に入り込むことや。まずは売り手にあえて安い価格で販売させる。実際、買い手はその額よりもちょっと高めで買うんやけど、本来の値よりはだいぶ安くて済む。売り手の方も安価のまま所得を申告できるから、税金が安くなる。俺らは仲介料をもらう。簡単に言えばこういうこっちゃ」

「みんなが得をするってわけですか？」

「そうや。何にも悪いことないやろ？　それでも、バレたら捕まるんや」

磯田は八百円のコーヒーをすすると、話を続けた。

「そのB勘のシノギがバッティングしてもうて、ちょっとギクシャクしてたんやな。大本はおんなじ組織やから、やり合うわけにはいかん。そこでうちは博打《ばくち》で相手さんの機嫌を取ろうとしたわけや」

達也はたまに高校野球の賭博で摘発される記事を見るが、磯田たちが考えたのは全く別のものだった。

「将棋を博打にしたんや。一対一で金額も知れてる真剣は、賭け事や言うても警察が動いたのを聞いたことあらへん。将棋やったらサツもマークせえへんやろと思て、手始めに六人のトーナメント戦で、誰が優勝するかっちゅうのを考えたわけや」

「その六人は?」

「真剣師とかアマの高段者やな。一局ごとに対局料、優勝したら特別手当を払う契約やったから、勝つごとに懐が温《あった》まる計算や。もちろん乗り手を募るんやけど、その揉めてた組には予《あらかじ》め決めてた優勝者を吹き込んでたんやな」

「八百長《やおちょう》ですか?」

「そうや」

磯田は悪びれもせず、口元に笑みを浮かべた。

「本命は林鋭生やったから、違う奴が優勝せな金は動かん。林には決勝で負けるよう言い聞かせてたんやけどな」

「ひょっとして優勝したんですか？」

「優勝するはずの奴が投了したとき、あいつ、ごっつい満足そうな顔してな。将棋に勝って純粋に嬉しそうな顔しとった。頭おかしいんかと思たで。相手の組長も付き合いのある社長連中に声掛けて券買わしてるから面目丸潰れや」

「それ、ヤバいんちゃいます……」

磯田は渋い表情で自分の胸の辺りを指した。

「事務所帰ったらどつき回されて、肋骨《ろっこつ》二本折れた。結局、土地を譲ることを条件に手打ちにしたから、まだ骨折ぐらいで済んでマシやったな」

「林鋭生はどうなったんです？」

「逃げ足の早い奴で、番狂わせの詫びを入れてる間におらんようなった」

「それじゃ済まんでしょ？」

面子を潰されたときのやくざほど凶暴なものはない。たとえ相手が熊でも仕留めに行くだろう。高級クラブで中西から数々の生々しい武勇伝を聞いた達也は、会ったこともない鋭生の身を案じた。

「そら、血眼《ちまなこ》になって捜したで。『一生将棋でけへんようにせえ』って言われてたからな。でもな、ひと月もせんうちに、もうええって言われて」

「どういうことですか？」

「林は相手方の組長に買われてたんや」

達也は口に運ぼうとしたカップを途中で止めた。

「こっちの動きを完全に読まれてたってわけや。わざと面目潰れたフリして、まんまと仕事を手に入れたわけや。けどドンパチに行ったら組が潰れる。林をいてもうてこじれたら、それこそ後に引けんようになるからな」

自分ならとてもマネできない、と達也は思った。一歩間違えれば、殺されていてもおかしくない状況だ。

「あれはただの将棋指しとちゃうぞ。もうしょぼくれてるかもしれんけど、会《お》うても金せびられるんがオチやで」

今は水道工事の会社を経営しているという磯田は、コーヒーを飲み干すと、上手に笑みを作っておかわりを頼んだ。若い女性店員がコーヒーを注ぎ終えると、彼は声をひそめて言った。

「あいつ、大阪府警にも恨み買《こ》うてるんや」

「どういうことですか？」

「はっきりとした時期は分からんけど、まだ昭和の最後の方やったんちゃうかな。ある署の幹部の家に強盗が入って、内部資料がごそっと持って行かれたらしいんや」

磯田は警察に恨みでもあるのか、生き生きした口調で話し始めた。

「身内の恥やから広報せえへんかったらしいねんけど、速《すみ》やかに身柄を押さえなあかんっちゅうことで、やっきになって行方を追ってたら、前科もんが一人、浮上した。詳しいことは分からんけど、内偵を進めるうちに、確信したんやろな。翌朝、家に踏み込むって段になって、その男が行方をくらました」

「情報が漏れたってことですか？」

「そうや。今度は内輪で犯人捜しや。監察が調べたら、借金で首が回らんようになってる刑事がおった」

「ひょっとして……」

「お察しの通り、この刑事は鋭生のとこで借金しとったんや。でも、事件の後に結構な額を完済してた。つまり、泥棒と刑事の間で金と情報の取引があった可能性が濃厚で、それを仲介したのが鋭生やないかって言われてるんや」

「なんで鋭生はそんな危ない橋を渡ったんですかね？」

「話聞いてへんのか？　金に決まっとるやろ。あいつは金のためやったら何でもするんや。結局、強盗も情報漏らした奴もすぐに捕まらんかったから、課長以上の人間が飛ばされまくった」

「でも、だいぶ昔の話ですよね？」

「この強盗犯と刑事は、平成に入ってから別件で逮捕されて、二人とも鋭生のことを白状したらしい。でも、何の容疑にも引っ掛からんということで、こいつだけはお咎めなしや」

達也はＨＰから聞いた真剣の話で興奮していた自分がバカバカしくなった。磯田の言うことが本当なら、林鋭生は手段を選ばぬ金の亡者だ。やる気を削《そ》がれはしたが、一応確認のために質問した。

「それってどこの署の話ですか？」

「えぇっと、ちょっと待てよ。ここまで出掛かってる……」

磯田は太い指で喉ではなく、顎を指した。頂上は見えているのだろう。しばらく眉間に皺を寄せて考えた後、彼は思い出したように軽くテーブルを叩いた。

思わぬ答えに、達也は前のめりになった。

「間違いないですか？」

「こう見えてもなかなか記憶力はええんや」

磯田が告げたのは、市松が所属する警察署だった。

5

朝方の雲が姿を消し、空には太陽の満面の笑みがある。

午後のテレビニュースで気温が三十度を超えたことを知った明日香は、湿気と熱気に絡まれるようにして、自動改札を抜けた。六月中旬の日曜日、梅雨明けを待たずして夏バテ気味である。家で取った昼食も、そうめん二束を食べきれなかった。年々、夏が嫌いになっていく。

神戸新報に秋葉を訪ねてから約二ヵ月。そろそろこの人捜しもバテてきた。出てくるのは昔話ばかりで、先日達也から鋭生の人となりに関する報告を受けて以降は、さらに目標達成への意欲が萎んでいる。こうなると、その目標そのもの、つまり母の手紙を勝手に渡すこと自体に問題があるのではないか、などと端《はな》から知れている疑問に揺さぶられるのであった。

駅舎を出てすぐ北側にある踏切を越えると「ミスタードーナツ」がある。既に引退しているという高齢の棋士との待ち合わせにしては、随分砕《くだ》けている。奥のテーブルでリーゼントの後頭部が見えた。黒いTシャツの背中には大きな鯉が描かれている。最初は一緒にいるのが恥ずかしくて仕方なかったが、人間、慣れるものだ。

「早《は》よ着いたんやね」

明日香が声を掛けると、達也は「チワッス」と言って頭を下げ、腹部に当てていた右手を膝の上に載せた。Tシャツは両肩の部分が波しぶきになっていて、刺青《いれずみ》のようなデザインである。この身なりでもちゃんと下座を選んでいるのが面白い。

「お腹痛いの？」

「いや、ちょっと気持ち悪いだけ。さっき胃散飲んだから大丈夫」

顔色が悪いわけでもないので、それ以上は聞かずに隣に腰掛けた。

「何か、人と会《お》うてばっかりやね？」

「うん。しかも胡散《うさん》くさい奴ばっかりや。伝説の鍼師にタイガーマスクの詩人、ポルノ映画館前のホットパンツのおっさん、元やくざ。考えたら、清掃会社に勤めてる嘘つき親父が一番まともや」

自分のリーゼントを棚に上げ、達也はその流行《はや》らない頭をあきれたとばかりに振った。明日香は心の中で「自己チューの棋士」と「よくしゃべる駒師」を付け加えて嘆息した。本当にろくなもんじゃない。

「でも、一番胡散くさいんは、林鋭生や」

「賭博でインチキして、強盗犯逃がしたんでしょ？」

「うん。他にも余罪があるはずや。ほんまに会わん方がええかもしれんで」

達也は目を合わせず、恥ずかしそうに言った。柄にもなく照れた表情に、意外な優しさがあった。明日香はＨＰから元やくざだという男を紹介されたとき、一人で会いに行くと言ってくれたことを思い出した。そう言えば、達也が鋭生を捜さなければならない事情をまだ聞いていない。それどころか、明日香は彼のことを何も知らなかった。

「あっ、来たよ」

出入り口の自動ドアに視線を向けた達也が席を立つと、明日香もそれに倣った。頭の禿げあがったメガネの男が二人に気付いてお辞儀した。将棋連盟のホームページによると、今年七十七歳になるらしいが、足腰はしっかりしている。

名刺の交換もない簡単な挨拶を済ませると、オーダーを聞いた達也が代表して注文に向かった。

大西幸信《おおにしゆきのぶ》九段はタイトルの取得経験こそないが、他の追随を許さぬ個性でネットの世界では未だ話題の人である。ＮＨＫのテレビトーナメント戦の解説で、延々と趣味のマグカップ集めについて話し続けた結果、番組のブラックリストに載ったという逸話を持つ。棋界の裏面史には欠かせない大西九段は、世の中の裏街道をひた走ってきた鋭生と付き合いがあったらしい。今日は真田から要請を受けて、将棋連盟が仲介してくれたのだ。

達也が両手にトレイを持って戻ってきた。案外器用だと思ったのも束の間、ホットコーヒーが少しこぼれていた。大西は礼を言った後「ワタシね、この大ぶりな数珠みたいなんが好きで」と、ポンデリングを齧った。

「大西さんは林鋭生さんと親しかったんですよね？」

明日香は店のマグカップをしげしげと眺めている棋士に声を掛けた。本題から入らないと、趣味の話に付き合うはめになる。

「あぁ、昔やけどね。ワタシも結構新世界をうろついてたから、たまに呑みに行ったなぁ」

「対局もされてるんですよね？」

「昭和の終わりごろやったかな？　将棋雑誌の企画でプロとアマチュアの強豪が、五対五の団体戦をすることになってね。プロ側の先鋒が一気にアマの四人を片付けてしもて、大将のワタシなんかもう出番ないな、と思ってたんよ。ほんなら大将の鋭生がそこから一気に四人を負かしてしもた」

「プロに四連勝したんですか？」

勝負事には俄然《がぜん》熱くなる達也が唾を飛ばした。

「当時は今よりもっとプロとアマの実力差が歴然としてた時代やから、雑誌の編集者も観戦記者も慌ててしもて。でも、一番重圧を感じてたんは他でもないワタシでね。一応プロ八段を名乗ってたから、負けるわけにはいかん。公式戦より緊張したで」

「で、どないなったんです？」

達也が先を急かす。大西はそれを楽しむようにポンデリングを一口齧った。

「負けたよ」

「どっちが？」

「ワタシが」

「プロ全員に勝ったんですか？」

「そうや。もう、ちょっとしたパニックでな。新聞の将棋欄に面白おかしく書かれてえらい不名誉やった」

「どんだけ強いんや」

達也が呆気にとられていると、大西がコーヒーを口に含んでから言った。

「これは負け惜しみやないから誤解せんといてほしいねんけど、たぶん、ワタシと鋭生が十回やったら九回までは勝つ自信がある。でもな、あの男はその一回を最も大事な場面で引き寄せる。そんな能力があるんや。根っからの勝負師やな」

大西は特に悔しがる様子もなく、淡々と話した。

「ちょっとやんちゃな人やったって聞いてるんですけど……」

明日香が会話に割って入ると、老棋士はべっ甲のループタイを緩めながら微笑んだ。

「はっきり言ってむちゃくちゃや。真剣やったら、相手が子どもでもやくざでも金を巻き上げてたからな」

「血も涙もない感じですか？」

「うぅん、確かにやってることはえげつないんやけど、勝負が絡まんとこでは気前のええとこもあって、憎めん奴やったな。あっ、そうや。これ、よかったら持って帰って」

大西は突然、鞄の中から裸のまま入っていたマグカップを二つ、テーブルに置いた。一つは岩のコケを食べる鮎《あゆ》、もう一つは階段を上るおじさんの絵が精細に描かれている。なぜこのシーンをモデルにしたのかという疑問のうちに、見る者を混乱させせる品であった。たまに意味のない手を指すことから「よそ見流」と称された大西九段の意外な一手。明日香は何のお世辞も浮かばなかった。

「大事にします」

スッと手を伸ばして鮎の方を選んだ達也の素直さに、明日香は社会人生活の中で被った汚れを痛感するのだった。だが、今日の収穫が昔話と難解なマグカップだけかと思うと、やはり素直に喜べない。

「鋭生にもようカップあげたなぁ。あっ、そうや。この前見かけたんやけどねぇ、相変わらず、背ぇが高《た》こうてシュッとしとったなぁ」

これぞ「よそ見流」の神髄《しんずい》という一言に、明日香と達也はマグカップを持ったまま固まってしまった。驚きと喜び、そして戸惑い。いろんな感情を目に宿して、二人は見つめ合った。

「見たって、林鋭生を見たってことですか！」

「そうやけど……」

「いつごろ？　どこで？」

あまりの明日香の勢いに、さすがの大西も腰が引けたようになった。

「えっ、捜してたん？　先言うてやぁ」

こっちの台詞や、という言葉を呑み込み、明日香は目を爛々《らんらん》とさせて言葉を待った。

「えぇっと、一昨日《おととい》やったかなぁ。週に一回、大阪の姫島《ひめじま》の将棋教室で指導してるんやけど、帰りに見かけたんや。何や難しそうな顔してたから、声はかけてへんねんけど……」

大西から場所の詳細を聞くと、二人はマグカップ片手に席を立ち上がり、声をそろえた。

「先生、ありがとうございました！」

電車を待つのももどかしく、店の前でタクシーを捕まえた。明日香が行き先を告げた後、二人して呼吸を整えた。ついに謎多き男の顔が拝《おが》めるかもしれない。遠回りをしてきた分の昂りがある。

「二日前っていうのが微妙やね？」

「うん。でも、ショッピングセンターみたいな大きなとこやなくて、見かけたんが住宅街ってことやから、脈はあるかもしれん」

「また聞き込みやね」

達也が頷くと、しばらく沈黙が続いた。ラジオで実況の男が、交流戦での阪神タイガースの劣勢を伝えている。開幕から負けなしの相手チームのエースに零《れい》点に抑えられているようだ。

「ちょっと前まで、俺も鋭生と同《おんな》じような仕事してたんや」

達也の声には告白するような響きがあったので、明日香は「えっ、真剣師？」と言ってはぐらかした。

「何でや。金貸しや」

「あぁ。いかにもって感じやね」

「言葉選んでよ。俺の方は闇金やけど、先輩が金持って、ついでに俺の女も連れて逃げたんや」

「だいぶ悲惨やん」

苦笑いする達也を見て、明日香はどうせ先輩の口車に乗せられたのだろうと見当をつけた。

「名前も知らんやくざみたいな刑事がアパートの駐車場で待ち伏せしてて、ご親切に教えてくれたんや」

達也はその直前に十代の少年を殴りつけたこと、それを刑事に目撃されていたことを話した。

「闇金を取り仕切ってたやくざを牽制《けんせい》してもうて、なおかつ、ガキを殴ったことを見逃してもらわなあかんようになって」

「別にこんなしんどいことせんでも、警察に事情説明した方が楽なんちゃうの？」

「俺、しょうもない前科があるんや」

ひょっとしたら、とは思っていたものの、実際に聞くと少しショックだった。身の回りに警察に捕まった友だちがいるわけでもなく、明日香は何と答えていいか分からなかった。

「二度と留置場に入りたないねん」

「林鋭生の捜索は、その刑事の依頼ってこと？」

話を元に戻すと、達也は頷いた。

「俺を使うってことはもちろん、正式な捜査とちゃうはずや。何で時代遅れの真剣師を捜さなあかんのか。ずっと分からんかってんけど、この前、磯田から強盗の話聞いたやろ？　刑事が今勤めてるんは、その署なんや」

「でも、だいぶ前の話でしょ？」

「そうなんやな……」

達也は困ったように眉を寄せた。そこそこ悪い奴なのに、この頼りない表情を見ていると、つい頰が緩んでしまう。

「この辺なんですけど」

遠慮がちに声を掛けてきた運転手が、車のスピードを落とした。

着いたのは信号のない交差点で、周囲には歯科医院や鉄工所、マンションや平屋の木造家屋などが建ち、全く規則性がなかった。

タクシーから降りる。町はひっそりとし、北側には阪神高速の道路が見え、並行するように阪神電鉄の線路が延びている。自転車のおばちゃんから「チリン」とベルを鳴らされ、二人は我に返ったように車道の脇に身を寄せた。

幅広の道路の向こう側に、青空駐車場があり、歯が抜けたように十数台の車が停まっていた。フェンスの前はゴミ捨て場になっているようで、透明のゴミ袋が山積みになっている。

そのゴミ捨て場の前に、小柄な男の姿があった。背を向けているが、雰囲気で年配者だと分かる。

こちらの視線を感じ取ったのか、男は何気ない様子で振り返った。視線が合わさった瞬間、明日香と男は互いに目を見開いた。だが、とっさに名前が出てこない。右肩のリュックを見て、ようやく「水明」で会った男だと思い出した。

なぜ彼がここにいるのか。林鋭生を接点として出会ったので、決して偶然ではないだろう。

「関さん？」

明日香が呼び掛けると、関秀伸は桜色の頭部をペンと叩いた。

「ようこそ、我が故郷へ」

第四章

1

梅雨の晴れ間の陽を浴びる。

押しの強い日差しを避けるため、真後ろにある三階建てマンションまで移動した。ベランダの下に、ちょうど三人分の日陰ができている。足を止めると、ブラウスの中に熱がこもって背筋に汗が流れる。明日香を挟むような形で立っている達也と関の額にも玉の汗が浮かんでいた。

「で、どういうことなんですか？」

状況が呑み込めない明日香が尋ねると、関はそれには答えず達也の方を見た。

「そちらのおでんのコンニャクみたいな髪の人は？」

「無理に直角のもん探さんでええねん」

「せっかく気ぃ遣《つこ》たのに」

蒸し暑い中、関の引き笑いが響いて癇に障る。明日香は苛立《いらだ》ちを抑え、「水明」以降、真田から大西九段に至るまでの捜索の経緯をかいつまんで説明した。

「ほぉ、すごい根性やなぁ」

「感心するより質問に答えてください。何で関さんがここにいるんですか？」

「生まれ故郷なんや」

「えっ、ほんまに？」

「うん。俺と林鋭生のな」

二人の意外なつながりに、明日香は驚きよりも怒りを覚えた。

「ちょっと、初耳ですよ、それ。『水明』で言うてくれへんかったでしょ？」

「あんただけちゃうで。誰にも話してないから、不公平ではないわな。一見《いちげん》の怪しい客に心許すほど、ワシも甘ないで」

「このリュックに、その風貌《ふうぼう》で、よう人のこと怪しいって言いますね。一からちゃんと説明してもらいますから」

関は眩《まぶ》しそうに目を細め、前の駐車場に線を引くようにして右手をスライドさせた。

「この辺一帯、全部長屋やったんや。木造の平屋がダーっと並んどった。向かいの家との間に物干し竿引っ掛けて、万国旗みたいに洗濯もん干して、地面もこんなアスファルトやない。走ったら砂埃《すなぼこり》が舞う土の地面や。隣近所、薄い壁一枚の間柄やから、みんな兄弟みたいに遊んどった」

「つまり、関さんと林鋭生は幼馴染《おさななじみ》ってこと？」

「年が八つ離れてるから友だちって感じではなかったけど、もちろん年長者やから面倒みてたで」

「今は連絡取ってないんでしょ？」

「事情があって、鋭生が引っ越してからは会ってない。あいつが真剣師でブイブイいわせとったとき、こっちは新聞社の社会部におったからな。担当外やし、暇もなかった」

「これまで探そうとはしなかったんですか？」

「あんな勝負師は他に知らんからな。取材したい気持ちはもちろんあったで。でも、自ら姿を消したのに、追い掛け回すんもちょっと……、な。これが他人やったら、遠慮のう行ってるけど、なまじ知ってるから、そっとしといた方がええんちゃうかって」

「でも、ここに来たってことは……」

「やっと、姿を現したからや」

「関さんも見たってこと？」

首を横に振った関は、リュックの中から雑誌を取り出した。手作り感のある薄い冊子だった。

「関西の愛棋家グループが発行してる冊子や。新聞はもちろん、専門誌に載らんようなアマチュア棋界の情報が分かるから、マニアが嬉々として読んでるもんや。ここに、読者の声を紹介するコーナーがあるんやけど、昨日届いた最新号にこんな一文があってな」

老眼の関が冊子を遠ざけながら、誌面を指差した。

「富士《ふじ》作の駒、譲ります……」

明日香が読み上げると、達也が「富士作？」と、冊子から禿げ頭を見上げた。

「鋭生の父親は駒師やったんや」

「駒師？」

二人が声をそろえると、関は「駒を作る職人や」と言って、再び前方に短い指を向けた。

「ちょうど、あの辺やったかな？　家の前半分が作業場でな。大きな黄楊の丸太が立てかけられてて、中に入ったら漆の酸っぱいにおいがプーンと漂ってたんや」

漆が入った桶、版木刀、蒔絵筆、筆を洗う菜種油。関は作業場の片隅にあったという小さな台の様子を再現していった。

「台の横には温度計と湿度計がついた室《むろ》があって、湿気が足りひんときは、網の上に濡れた雑巾敷いて調整するんや。漆も夏場と冬場やったら固まり方が違うからな。ほんま職人の仕事は細かい。子どものころから将棋好きやったから、おっちゃん……富《ふ》士夫《じお》っていうねんけど、駒作ってるとこよう見せてもうた」

「ほんならこの富士作っていうのは？」

「おっちゃんの銘、制作した駒に彫る名前やな」

「さっき言うてはった鋭生が引っ越した事情っていうのは？」

作業場の話が長くなりそうなのを警戒してか、達也が質問を続けた。これまでの聞き込みで、本題と関係のない昔話には飽いているようだった。

関は少し物足りなそうだったが、すぐに「鋭生が小学四年のときや」と言って続けた。

「おっちゃんが脳卒中で倒れて、右半身の麻痺《まひ》と言語障害が残ったんや。たしかまだ四十かそこらやったたんちゃうかな？」

「麻痺が残った状態で駒作りできたんですか？」

関は明日香に「いや」と言うと、しばらく口を閉ざした。

「倒れてから間もなく、おっちゃんは店を畳むんやけど、そのときに、うちの父親に頼みごとをしてるんや」

聞き手の二人は同じように首を傾げて先を促した。

「おっちゃんは元々酒が好きやってんけど、倒れてからは全然表に出んようになって。胡坐をかくことはできたし、寝たきりの状態でもなかったんやけど『笑われるんが嫌や』言うて、ずっと家におったらしい。代わりにおっちゃんの嫁さんが働きに出てて、うちの親父が外に連れ出そうと、よう会いに行ってたんや。ちなみに、うちは駅前でかしわの店を出してて、昔は……」

「ほんで？」

脇道に逸《そ》れそうになり、達也がすかさず軌道修正した。関は一度痰《たん》を切ってから話を戻した。

「ある日中のことや。おっちゃんは薄暗い作業場で、電気消してジーっと自分の駒を見てたそうや。親父に気付いて顔見た瞬間、涙を流したらしい。部屋の灯《あか》りをつけて横に座ると、一語一語、絞《しぼ》り出すようにして、鋭生に新しい父親を探すことを頼んだんや」

「えっ？　どういうこと？」

明日香の問い掛けに、関は口元に手を当て、言葉を選ぶように間を取った。

「仕事してるときのおっちゃんは怖くて、とても話し掛けられへん雰囲気やった。顔つきですごい集中してるんが分かるんやけど、それが格好よかったんや。今までいろんな人取材してきたけど、ほんまもんの職人がモノつくってるときには、神がかった雰囲気がある。そこまでたどり着くのに相当の苦労を重ねるからや。俺がおっちゃんから聞いた中で一番好きな言葉は『見たもんは形にできる』ってやつや」

自転車に乗った中学生ぐらいの少年三人が、目の前を通り過ぎて行った。笑い声の余韻が消えるのを待って、関は口を開いた。

「生まれた時代がよかった悪かったみたいなことは言うてもしゃあないけど、おっちゃんは酔っ払ったら、兵隊に取られへんかったことを話したそうや。終戦時二十一歳。肺が悪かったから、徴兵が延期されてそのまま戦争が終わった。よう茶化して『病気のおかげや』って言うてたみたいやけど、うちの親父に言わせたら劣等感の裏返しやって。元々徳島《とくしま》の醤油《しょうゆ》屋で働いてたって聞いたけど、真相は分からん」

関はリュックから皺の多いハンカチを取り出して額の汗を拭った。アスファルトが跳ね返した熱が大気に留《とど》まり、風も吹かない。

「戦後は親戚を頼って大阪に出て来て、不動産屋に勤めてたそうや。お客さんに愛棋家がおって、最高級の盛り上げ駒を見せてもうてから、一遍にハマったらしい。その日から自分でつくり始めてんて」

「お師匠さんとかいなかったんですか?」

「おっちゃんによると、当時将棋の駒は山形《やまがた》の天童《てんどう》と東京の一部でつくってたらしい。でも、作業が分業制やったり、連絡先が分からんかったりで、どうしようもなかった。それに大阪に職があるから、わがままもできひんしな。それで独学で始めたみたいや」

「そんな簡単にできるもんなんかな?」

達也がつぶやいた。明日香も同じ感想を持った。

「そら甘いもんちゃうわ。もちろんパソコンも携帯電話もないし、駒について知ってる人もほとんどおらん。原材料の黄楊の入手先から見つけなあかんかった」

休日に材木店を回り続ける生活を一年続け、あきらめかけていたとき、富士夫は京都の土産物屋で黄楊櫛《つげぐし》を見つけたという。

「それで閃《ひらめ》いたらしい。土産物屋から仕入れ先を聞いて、四条にある櫛屋に向かって黄楊を譲ってほしいと頼んだそうや。最初は門前払いやったけど、四回目に訪ねたとき、店主の奥さんが徳島出身やと分かった。奥さんの協力も得て、ようやく黄楊の切株を分けてもらえるようになってんて。おっちゃんがよう『そんときは家や車より、黄楊が欲しかった』って言うてたなぁ」

「富士夫さんは当時、何歳ぐらいやったんですか？」

「二十三か四やろ。そこから試行錯誤の日々や。作業の一部が見学できると聞いては天童まで行き、ええ駒が見つかったと聞けばどこへでも飛んで行った。そうして一つひとつ、制作の工程を確立していったんや」

「そもそもなんやけど……」

達也がリーゼントの頭をかきながら割り込んできた。

「将棋の駒に何の魅力があるわけ？　悪いけど、ただの木やろ？」

「それはほんまもんの駒を見てへんからや。将棋に興味のない人間でもうっとりするはずや。使い込むほどに独特の輝きが出てくる」

達也はピンときていないようだったが、明日香にはその輝きがイメージできた。仕事先で泊まるホテルでもそうだ。上質と言われるホテルは、歳月の奥に磨き抜かれた洗練が漂う。逸品は使い込まれるほど美しい。嵐山で見た琥珀のような駒もきっとそうだろう。

「三十歳で見合い結婚して、それを機に専業の駒師になった。ここに引っ越してきて工房を構えて、翌年に鋭生が生まれた。彼の駒を置きたいっていう店が段々増えてきて、百貨店でも売られるようになった。ほんで鋭生が五つのとき、ついにおっちゃんの駒がタイトル戦で使われたんや。そら、嬉しそうやったで。近所でも評判になってお祝いしたぐらいや」

「すごい職人やったんやな」

先ほどまで興味がなさそうだった達也は、富士夫が積み重ねてきた実績に、すっかり感心しているようだった。この素直なところが彼の長所でもあると、明日香は思う。

「ちょっと長なったけど、言わんとしてることが分かったやろ？　つまり、おっちゃんには将棋の駒しかなかったんや。体に麻痺が残ったときの気持ちを考えると、今でも泣きそうになるんや。人生でたった一つ、これだけは誰にも負けんと思ってるもんが、ある日何の前触れもなく奪い取られた。もう心《しん》から自信をなくしてしもたんや」

明日香には想像もつかない状況だった。それでも、自分の妻と子どもをよその男に預けてしまおうとする考えに、理解が及ばなかった。

「俺、思ったんやけど、昭和六十三年に、鋭生が駒を賭けて真剣したやろ？　それって、そのタイトル戦で使われた駒やないん？」

「いや。その駒は高槻《たかつき》に住んでる愛棋家が持ってる」

当てが外れ、達也は不服そうに口をすぼめた。が、明日香はそれはそうだろうと思った。いくら著名な棋士が使ったとしても、一千万は高すぎる。未だにそれほどの値打ちがあるという駒を思い描くことができない。

「鋭生が人生で初めて臨んだ真剣は、父親相手にこの長屋で指したんや」

「父親と真剣？」

顔を顰めた明日香に、関は一つ頷いた。

「うちの親父が見つけてきたんは羽振りのええ土建屋の大将やった。前の奥さんと死別してから仕事一筋で、酒は好きやけど真面目な男や。旦那の治療費も世話する時間もない。助けてくれる親戚もおらんかったから、息子を育てるためには、おっちゃんの奥さんに選択肢はなかった」

明日香が口を開きかけると、関はそれを遮るように右手を前に出した。

「言わんとしてることは分かるけど、今から五十年近く前の話、ということを忘れてたらあかんで。理不尽《りふじん》なことなんか山ほどあった。でも、子どもからしたら理解できひんやろ。急に知らんおっさんが父親になると言われて、素直に従うわけがない。鋭生は富士夫のおっちゃんが何ぼ説得しても頷かんかった」

「それで、真剣をして片を付けたってこと？　子どもと大人が？」

達也が先回りして聞くと、関は首を振った。

「小さいときから将棋を指して育ったもんは、子どもでも相当強い。鋭生が十歳のときや。ワシはたまに観戦してたけど、棋力はほぼ互角やった。少年にとったら、初めての真剣が人生を賭けた闘いで、結果、敗れて新しい父親の元へ行くことになったんや」

大気中に熱気がまとわりついている。明日香は口を閉ざしたまま、午後の気怠《けだる》い陽に照らされる駐車場を見た。突然、前途を奪われた富士夫が一人仄暗い長屋で思い悩む様や、父と離れたくなくて真剣勝負に挑んだ少年の姿を想像すると、胸が圧されるように痛んだ。

「その真剣があったんは昭和四十年の九月や。大阪万博の開催が決定して沸き返っていた頃やった。それから大阪の街は目に見えて変わっていったんや。ここにあった長屋も取り壊されてなくなった。富士夫のおっちゃんの行方は誰も知らん。どこでどう生きて、いつ息を引き取ったんかも……」

関は言葉を詰まらせて唇を噛んだ。

女子高生と思しき制服姿の二人が自転車で前を通った。楽器が入っていそうなケースを背負って、楽しそうにおしゃべりしている。彼女たちはもちろん、昔ここに長屋があって、重たい事情を抱えた一家が離散した話など知る由《よし》もないだろう。

街並みが変わり、そこで暮らす人々の顔が変わっていくという当たり前の時の流れに、明日香は例えようのない寂寥《せきりょう》を覚えた。

「そう言うたら、ちんどん屋が来とったなぁ」

関が懐かしそうに辺りを見回した。建ち並ぶ木造住宅を想像するうちに、明日香に一つの疑問が生じた。

「関さん、富士夫さんって、駒を燻すときに長屋でやってたんですか？」

「燻す？」

「ええ。すごいにおいするでしょ？　近所迷惑にならへんかったんかなぁと思って」

「あぁ。そう言えばやっとったなぁ。一斗缶持って淀川《よどがわ》の河川敷《かせんしき》まで行ってたで。それにしても『燻し』なんかよう知ってたなぁ」

「うん、ちょっとね。駒師と結婚するときは服、隠しとかなあかんわ。まぁ、ないと思うけど」

「いや、他の駒師は燻しなんかせぇへんやろ」

「えっ？」

関の言っている意味が分からず、明日香は眉根を寄せた。

「駒が緻密で硬くなるからって……」

「確かにそうなんやけど、あれは富士夫のおっちゃんしかしてへんのちゃうか？」

「どういうこと？」

「黄楊を燻すんは、京都の黄楊櫛の職人から習ったんや。遠回りしたからこそ身につけた技術やって、おっちゃんが言うててんけど……」

胸騒ぎがして、明日香の脳裏にあのよくしゃべる駒師の姿が浮かんだ。自らが今、何か重大な局面に立っているような気がしてならなかった。

なぜあの男は、駒を燻すことを知っているのだろうか。

2

ＪＲ嵯峨嵐山駅の改札を抜けると、ひたすら走った。

南口の階段を下り、今日も白い歯を見せる車夫に愛想笑いを振りまくと、明日香は勢いよくアスファルトを蹴った。土産物屋も魚屋もすぐに風景として流れていく。「渡月橋」と書かれた白筒の標識を減速せずに右折した。

「姉《ねえ》さん、足速いなぁ！」

後ろの達也に構っている余裕はなかった。傍《はた》から見れば、嘴《くちばし》みたいなリーゼントの男に追い掛けられている構図だろう。誰も通報しないよう願って風を切る。走りながら、明日香は関の話の続きを思い返していた。

初めての真剣に敗れ、鋭生の母と土建業の男が再婚した。大阪万博の開催で建設ラッシュが続き、鋭生たちの生活は富士夫が願った通り、豊かになったと推測できる。

次に関が鋭生の消息について知ったのは昭和四十五年、大阪が万博の熱気に満ちている最中《さなか》だった。中学三年になった鋭生は学校の数学教師に頼んでプロ棋士を紹介してもらい、奨励会への入会を希望したのだ。若い衆を束ねる継父より、駒の道を極めようとして生きた父への思いが勝《まさ》ったのではないか、と関は想像する。

だが、結果は散々だった。門下生に立て続けに負けを喫し、棋士からプロの道をあきらめるよう諭されたという。間もなく、継父と母の間に娘が生まれた。

妹の存在もあってか、孤立を深めた彼は家を出た。それからの足取りは関も知らない。鋭生が〝棋士〟として再び登場するのは五年後、明日香の叔母の事件でのことだ。

渡月橋を越え、嵐山公園に入っても止まることなく砂利を鳴らした。息が切れ、うまく呼吸できない状態だったが、逸《はや》る気持ちに釣られるように足が前に出る。

放置自転車が多い竹藪の前を通過し、住宅街に入った。記憶を頼りにあの急な下り坂を探し出し、安っぽいアパートを見つけた。

「あった！」

明日香がアパートの隣にある木造家屋を指差して振り返ると、達也は両手を膝に置いて、ぜえぜえと苦しそうな音を立てていた。

坂を下り工房の前に立つ。閉ざされた引き戸に貼り紙はなかった。しかし、見るからに人の気配はない。取っ手の窪《くぼ》みに手をかけたが、鍵がかかっていた。明日香は工房の裏に回った。細い路地のような所に、一斗缶が三つほど重ねられていた。

「あの一斗缶っ」

背後から達也の声がした。ピンときたようだ。

「前、ここの駒師を訪ねたときに見せてもらってね。中の土間がすごく煙たくて、『燻し』について聞いたんよ」

「じゃあ、確認したいことがあるって言ってたのは……」

明日香は振り向いて頷いて見せた。

短髪、白いものが混じった無精髭、背が高く引き締まった体――。記憶の男にサングラスをかけて、青いスーツを着せてみる。頭の中のモンタージュはうまくいかなかったが、明日香の答えは一ヵ所に収斂《しゅうれん》されていった。

「ということはやで、あの鍼師に一杯食わされたってこと？」

会って話していたかもしれない、と思うと、明日香は歯噛みした。聞いてきた話や西部警察が先入観となって、まさかあの饒舌《じょうぜつ》な男が林鋭生本人だとは思わなかった。達也が言った鍼師を訪ねない限り、前には進めないだろう。冊子にあった「富士作の駒、譲ります」という一文が甦ると、明日香は居ても立ってもいられなくなった。


ひっそりとした夜の街でも、同じ位置に立ち続けていると生活の音が聞こえてくる。

烏丸《からすま》御池《おいけ》の駅から北東、距離にして五、六分というところか。辺りは町屋のような民家と低層マンション、シャッターを閉めた商店、事務所などが混在している。大通りからさほど離れていないのに、声を潜めたくなるほど静かだ。

ベランダの洗濯物を取り入れる音に続いて、男の大きなくしゃみが響いた。

「何か、じっと立ってるのも気が引けるもんやなぁ」

先ほどから落ち着かない素振りの達也が、周囲を見回してこぼした。

「新聞記者の人に聞いたけど、あの人たち夜討ち、朝駆けってするでしょ？　結構、通報されるらしいよ」

「そうかもな。本人は仕事のつもりでも、住民から見たら不審者やな」

低層マンションの前で、二人は同じように自分の腕を組みながら、オレンジの丸い照明に照らされた暖簾を注視していた。

夕方に嵐山から帰って来た二人は、早速菅原龍成の鍼灸院を訪ねた。しかし、案の定留守だったので、彼の動向に詳しい漬物屋に足を運んだ。すぐきの漬物と引き換えに得たのは、烏丸御池の店と今日はすこぶる機嫌が悪いという出鼻をくじかれる情報。相談した結果、呑んでいるときに邪魔するのは控えようということになり、うどん・そばのチェーン店で腹ごしらえをしてから、路上に立ち続けているのだった。

時刻は既に十時を過ぎている。

暇を持て余したので、小川俊太郎のマンションの前で出会ったときのことや新世界の串かつ屋でタイガーマスクの詩人と遭遇したことなどを達也と語り合った。明日香はあらためて濃密な日々を過ごしてきたと思った。

林鋭生という男を軸に、次から次へと奇妙な男たちが登場した。この捜索を決意しなければ、間違いなく自分の人生と交差することがなかった人たちだ。隣にいる前科、多分一犯の相棒も然《しか》り。明日香にとって将棋は全く未知の世界であり、異文化という点でこじつければ、語学留学のようなものだった。ただ、留学は現地の言葉を習得できるが、真剣師一人を探したところで将棋が強くなるわけではない。さらに言えば、将棋が強くなっても仕事に活かすのは至難の業《わざ》だ。

「でも、姉さんも頑張るよなぁ」

いつの間にか「姉さん」と呼ばれるようになったが、悪い気はしなかった。服装と髪型は零点だが、根が素直な分、達也は会社にいる噂好きの男どもよりうんと好感が持てる。

「俺は人生賭かってるからしゃあないけど、姉さんの場合は母親の手紙渡すだけやろ？」

明日香は腕を組んだまま足踏みしている彼を見た。確かにここまでする必要があるのか、と自分でも思う。四十になるにはまだ少し間がある。婚活する方が現実的なのは分かっている。しかし、鋭生をひと目見たいという願望は、もはや理屈を超えたところにある気持ちだった。

「まぁ、達也君みたいに切羽詰まってはないねんけど、私、中二のときに両親が離婚してね。でも、父親がいなくなってもびっくりするぐらい日常に変化がなかったんよ。仕事で家を空けてることが多い人やったから。今は連絡先も知らんし、どこで何をしてるんかまるっきり興味がない。一人っ子で親戚付き合いも限られてたから、基本的にずっと母親と二人で暮らしてきたんよ。結婚して東京におったんやけど、離婚してから大阪に転勤になって、それからまた母と五年ぐらい同居して……。だから自分にとっての家族って、母親しかおらんの」

明日香はそこまで一気に話すと、少し間を置いた。話しながら頭の中を整理する、そんな状態だった。

「その母親がおらんようになって、ポツンと独りで自分の部屋にいると、なんか海の上でロープを外されたみたいな感じがして。ええ年して笑われるかもしれんけど、急に不安になって寝られへんときがあるねん。でも、この母親の手紙を届けることは、分かりにくいかもしれへんけど……、ロープを手繰《たぐ》り寄せることになるかもしれんって……。ごめん、やっぱ分かりにくいよね？」

「いや、何となくやけど理解できる」

「ほんまかいな。リーゼントの子に気ぃ遣わせてもうた」

達也の表情は、これまでに見たことがないほど柔らかくなっていた。

「信じられへんかもしれんけど、俺、小学生のころはそこそこ頭よかってん。両親が学習塾経営してたから」

明日香は意外な思いで隣を見た。

「中学受験の前にばあちゃんが死んで、それがだいぶショックやって、俺、志望校に落ちたんや。塾の先生の息子が不合格では面目丸潰れっていうんは分かるけど、そんときの軽蔑《けいべつ》したような父親の顔は未だに忘れられへん。中学に入ってグレて、父親がよそに女つくって、先輩の口車に乗って警察に捕まって、母親はいっつもこの世の終わりみたいな顔してて」

達也は店の暖簾に視線をやって、短く息を吐いた。

「どっかで断ち切らなあかんねん。来月で三十やから。電気工事の勉強して、就職して、せめておかんに迷惑かけた分を返したい。そやから、俺も必死にロープを手繰ってんねん」

店の格子戸が開いて、黒い作務衣を着た小柄な男が出て来た。暗い中でも顔が赤らんでいるのが分かる。足取りも覚束《おぼつか》ない。二人して恐る恐る近づいていく。

「あのっ」

明日香が声をかけると、龍成は真っ白な眉をひそめた。

「何や、またおまえらか」

漬物屋の店主が言う通り、機嫌はよくないらしい。明日香と達也は同じようにお辞儀をして、愛想笑いを浮かべた。

「先生に治してもらったんで、あれから快調です」

達也が調子よくお世辞を言うと、龍成はふんと鼻を鳴らして歩き始めた。

「まさかとは思うんですけど、あの先生に教えていただいた駒師の人……」

「俺、駒師なんか紹介したか？」

龍成は憮然《ぶぜん》としたまま、明日香を一瞥した。

「あの、ベンチと珠……、駒暖簾を作った人」

「あいつがどないしてん？」

「林鋭生ですよね？」

龍成が足を止めたので、挟むようにして歩いていた二人も慌てて止まった。

「何でそう思うねん？」

明日香は鋭生が二日前に姫島に現れたことや関の話、そして黄楊を燻す製法について説明した。

た。

「おもろいとこに気ぃついたな」

他人事《ひとごと》のように笑う年寄りにムッとしたが、明日香は笑みを絶やさずに詰め寄った。

「あのとき、平成になってから一回も会ってないって」

「アホ。よう思い出せ。平成になってから一回も治療に来てへんというたんや」

「今日、嵐山に行ったんですけど、もぬけの殻《から》でした。最初に伺ったときに教えてくださってたら、母の手紙を渡せてたんですけど」

「自分から姿消してる奴の居所を言うなんてことは、田舎もんのすることや。でも、あんたの事情も聞いたから、こっちはそれとのう教えたんや。鋭生の昔の写真を見てるくせに、本人に会《お》うて気付かへんねやったら、そもそも縁がなかったんやろ」

巧妙にはぐらかされているのは分かったが、自分の落ち度を指摘されるとなかなか反論できなかった。明日香は恨めしそうな目を向けて、話を続けた。

「林鋭生ですけど、最近先生のとこに来ませんでしたか？」

「もうおしまい。こっちはええ感じで酒が回ってきたんや。お開きや」

龍成は口の周りを囲う白髭《しらひげ》をひと撫でした後、またフラフラと歩き始めた。遠ざかる小さい背中に向かって、明日香は叫んだ。

「患者やったら話してくれるんですよね！」

振り返った龍成は「痛いで」と言って笑った。強い視線で鍼師を睨んだ明日香は意を決したように頷くと、すっと右腕を後ろに回した。そして、隣でボケっと立っていたリーゼントを前に差し出した。

「へっ？」

間抜けな声を上げた達也に見向きもせず、明日香は声を張った。

「この人、胃の調子が悪いみたいなんです！」

突如として朝にドーナツ店で交わした会話を蒸し返された達也は、結構な勢いで首を横に振った。

「胃散飲んだらすっきりしましたから。さっきもうどんとカツ丼腹いっぱい食いましたし……」

「腹いっぱい食うたんか？」

「ええ。平らげてやりましたよ」

龍成は必死に健康をアピールする達也をひと睨みした。

「そら、あかんわ」

「何がです？」

「腹いっぱい食うたら、体に負担がかかる。消化するのに必要以上の体力を消費するからや。そうやってリズムが崩れると、体調不良につながっていく」

食欲を強調したが故に墓穴を掘った達也は、過度のストレスがかかったのか、胃を押さえて顔を顰めた。

鍼灸院に着くと、患者はすぐに仰向けに寝かされた。達也の両手首を取って脈を診た龍成が「やっぱり胃腸が弱っとる」と怒ったように言った。

「痛くしないでほしいんです」

「そんな頭して何を乙女みたいなこと言うてんねん。一瞬や。辛抱せえ」

細長い鍼が足の甲に刺さっていく。達也の悲鳴が上がる前に、と明日香は質問を始めた。

「最近、林鋭生がここに来ましたか？」

「昨日来て、腰を中心に処置した」

その答えに明日香は息を呑んだ。確実に鋭生の背中が大きくなっている。

「今どこにいるか分かりますか？」

「いや、知らん」

「何か予定について話してませんでしたか？」

「ここに来るってことは、真剣を指すってことやろ」

「対局の日時と場所、相手、何でもいいんで教えてください」

「そんなもん、いちいち聞かへんわ。無口な男やからな」

嵐山で会ったときのことを思い出して、明日香は噴き出しそうになった。

「私にはめっちゃしゃべってましたけどね」

「さぁ。あんたが女やったからサービスしたんちゃうか。サングラスかけたら、性格変わるんかもな」

「見た目もね」

龍成は明日香の言い訳を無視して、淡々と仕事を進める。まだ呻《うめ》き声は聞こえない。達也の額には汗が浮かんでいたが、それは痛みではなく緊張からくるものかもしれない。

「駒に関して何か聞いてないですか？」

「いや。ここに寝て、治療受けて、金払って帰った。それだけや」

鋭生の足取りを確認できたことは有意義だった。しかし、それ以降の足跡がたどれないのなら打つ手がない。明日香は何とか次につながる情報を引き出せないかと頭を捻ったが、妙案は浮かばなかった。

「あんたの知人が持ってた冊子に、鋭生の父親の駒のことが書いてあったんやろ？　その線で考えるんやったら、昭和六十三年に対局した人間の可能性があるな？」

これまでに集めた情報では、駒を賭けて戦ったのは昭和六十三年の対局以外にない。明日香も同じことを考えていた。

「まぁ、ヒントになるか分からんけど、その対局があった日にちだけは覚えてる」

龍成は枕側に置いてある木製の引き出しから別の鍼を取り出した。

「六月十七日や」

「それって……、明日ですよね？」

「偶然かどうかは分からん。でも、もし同じ日にちでやるんやったら、場所も合わせるかもしれんと思って」

「どこで対局したんですか？」

「そこまでは知らんけど、ブラジルでないことは確かやや」

虫の知らせか、鼓動が早まった。

龍成の仮説が正しければ、明日、二十五年の沈黙を破って林鋭生が真剣の舞台に現れる。

明日香は頭をフル回転させ、これまでに会った関係者を思い浮かべた。何が何でも対局場を知る必要があった。このチャンスを逃せば、振り出しに戻ってしまう。

「いてぇ！」

達也の悲鳴に思考が中断された。

見下ろすと、目を潤《うる》ませた彼が、指先でリーゼントの先端をつまんでいた。

3

時間が経つごとに活力を奪われる。

陽を遮る厚い雲には感謝するべきなのだろうが、どうも蓋をされているようで気が滅入る。蒸し暑さのせいで流れる汗は特に不快だ。青い瓦屋根の一軒家、築年数の古そうなアパート、疎《まば》らに車が停まる契約駐車場。特徴のない住宅街に、朝の清々しさはなかった。

大阪府門真《かどま》市内。元やくざの磯田重明にもらった名刺を頼りに早朝から家を出た。水道工事の会社のはずが、着いてみれば五十坪ほどの二階建て民家があるのみ。引き返そうとしたが「磯田」の表札に気付いて思い止まった。

昨晩、菅原龍成の鍼灸院で得た情報は、何とも心許ないものだった。日時も場所もなかった。

昭和六十三年の対局をなぞるというのは、あくまで推測の域を出ない。だが、だからといって龍成の説を無下《むげ》にすることもできない。二十五年ぶりの真剣勝負をこの目で見たい、という思いもある。いずれにせよ、他に有力な筋がない以上、前進するしかなかった。

時間が惜しいので、明日香とは手分けして調べることにした。一番可能性が高いのはもちろん、対局の立ち会いをしたという小川俊太郎だろう。今、明日香が当たっているが、まだ吉報は届かない。

達也がわざわざ磯田に直当《じか》たりするのは、電話で情報を引き出せるほどの間柄ではないからだ。面子を重んじる世界にいた男には、まず顔を見せて頭を下げるのが基本だ。今、手にしているひよ子饅頭《まんじゆう》は、その誠意の表れだが〝実弾〟を入れるほどの余裕はない。しかも、もらいものだ。

夜に人を待つのも落ち着かなかったが、朝はもっと条件が悪い。先ほどから通行人の無遠慮な視線が痛かった。明日香が言っていた通り、下手をすれば通報されるかもしれない。達也は人生で初めて、リーゼントの髪を隠したくなった。

七時半過ぎを指す腕時計を見て、少し早すぎたかもしれないと思った。まだ、通学する小学生の姿もない。どのタイミングでインターホンを押そうか迷っていると、黒い鉄門扉の向こうにあるグレーのドアがゆっくりと開いた。

目を凝らして注視していると、木刀を持った磯田が立っていた。今にも人を殺しそうな鬼の形相である。

「何しとんじゃ、こらぁ」

振動が伝わってきそうなほどの低いやくざ声に、昔、動物園で聞いたジャガーの迫力ある声を思い出した。慣れない早起きですっきりしなかった達也の頭が、一瞬で涼しくなった。

「すんません……」

雰囲気に呑まれ、言葉が続かなかった。

磯田が木刀を持ったまま、鉄門扉を開けた。達也にとってはジャガーの檻《おり》が開け放たれたに等しい。門と同色のTシャツが胸筋に貼り付いて盛り上がり、近づいて来ると、その肩幅の広さに圧倒される。

「いてまうぞ！」

日焼けした顔を近づけられ、今度は何も言えなかった。

「……。おまえ、この前会《お》うた奴やな？」

磯田の声が少し丸くなり、達也はようやく金縛りの状態から解放された。

「林鋭生の件で、お世話になったもんです。これ、よかったら」

ひよ子饅頭の紙袋を差し出すと、磯田は礼も言わずに受け取った。

「朝からずっと立ってるから、昔の知り合いやと思《おも》たがな」

「ややこしいことして、すんません」

「で、何の用や？　ひよ子饅頭の配達ではないやろ」

「はい。実はまた林鋭生のことで……」

達也は昭和六十三年の対局について質問したが、磯田は詳細については何一つ知らなかった。

「早くにすんませんでした。その確認で来させてもうたんで……」

「何や、もう帰んのか？　まぁ、茶ぁでも飲んで行け」

強く肩を組まれて息が詰まりそうになった。鋭い一重瞼《ひとえまぶた》の目に睨まれると、頷くしかなかった。

「実はちょっと、手伝ってほしいことがあってな」

声が優しくなったことで、経験上備わった心の警報装置が鳴り始めた。よくないことに巻き込まれる可能性大だ。

開け放たれた門まで来ると、その警報装置と呼応するように電子音が鳴り、ズボンのポケットの中で携帯が震えた。

「ちょっと、いいですか？」

達也がスマートフォンを取り出すと、画面の中央に「刑事 市松」と表示されていた。このややこしいときに、玄人《くろうと》より性質《たち》の悪い人間から連絡がきた。空いている手でリーゼントの先端をつまんだとき、肩にあった磯田の手が離れた。

「市松って、府警の市松か？」

画面を覗き込むようにしていた磯田が、眉間に皺を寄せて聞いてきた。

「ええ。ちょっとした知り合いでして……」

「おまえ、サツの犬か？」

「いや、ちゃいますよ」

「帰れ！」

おもいきり尻を蹴られ、達也はアスファルトに転倒した。磯田は振り返ることなく、ドアの向こうに消えた。達也はホッとしてその場に座り込んだ。一発見舞われたものの、結果的に市松の電話に救われた。毒を以《もっ》て毒を制したのだ。

留守番電話に伝言が残っていた。再生すると、公務員とは思えないような脅《おど》し文句が鼓膜を震わせた。すぐにかけ直したが、電源が切られていた。

暴力団を担当する刑事も面子の生き物である。怒らせてしまった以上、電話で済ますわけにはいかない。達也は市松が勤務する署へ向かうことにした。

今度のひよ子饅頭は、自腹だ。


警察署へは、家の近くの喫茶店でモーニングを食べてから向かった。あれから二時間半ほど経つが、市松から折り返しの電話はない。菅原龍成の鍼灸院で得た情報は昨晩のうちに連絡してある。朝早くから電話してくるということは、何か急ぎの用があったのだろう。電話のボタンを押し間違えたのかもしれないが、楽観的な考えは大抵裏切られるので、達也はある程度の心積もりをして、出入り口前の低い階段を上がった。

警察署には独特の冷やかさがある。何もやましいことはしていないのに、身が引き締まる。刑事に弱みを握られているとなると、なおさらだ。

代表電話が置いてある受付に、制服姿の男の警官が二人座っていた。そのうち若い方が電話に出ていた。達也は五十代ぐらいの人のよさそうな警官に会釈した。

「刑事課の市松さんと約束があって来たんですが」

「あっ、そうですか。お兄ちゃん、名前は？」

「上月です」

「電話するから、ちょっと待っといてね」

男が受話器を取り上げて内線につなぐ間、達也は密度の高い一階フロアを見渡した。天井から「地域」「交通」「警務」のプレートが吊り下げられ、カウンター越しにごねる男の相手をしたり、課長席では決裁の判子を押し続けていたり、と何かと忙しない。達也が留置されたのはこの署ではないが、建物内の雰囲気はほぼ同じだ。

「上月さん、今から下りてくるそうやから、ベンチに座っといて」

背もたれのない硬いベンチに腰掛け、窓の外の駐車場を眺めた。十台分ほどのスペースは全て埋まっている。全員が免許証の住所の書き換えで来たわけではないだろう。朝っぱらから事情のある人がいるもんだ、と達也は自分のことは棚に上げて思った。

「何や、出頭か？」

振り返ると巨漢に視界を塞《ふさ》がれていた。動きやすそうな紺のズボンと、釣り人が着ていそうなポケットの多いベストを着けている。達也は慌てて立ち上がり、深々と頭を下げた。

「おい、止《や》めんかい。市民をいじめてるみたいやろ」

　市松は大儀そうにベンチに座った。余ったスペースに腰掛けると、達也はすぐに紙袋を差し出した。

「何やこれ？」

「煎餅《せんべい》です」

「煎餅？」

「手ぶらで来るのもなんやと思って……」

　電車で署の最寄駅まで戻って来たとき、辺りの店はほとんどシャッターを閉めていた。特段ひよ子饅頭にこだわる理由もないので、唯一開いていた煎餅屋に寄ったのだ。

　市松は紙袋を覗き込むと、拍子抜けしたように「ほんまに煎餅しか入ってへんやんけ」と漏らした。暗に〝実弾〟のことを仄めかされたが、金がないのでどうしようもない。

「すんません。ほんまに気持ちだけで……」

「煎餅かじったら金の延べ棒が入ってるとか、そういう仕掛けもないんか？」

　達也がすまなそうに頭を下げると、市松は容赦なく紙袋を突き返してきた。

「刑事が市民から金品を受け取るわけにはいかんからな」

金目の物でないと興味を示さない姿勢は、むしろ爽やかなほどだった。

「ほんで、わざわざ何の用や？　煎餅の配達ではないやろ？」

先ほども似たような台詞を聞いたことを思い出した。立場は真逆でも、やはり同じ穴の貉《むじな》だ。

「今日の朝、お電話をいただいたようなんで……。ちょっと出られなくて」

「門田の電話に出えへんかったことあるか？　俺もナメられたもんや」

イチイチ嫌味な言われ方をするのは癪だったが、餃子のような耳を目の前にすると、とても逆らう気にはなれなかった。

「以後、気を付けます」

「こっちも悪かったなぁ。わざわざ来てもうて」

まるで気持ちの入らない言葉を口にし、市松が五分刈りの頭をさすった。

「取り込み中やってな。任意同行《にんどう》の最中やってん」

見下ろされるようにして、意味ありげな視線を投げかけられた。

「俺と関係あるんですか？」

「誰のガラ引っ張ったと思う？」

そこで達也はようやく気付いた。とうとうリミットがきたのだ。

「門田さんですか？」

市松は埋もれてしまった喉から「ククッ」と楽しげな声を出して頷いた。

「貸金業法に出資法、それに暴行。猶予中やから、確実に実刑や」

血の気が引いた。心のどこかでまだ時間があると思い込んでいたが、希望の扉は唐突に閉められた。留置場での生活が甦ると同時に、母の泣き顔が浮かんだ。自ずと視界が曇った。

「何泣いてんねん。情けないやっちゃな。昨日の話やったら、今日中に対局場見つけたら何とかなるんやろ？」

「そんなん無理っすよ。確かな話でもないし」

自棄《やけ》になって反論すると、頭をはたかれた。

「おまえはすぐに心が折れるな。今朝電話したんは、情報提供のためや」

達也はむき出しの腕で目元を拭い、隣の巨漢を見た。

「鋭生に妹がおるやろ？」

「父親が違う？」

「そうや。住所まで割られへんかったけど、西宮のカラオケサークルに入ってるんが分かった」

どういう調べ方をしたのか分からないが、鋭生の妹は隣の兵庫県に住んでいる可能性が高そうだ。

「どうや？　肉親やったら何か知ってるかもしれんやろ？」

「いや、でも門田さんパクられたら、俺、頑張る意味ないし」

「アホ。チンピラの供述なんか何ぼでも捻《ね》じ曲げたるわ」

「ほんまですか？」

「任せとけ。この世界に何年おると思ってんねん。これがそのサークルの名前や。しかもラッキーなことに毎週月、木曜に集まりがある。つまり、今日や。集合場所はこのサークルのホームページに載ってるから、今からダッシュで行け」

首の皮一枚つながり、達也は半泣きの顔で返事をした。

「何か分かったらすぐ連絡してくれ。留守電やったら、メッセージ入れとけ。分かったか？」

ゆっくりと立ち上がった市松は、階段まで歩くと手すりを持って上がり始めた。

達也は刑事に渡された紙を広げた。

三村祥子《みむらしょうこ》。鋭生の妹という女だ。

スマートフォンでサークルの名前を検索し、集合場所のカラオケ喫茶と時間を確認した。サークルの開始は十一時。これから急いで向かえば、終了までには捕まえられるだろう。

明日香に電話すると、微妙な声で「京都」と告げられた。小川俊太郎は場所の詳細
については全く覚えていなかったらしい。達也もかいつまんで事情を説明し、現地で
合流する段取りをつけた。

この後の数時間で人生が決まる。

電話をポケットにねじ込んでから立ち上がると、気合いを入れるため、両手で頬を
叩いた。

「おっ、上月やんけ」

出入り口近くで、短髪の男が立っていた。

「あっ、ご無沙汰してます」

達也は丁寧にお辞儀した。男は小柄だったが、ズボンとベストは市松と同じ種類の
物を身に着けている。つまり、刑事だ。

「また悪いことしたんか？」

「いや、勘弁してくださいよ」

達也が捕まったとき、門田を担当していた刑事だ。達也も一度だけ事情を聴かれた

ことがある。

「異動されたんですか？」

「せやねん。あんまり大きい署ちゃうから、ちょっとはのんびりできるかと思ったけど、大阪はどこ行ってもあかんな。人数少ないから、前よりしんどいぐらいや」

「今日も朝早くからお疲れさまでした」

「ん？　何がや？」

「いや、門田さんですよ」

「門田？　あいつがどないしてん？」

「えっ、今朝身柄を引っ張ったでしょ？」

「アホッ、誰が俺に無断でそんなことすんねん。悪いけど、あんなチンピラ相手にしてるほど暇やないからな」

どういうことや……。

何が真実なのか、分からなくなった。もし、今の話が本当なら、前提がひっくり返ることになる。

達也は頭が混乱したまま刑事に近づくと、無意識のうちに煎餅の紙袋を差し出した。

4

それは記憶にある甲子園球場ではなかった。

最後に来た中学生のときは、イメージ通り外壁が蔦《つた》に覆われていたが、目の前にある球場は大半がベージュ色だ。今や無駄毛のような存在感の蔦は、それでも健気に蔓《つる》を伸ばしている。元通りになるにはどれくらいの月日が必要なのか、達也には見当もつかなかった。

阪神甲子園駅で明日香と落ち合った。達也が市松からもらったメモを見せ、あらためて簡単に事情を説明した後、二人は県道を北上して目的地のカラオケ喫茶を目指した。駅から離れるとマンションが目立ち始め、球場の街としての色が薄れていく。

「小川俊太郎もホットパンツのおっさんも肝心《かんじん》なことを知らん」

足早に歩きながら、明日香が口を尖らせた。

「でも、京都ということは分かったで」

「京都の旅館とホテルに片っ端から電話するん？　二十五年前におたくの施設の一室で将棋をやってた男たちを知りませんかって？」

「確かに、それで割り出すんは不可能やな。にしても、HPによう会えたな」

「この前のとこよ。またポスター見とった」

その姿が容易に想像できたため、達也は頬を緩めた。

「タイガーマスクは？」

「行方不明。一応動物園も覗いてみたけど、あかんかったわ。そもそも素顔を知らんからね」

「いや、酔っ払ってマスクはぎ取ったやん」

「えっ、私が？」

とぼけている様子もないので、そのまま忘れさせてやることにした。十分ほど歩いて県道から外れ、住宅街へ入った。

カラオケ喫茶「ソフトタッチ」は二階建ての民家に挟まれるようにして建っていた。緑色のビニール製の庇に白抜きで店名が書かれている。

「何か、店の名前やらしない？」

明日香は引きつった顔で庇を見上げている。

「確かに万人受けはせえへんな」

「ほんまにカラオケ喫茶なん？」

先に見て来い、という意味だと悟った達也は、年季の入った鉄のドアノブに手をかけた。すぐ目の前にもう一枚、革張りの扉があった。中から微かに歌声が漏れている。二枚目のドアは思ったよりも重く、両腕で押して開いた。

「教えこまれた協調性っ」

申し訳程度に設けられたステージの上で、エメラルドグリーンのワンピースを着たおばさんが、体全体でリズムを取りながら声を張り上げていた。

舞台の正面には統一感のない椅子が十脚ほど並べられ、五十代以上であろう女性たちがノリよく手拍子をしている。皆、それなりに着飾っていて、何より楽しそうだった。

達也は違和感を覚えた。関の話によれば、鋭生の妹は彼が十五歳のときに生まれている。今年四十三になるはずだ。目の前にいるメンバーとやや開きがあるように感じる。

背後の防音ドアが開きかけたので、達也はノブを引いて明日香が入ってくるのを手伝った。

「大丈夫そう？」

「見ての通り」

何人かは二人に気付いたが、用件を聞きに来ることはなかった。おばさんたちの輪に入って行くことができず、ドア前に立って曲が終わるのを待った。

「あのおばちゃん、安室奈美恵《あむろなみえ》歌ってるやん」

明日香が感心するように言った。

「あれ、結構古い曲やけど、おばちゃんが歌ったら何か新しく聞こえるな」

達也の感想に、明日香は笑って頷いた。

音が鳴り止むと盛大な拍手が起こった。二人もそれに倣う。

「よかったわぁ。これ、何ていう曲？」

「チェイ…、チェンジ……、忘れたわ」

舞台から下りたエメラルドグリーンが、ドア前の二人に気付き会釈した。明日香が先に前へ出たので、達也は後ろに続いた。

「お楽しみのところすみません。蒼井という者なんですが、こちらに三村祥子さんはおられますでしょうか？」

「えっ、祥子ちゃんのお知り合い？」

「ええ。中学の同級生なんですけど、私、携帯電話を落としてしまって、連絡先が分からなくなったんです。それで、月曜ならここに来てるって聞いたことがあったんで」

上手いのか下手なのかよく分からない作り話だが、堂々としているので自然に聞こえた。

「今日は来てないの。旦那さんのお母さん、調子悪いみたい」

「あっ、そうなんですか？　どうしようかしら？」

「私の携帯で電話してみる？」

ドアに一番近い位置に座っていた銀髪の女性がバッグに手を伸ばした。とっさの言い訳が浮かばずに固まってしまった達也を横目に、明日香は「いえいえ」と言ってにこやかに手を振った。

「ここまで来たんで顔だけでも見せます。家、この近くですよね？　私、行ったことがなくって」

「あっ、そう？」

銀髪の女性からおおよその住所と家の特徴を聞くと、二人は逃げるようにして店を出た。

「あのおばちゃんたちに電話されたら厄介やから、急ごう」

達也は遠ざかる明日香の背中を頼もしく感じた。借金の取り立てで随分と嘘をついてきたが、いざというときに何の役にも立たない自分を不甲斐《ふがい》なく思った。

三村祥子の自宅は甲子園駅から西へひと駅の、庶民的な住宅街の並びにあった。オレンジ色の瓦屋根を持つ二階建てで、正面の壁に型の古そうな室外機が取り付けられている。サビで赤茶けた門の向こうに、スチールのような質感のドアがあり、家全体の雰囲気からやや浮いている印象を受けた。

明日香が門の隣にある、ブロック塀にはめ込まれたインターホンを押した。少し間が空いてから女の声で「はい」と返事があった。

「突然、すみません。蒼井と申しますが、お兄さんの林鋭生さんのことで少しお話があるんですが」

「兄が……。お知り合いの方ですか？」

「おそらく、私の母が親しかったと思うんですが、事情を説明すると長くなるので……」

「ちょっと待っといてください」

通話が途切れてから間もなく、スチールのドアが開いた。中からショートカットの小顔の女が顔を出した。あまり化粧っ気がなかったが、目鼻立ちがはっきりした派手な面立ちをしている。達也は自分の威圧的な外見を気にして、丁寧にお辞儀した。

「三村祥子さんですか？」

女は頷くと外に出て、後ろ手でドアを閉めた。

「兄に何かあったんですか？」

祥子が怪訝そうに眉根を寄せた。

「いえ、今お兄さんのことを探してまして……」

明日香が少し考え事をする素振りを見せた。達也にはどこから話せばいいのか悩んでいるように見えたが、祥子は申し訳なさそうに「家が散らかってまして」と頭を下げた。

「いえいえ、突然お邪魔したのはこちらの方ですから。話が長くなりますけど、いいですか？」

そのまま門を挟んだ状態で、明日香はまず達也のことを自分の友人だと紹介した。次に自らの母の手紙を見せ、鋭生の足跡をたどって、真剣師として腕を鳴らした新世界や生まれ故郷の姫島を巡って来た経緯を説明した。祥子は時折静かに相槌を打ってはいたが、最後まで硬い表情を崩さなかった。

「両親の生前、兄は一度も家に帰らなかったんです。父と母が亡くなったときは、手紙を添えた香典が送られてきて、それと私が結婚したときもお祝いを送ってくれたんですけど……」

「それはいつのことですか？」

「父が二十年ほど前で、母が八年前です。私の結婚は、十五年ほど前です」

「その手紙に住所は？」

「書かれてないです」

「ご結婚のことなんかは、どうやってお伝えしたんですか？」

「私が中学生のとき、兄が出てた将棋大会の会場に行ったことがあるんです。そこで初めて兄に会って、手紙のやり取りだけでもしたいってお願いしたら『自分と関わらん方がええ』って断られて。でも、しつこく食い下がったんです。そしたら……」

鋭生が提案したのは実に奇妙な連絡手段だった。伝えたいことがある場合は、新世界近くのスーパーの掲示板に、手紙を貼り付けるように要求したのだ。

「そこまでしますか」

あきれたように言った明日香に、祥子は苦笑いした。

「もう徹底してました。でも、母が亡くなってから、たまに兄からお金が届くようになったんです。どういう心境なのかは分からないんですけど、一度会ってお礼が言いたくて。二人きりの兄妹ですし」

明日香と祥子が話している横で、達也は天を仰いだ。腕時計を見る。

午後一時五分――。

対局は既に始まっているかもしれない。

第五章

1

陰鬱《いんうつ》な空は二人の心象風景そのものだった。

午後になっても一度も晴れ間を覗かせることなく、視界の果てまで雲が広がっていた。ほとんど日射しを感じないのに、気温だけが高止まりし、歩くごとに体内に熱がこもっていくようだ。

ジャンジャン横丁に入ると、本日二度目の新世界となる明日香は、振り返ってジョッキを傾ける仕草をした。達也が笑って頷くのを見て、以前入った串かつ屋の暖簾をくぐった。

「イラシャイマテ」

前回、勝手に東南アジア出身と決めた彼が、再び最高の笑顔で迎えてくれた。達也のリーゼントを見て、思い出したようにお辞儀をした。満席ではなかったが、二人は三週間前と同じ席に着いた。

「さすがにタイガーマスクはおらへんな」

達也は少し物足りなそうだった。居たら居たで面倒くさいのだが、妙に気になる男だ。

「アスパラちょうだい」

離れた席から聞こえた声に反応したが、注文したのは黒縁メガネの冴《さ》えない中年男だった。

「ここ、アスパラが名物なん？」

首を傾げた達也が店員に向けてピースし、二人分の生ビールを頼んだ。

「ほんまに今日、対局あるんかな？」

「あったとしたら、もう始まっててもおかしないで」

「人生賭かってる割には余裕やないの」

ビールが来ると、達也がこの前と同じように牛カツやカキを注文した。彼は何やら言いたげな様子でジョッキに口をつけた。

「何かあった？」

「うん……」

「嫌なこと？」

「いや。あのさ、前に市松っていう刑事のこと話したやろ？　今朝、会ったときに闇金やってた俺の先輩を捕まえたって言われて」

「えっ？　あかんやん」

「実際、俺も逮捕するってだいぶ脅されて、もう何が何でも林鋭生を見つけなあかんってめっちゃ焦ってんけど、どうも変なんや」

「何が？」

達也は混乱する頭の中を整理するように、顔の前で両手を合わせて目を閉じた。

「署で別の刑事に声掛けられて、前に俺が捕まったとき、門田さん……、あっ、問題の先輩のことな。その門田さんを担当した刑事やねんけど、俺、当然知ってると思って逮捕のこと聞いたら、知らんって言われたんや」

「えっ？　市松って人とその刑事とで、話が食い違ってるってこと？」

「うん。もし、市松さんの班が単独で動いてたとしたら、いらんこと言うてもうたかなぁと思って」

明日香はズレたことを言う達也の肩を叩いた。

「何を訳の分からんこと言うてんのよ。どっちかが嘘ついてるに決まってるやないの」

「俺も最初はそう思ってたけど、万が一ってことがあるから……」

目の前の皿に牛カツが二本置かれたので、明日香はウスターソースが入ったステンレスの容器に串を潜らせ、達也に手渡した。

「確率で考えてやで、同じ部署の人に内緒で、しかも前に担当やった人に一切知らせずに事を進めるってことある？」

「いや……、ちょっと思いつかへん」

「でしょ？　それでよ、二人のうち、嘘をつく理由があるのはどっちよ？」

「でも、一般人に捜査情報が洩れたら困るから、門田さんが捕まってないってごまかしたんかもしれん」

「その刑事さんが嘘ついてるみたいに見えた？」

「いや、ほんまに知らなそうやった」

「市松さんの方は？　達也君に嘘をつく理由」

カツにかじりついたまま、達也が宙を見つめた。

「俺を急かして、林鋭生を捜させる……」

「常識で考えてね、犯人の知り合いでもないのに、素人に行方を追わせるなんておかしくない？」

「まぁ、確かに聞いたことないな」

「素人が捜して見つかるんやったら、それこそ警察いらんやん」

「やくざの磯田が言うてた内部資料が盗まれた件があるやん。警察内部にも極秘で調べる必要があって……」

「達也君が知ってるぐらいやねんから、内部ではとっくに周知の事実でしょ。もっとシンプルに考えた方がしっくりけえへん？」

「どういうこと？」

明日香はビールで唇を湿らせてから隣に向き直った。

「市松さん個人の問題なんよ。だから一般人に頼めるんとちゃう？」

「個人的な問題で、俺の逮捕がかかってるってこと？」

「だから、嘘なんよ。その門田さんって人は、そもそも警察から追われてすらないかもよ」

達也が落ち着かない様子で一気にジョッキを空けた。

「何か姉さんの言う通りのような気がしてきた」

「でしょ？　達也君はもう、自由の身よ」

明日香が乾杯のためにジョッキを掲げると、達也はすくっと立ち上がって伝票をつかんだ。

「どうしたんよ？」

「やっぱり、ひと目林鋭生の顔を拝んどきたい」

「えっ、何で？」

「よう考えたらこんなとこで油売ってる場合ちゃうわ。行くでっ」

「どこ行くんよ？」

「とりあえず、ここに鋭生がおらんことは確かや」

達也は素早く会計を済ませると、引き戸を開けた。どうやら奢ってくれるらしい。明日香は急いでカキを頬張ると、あまり嚙まずにビールで流し込んだ。

「昔の雑誌なんかに載ってないかな？」

「個人的な対局やし、そんな記事があったら、とっくの昔に耳に入ってると思う」

明日香の反論を渋い顔で受け止めた達也が、将棋クラブの前で足を止めた。ガラス張りになっていて、中の様子がよく見える。平日の昼間から、年齢層が高めの男たちでにぎわっていた。自転車に乗ったおじさんを含め、通りにいた数人がガラス越しに対局を眺めている。観戦は無料というわけだ。

椅子の上に胡坐をかいて足の裏をいじくる人もいれば、駒を触るたびに指を舐める人もいる。盤を睨む顔つきは真剣そのものだ。無意識のうちに癖が出てしまうのだろう。これまでの自分なら見向きもしなかった世界だが、今は真摯《しんし》に将棋と向き合うおじさんたちに親しみを覚える。

ガラスの向こうを見ているうちに、明日香は何か引っ掛かるものを感じた。

「とりあえず、ここをもう一回当たってみよか？」

達也の声を上の空で聞いた明日香は、目に見えるもの全てに神経を集中し、引っ掛かりの原因を探ろうとした。

「姉さん、聞いてる？」

視線を向けることなく人差し指を唇に当てた。アンテナが何かを捉えようとするたびに「下手うちよった」「あかん、必至や」などと、周りのおじさんたちの声が耳に入ってきて邪魔をする。

「いてもたれ！」

大きな声に振り返ると、自転車に乗ったまま観戦していた中年の男が、鋭い目つきを手前の盤に向けていた。

「あっ、そうや……」

明日香はハッとして達也を見た。

「何かあったん？」

「もう一人いるやんか！」

「へっ？　何が？」

明日香はバッグから携帯電話を取り出すと、画面にアドレス帳を表示させた。

2

店の前には、まだ暖簾がかかっていなかった。

腕時計で時間を確認した明日香は、閑散としている飲み屋街を眺めて、それも当然だと思った。まだ三時半を過ぎたばかりだ。だが、今日という日を半分に割れば、既に後半が始まっている。日が暮れる前にせめて二十五年前の対局場ぐらいは知りたかった。

明日香はバッグの中の携帯電話を取り出した。関の電話には「林鋭生の件で水明に向かう」と伝言を残しているが、未だ着信はない。

店の戸に手をかけると、抵抗なく横滑りした。明日香は達也と目を合わせて頷くと中へ入った。

「あら、いらっしゃい」

藤色の和服に割烹着《かっぽうぎ》をつけた静が、お玉を持ったまま目を丸くしていた。おでんの仕込み中だったようだ。

「開店前にすみません。どうしても聞きたいことがあって」

「全然かまへんよ。何なりと」

「真田さんと会いたいんですけど、今どこにおられます？」

静はお玉を持ったまま「ひぇっ」と言って、半歩退いた。何かを恐れるかのような反応に、明日香は嫌な予感がした。

「旦那さんに何かあったんですか？」

「はんぺん買い忘れたと思って」

「それ、俺の髪型見て思い出したでしょ？」

「どうも、助かりました」

「いや、礼言われても」

間の抜けた静に苦笑いを見せた後、明日香はついでとばかりに達也を紹介した。長い話をしている余裕はなかったので、一緒に林鋭生を捜しているとだけ伝えた。

「あっ、それで主人ね。あの人、どこにいはるんやろ？　昨日は帰ってけえへんかったから」

「えっ？　家出でもしたんですか？」

静はお玉を小皿の上に置いて、白い手を優雅に振った。

「ようあるんよ。負けが込んでむしゃくしゃしたら、飲みに行ってそのまま外で寝るの。もう何回迎えに行ったか。アホでしょ？」

「まぁ……、賢くはないですね」

静は何が嬉しいのか、幸せそうに笑っている。あの海坊主みたいな男と結婚するぐらいなので、変わった人なのだろうが、このおっとりとしたペースで会話を続けていれば、あっという間に開店時間が来てしまう。

「どこか心当たりはないですかね？」

「どこやろか？　この前は朝まで営業してるバッティングセンターで、人のスイングを肴《さかな》にお酒飲んでたわ」

「どういうことですか？」

静のペースに巻き込まれていることに気付いてはいたが、問わずにはいられなかった。

「ボールをね、バットの真芯で捉えられる人とそうでない人の差を見極めようとしてたら、酒が進んだって」

「なんか……、考えることがちゃうんですね。で、どんな差があったんですか？」

「結局、分かれへんかったって」

なんやそれ、という言葉を呑み込み、明日香は頬を強張らせたまま愛想笑いを浮かべた。

「お待たせ！」

戸が開き、右肩にリュックを引っ掛けた関が飛び込んできた。息を切らせているところを見ると、一応走って来たようだ。

「あら、関さん。開店時間忘れたん？」

「ワシが忘れるんは閉店時間や。今日は、このお嬢さんに招待されて……、あっ、静ちゃん、はんぺん買った？」

「俺見て言うたやろ？」

「そら、そうやろ」

関の当然だと言わんばかりの態度に、達也は傷ついた顔を見せた。確か、以前はコンニャクだった。

「ここで待ち合わせやったん？　早よ言うてくれたらよかったのに。あっ、お茶も出してないわ。ごめんねぇ」

　準備中というのに、静はにぎやかになったのが嬉しそうだった。関に倣って明日香たちも椅子に座った。

「電話出られへんで悪かったなぁ。バッティングセンター行ってたんや」

「ひょっとして、バットの芯でボールを捉える人とそうでない人を調べに行ってたとか？」

「何それ？　流行ってんの？」

「いえ、そういう人もいるかなぁと思って」

「おらんよ、そんな奴。ずっと人のバッティング見てるってことやろ？　変態やんけ」

　一瞬、カウンターの中の静の動きが止まった。

「で、その後、鋭生の捜索は進んでる？」

　明日香は関に昨晩の菅原龍成の話を聞かせた。

「それ、今日やん！　えらいこっちゃ」

　静が三人の前に湯呑みを置いた。すぐに口をつけた関が「これ、お湯や！」と抗議するのを聞いて、明日香は静のささやかな報復を知った。

「ほんま、関さんだけお湯やったわ。えらい、すんません」

「こんなん絶対わざとやん。ワシ、いらんこと言うたかなぁ？」

年寄りが寂しい頭部をペンペンと叩くのを見て、明日香はジャンジャン横丁で見たおじさんたちを思い出した。

「それで、よ。何で私がここに来たかっていうと、真田さんに会いたかったからなんよ」

「何でや？」

「ほら、真田さんの大一番の前、鋭生が特訓に来たことがあったでしょ？　だから、逆もあるんじゃないかって」

「なるほどなぁ」

「でも、肝心の真田さんが行方不明で」

「またどっかで飲んでるんやろなぁ。でも、鋭生が真田のところに顔を出すっていうのは、ええ線行ってるかもな。あいつら、ほんま相性いいから」

それぞれ知恵を出し合い、真田の居場所を割り出す方法を考えたが、全く妙案が浮かばなかった。当てもなく唸ったり、ため息をついたりしていると、静が関の湯呑みを差し替えながら言った。

「私、一つだけ心当たりがあるんやけど」

「バッティングセンターはなしですよ」

明日香が言うと、関が怪訝な顔をした。

「ちゃう、ちゃう。私が思うに、秋葉さんの家が怪しいんじゃないかって」

「秋葉さん……」

最初に会った神戸新報の記者の顔が浮かんだ。

「この前は秋葉さんの家で将棋してはったから。あの大門刑事は、私たちの新居知らんし、そもそも一番初めに秋葉さんを訪ねはってんから、今回もそうやない？」

可能性はある、と思った。

明日香は自らを鼓舞するようにスピードを上げた。嵐山のときと同じように、ＪＲ住吉駅を出てから走り続け、国道に架かる歩道橋を一気に渡り切った。眼下は片側二車線で、絶えず車がすれ違っている。

「姉さん、危ないでぇ！」

達也の声がして振り向いた。リーゼントの後ろで、リュックを引っ掛けたお年寄りが必死に駆けている。

「関さん、早く！　場所教えて！」

「ちょっと待ってぇなぁ！　死んでまうわ！」

歩道橋の下り階段の手前でようやく追いついた関が、手すりにつかまって荒い息を整える。

「秋葉さん、電話に出ないんでしょ？　留守かどうか早く確かめな」

「あの男は基本的に、会社からの電話以外は出えへんねや。心配せんでも一本南の道沿いや」

関の言う通り、秋葉のマンションは歩道橋からそれほど離れていなかった。高層で見た限り立派だが、オートロックがついていない。

「結構、不用心ですね？」

「おかげで出入り自由や。一時期、ワシらのたまり場やったからな」

「静さんも一緒に暮らしてたっていう？」

「そうや。あんときはおもろかったなぁ」

エレベーターの中はグレーの布に覆われ、照明がどんよりとしている。立地と外観は魅力的だが、今一つ心惹かれないマンションだった。関が一番上の「10」のボタンを押した。

「一丁前に最上階に住んでるんや」

モーターが唸りを上げ、ゆっくりと上昇した。中は比較的広く、三人いても適度な距離を保つことができた。しかし、密室が苦手なのか関が珍しく黙っていて、達也は子どものようにキョロキョロして内装を確かめていた。

このマンションがハズレだった場合、明日香の胸に次なる策はない。これまで何とか前進を続けてきたが、気力・体力ともに限界だった。今日も朝から目いっぱい疲れた声を出して、職場に病欠の連絡を入れた。もし、誰かに見られたらと考えると、落ち着かなかった。もう仮病を大目に見てもらえる立場でもない。目的の十階が近付くにつれ、明日香は手掛かりがなければこれで最後にしよう、と心に決めた。

緩やかな振動を残して扉が開いた。関と達也に続いてエレベーターを降りる。明日香はフロア全体を見渡した。今いる地点を中心に四つの部屋が「コ」の字形に並んでいる。

「あの角部屋な」

勝手知ったる様子で関が進んで行く。無言で廊下の端まで歩き、背の低い黒い門の前で立ち止まると、彼は首から上だけを動かして後ろの二人を見た。

「どうする？　ワシがチャイム鳴らそか？」

これで最後かもしれない、と考えると明日香の鼓動が微かに乱れた。思えば林鋭生の捜索の端緒は秋葉だった。一人の真剣師に関わるさまざまな人生に触れ、今、ようやく一周を終えたという感傷がある。

「私が押します」

明日香は門の隣にあるインターホンを押した。しばらく待ったが、反応がなかった。もう一度押しても結果は同じだった。呆気ない幕切れに全身の力が抜けそうになる。

「何してんの？　押しまくらな」

「えっ、でも……」

「どいてんか。こういうときはトラウマになるまで押さなあかんねん」

関は取りつかれたようにボタンを連打した。前の音の余韻をかき消して、新しい音が重なっていく。明日香は止めるタイミングが分からず達也を見たが、取り立てで似たようなことをしてきたはずの彼も引いていた。

部屋の中で小さな物音がした。それから間もなく、勢いよく緑色のドアが開け放たれた。

「誰や！」

スエット姿の秋葉が、半分しか開いていない目で睨みをきかせる。すぐにそれと分かる寝癖とセットで、寝起きの不機嫌な男以外に見えなかった。

「やっぱり、おるやんけ」

「関さん？　もう、何してんねん」

「今日は非番か？」

「見たら分かるでしょ。この格好でどこに取材行くんですか？」

「でも、取材先には名前覚えてもらえるで」

「そのままブラックリストに載りますけどね。で、何の用なんです」

明日香は関の隣に立って、丁寧にお辞儀した。

「お休みのところすみませんでした」

「あれっ……、前に会社に来られましたよね？　ＰＲ会社の」

「あっ、はい。蒼井です。その節はお世話になりまし……」

「あぁ。そうか」

秋葉は明日香の言葉を遮って、苦い顔をした。問い掛けるような視線を送ると、彼は寝癖の髪を押さえたまま頭を下げた。

「林銑生の件でしょ？　すごい地獄耳やな」

「どういうことですか？」

「知らせようと思ってたんですけど……、とりあえず中に入ってください」

何らかの展開があったのは間違いないようだ。明日香は逸《はや》る気持ちを抑え、先頭に立って玄関に向かった。

狭い靴脱ぎ場は複数の革靴とサンダル、歯の縮んだ下駄とで雑然としていた。玄関からすぐのところに小さなダイニングがあり、奥に広いリビングが見える。

「リビングのソファーに座っといてください。お茶でも淹《い》れますから」

「ワシ、コーヒーの方がええねんけどな」

「冷蔵庫にもずくがありますから、代わりにそれ飲んでください」

秋葉が面倒くさそうにコンロに向かったので、明日香は丁重に茶のもてなしを断った。皆でリビングに移動したが、関だけは冷蔵庫の中を物色している。値の張りそうな黒革のソファーに、明日香は達也と並んで座り、彼と一緒に行動していることを秋葉に伝えた。対面で脚を組んで座る記者は、興味がなさそうに頷いただけだった。明日香は再び突然押し掛けた非礼を詫びた。

「いや、こっちから連絡しようと思ってたんで。実は朝方までこの家にいたんですよ」

「林鋭生が……ですか？」

「ええ。昨日の夜にいきなりここに来てね。真田を呼び出せ、と」

昨日の夜――。

これまでの中で一番近い足取りだった。隣の達也も身を乗り出した。焦燥感に駆られながらも、明日香はゆっくりとした口調で問い掛けた。

「林鋭生は、何をしに来たんですか？」

「そこに将棋盤と駒があるでしょ？　あれは前にこの家に住んでた真田が、出て行くときに残していった迷惑な品なんやけど」

秋葉は横顔に忌々《いまいま》しげな表情を浮かべ、将棋盤を見た。

「将棋バカが二人そろったら、やることは決まってますわ。十時ぐらいやったかな。真田がこっちに来てから、朝まで指してましたわ」

「秋葉さんはずっと見てはったんですか？」

「まさか。あの襖の向こうに寝室があるんですけど、途中で付き合いきれなくなって、そこで寝てました。前にも同じようなことがあるって話しましたけど、今回はやけに静かでね。『ビシッ』っていう駒音しか聞こえへんかったんで、不気味でしたけど」

「鋭生が出て行ったのは、何時ごろでしたか？」

「六時過ぎちゃいますかね。真田が『仮眠とらせてくれ』って寝室に入って来たんで。もう鋭生はいませんでしたけど、直前まで将棋指してたと思います」

明日香は腕時計を見た。四時二十分を過ぎたところだ。十時間経っている。既に対局が始まっているかもしれない、と思うと気が急いた。だが、ここで肝心な点を聞き忘れていることに気付いた。

「鋭生は真剣について何か言ってませんでしたか？」

「いきなり家に来て真田を呼んでくれ、ですからね。理由を聞いたんですけど『明日、対局がある』としか言いませんでしたわ。まぁ、話が続くタイプでもないんで」

「ということは、今日対局があるってことですね？」

「そうでしょうね」

明日香は隣の達也と視線を交わした。これでようやくタイムリミットが定まった。

「対局場は聞いてないですか？」

「聞いたんですけど、無視されましたね」

「無視？」

「あのおっさん、都合悪なったらフッて笑ってごまかすんですわ」

あと一歩のところまで来て、また足止めを食ってしまった。もはや秋葉の家以外にルートはなく、明日香は心が折れそうになった。

「真田はどこ行ったんや？」

関がもずくのカップを片手にリビングに入って来た。

「そこで寝てますわ」

「えっ、いはるんですか？」

明日香が立ち上がると、秋葉は何でもないように「起こしましょか？」と言った。

「真田が何か聞いてるかもしれんやろ？」

「いやぁ、俺が寝るまで一言も口きいてませんでしたよ。いきなり駒並べて指し始めましたから。別れ際も似たようなもんでしょ」

関が空いている左手で襖を開け放った。

和室の真ん中に敷かれたふとんの上で、タンクトップの男が大の字で寝ていた。

「五十秒、一、二、三……」

関が大声で秒読みを始めると、坊主頭がむくっと半身を起こした。歪な職業病に、明日香は苦笑いした。

「えっ、何でこんなにおるん？」

真田はブルドッグのように顔を顰め、暑そうに胸元をかいた。

「おい、もう夕方やぞ。どんだけ寝るねん」

「おまえも寝癖ついとるやろ」

「ここは俺の家や。何で俺がソファーで寝なあかんねん」

「帰ろかな」

胡坐をかいた真田が、明日香と達也に全く興味を示さずにつぶやいた。

「鋭生はどこ行ったんや？」

関が立ったまま尋ねると、ブルドッグの顔がさらに歪んだ。

「何でもずく飲んでんねん。今さら海藻食うても髪生えへんで」

「そんなことはどうでもええ。鋭生はどこにおる？」

「知るかいな。本人に聞けや」

「連絡が取れるような奴ちゃうやろ。今日の真剣はどこでやるんや？」

「知らんわ。おっさんとは飽きるぐらい勝負したからな。相変わらずめちゃくちゃ強いな」

「ほう。そうか」

そのまま将棋の話になりそうだったので、明日香が割って入った。

「何か心当たりはないですかね？　過去に真剣を指した場所とか？」

「俺、案外おっさんのこと知らんからなぁ……。腹減ったし、帰るわ」

訪問者の事情を一切斟酌《しんしゃく》することなく、真田が立ち上がった。明日香は万策尽きてソファーに座り込んだ。達也もなす術なくリーゼントの先端をつまんでいる。

「おまえ、もうちょっと考えろよ。せっかく来てくれてんのに」

「分からんもんしゃあないやろ」

「相変わらず勝手な奴やな」

秋葉と軽口を叩き合った真田は、リビングのテーブルを見て「ん？」と声を漏らした。何か思い出そうとしているのか、目を閉じて動かなくなった。

「どないしたんや？」

質問した関を無視して、真田が明日香を見た。

「そう言えば、あんたに一番好きなおかず言うてなかったなぁ」

「どうでもええんじゃ」

秋葉のツッコミを大きな欠伸で受け流した真田が、もう一度テーブルを見て太い首を傾げた。

「そういや、おっさんが帰る前、電話しとったなぁ」

「電話？　誰のや？」

秋葉が聞くと、真田は事もなげに「これや」と言って、テーブルの上の携帯を指差した。

「これ俺のやろがっ」

「知らんがな。大事なもんやったら、抱いて寝ろ」

「どこに電話してたんですかね？」

明日香が強引に割り込むと、真田は無精髭をさすって目を宙に向けた。

「先に行ってひと眠りする、みたいなこと言うてたな……」

「それ、旅館かホテルちゃうんか！」

関が叫んだのを合図に、達也が携帯に飛びついた。

「こらっ、何やこの三角定規は！」

叫んだ秋葉に見向きもせず、達也が発信履歴を確認した。

「〇七七一……」

「京都府内や！」

達也が漏らした市外局番に、関が鋭く反応した。

明日香は再び立ち上がった。

紛れもなく、最後のチャンスだと思った。

3

生まれて初めて新幹線に乗った。

達也が新神戸駅でそのことを告げると、連れの二人は目を丸くしていた。

「神戸―京都間で乗るのは初めてやけど」

関の言葉に明日香が笑ったのも達也にはよく理解できなかった。ただ、何となく小バカにするような響きがあったので、ホームに入ってきた新幹線の迫力に圧倒されながらも、何でもないような素振りで乗車した。

自由席の三人掛けシートで横並びに座る。窓側がいいと言って聞かない関と、真ん中は嫌だと言い張る明日香に抵抗できなかったのは、やはり新幹線デビューという引け目があったからだ。それでも実際に車体が動き始めると、自ずと気持ちが昂った。

「どうせやったら、このまま東京に行きたいなぁ」

「もったいないですよねぇ」

頭越しに会話されるのは落ち着かなかったが、東京に行ったことがない、と言えばまたバカにされるような気がしたので黙っていた。関が大学時代に浅草《あさくさ》のストリップ劇場でアルバイトをしていたという話には大いに興味を引かれたが、ボロを出すのを警戒し、車両の前にある掲示板のニュースをぼんやりと眺めた。

「ほんで、その怪しい刑事はほんまに迎えに来るんかいな」

ツービート結成に至るまでの眉唾《まゆつば》の話を終えた後、関は思い出したように問い掛けた。

「ええ。勤務中みたいですけど、ごまかしてこっちに来るそうです」

秋葉のノートパソコンを使い、携帯に残っていた発信履歴の番号を打ち込むと、京都府亀岡《かめおか》市内の旅館がヒットした。マップで確認したところ、旅館は京都市の中心街から西へ三十キロほど離れた山間の地にあった。近くに駅もバス停もないので、移動時間が読めない。

マンションを出てから、達也はすぐ市松に電話を入れ、対局場が割れた旨を伝えた。住所を告げると市松は「車の方が早い」と言い出し、JR京都駅で拾ってくれることになった。さらに労《ねぎら》いの言葉でもあれば、達也はもっと訝《いぶか》しんだに違いない。

車内販売のコーヒーを奢ってくれた関に、これまでの経緯を打ち明けた。あまり愉快な話でもないのに、軽妙に相槌を打たれるので、留置場でのひもじい生活のことなど関係のない話も聞かせることになった。無神経で無遠慮な年寄りのはずなのに、話し終えたときには達也の心が軽くなっていた。全くつかみどころのない男だ。

京都駅に到着し急いで改札を抜けた三人は、広い駅舎を北へ進んで伊勢丹の前を通り過ぎ、京都タワーが見えるロータリーに出た。達也が電話すると、タワーに向かって左手にある郵便局まで来るように言われた。

郵便局前に停まっていたのは、ハザードランプをつけた黒いミニクーパーのみ。まさかと思ったが、運転席には苦しげに体を丸める市松の姿があった。

「おい、あの窒息しそうな熊が刑事か？」

関がおもちゃを発見したように、はしゃいだ声を出した。

「余計なこと言わんといてくださいよ。弱み握られてるんですから」

「あんなもん、冬眠してる熊にしか見えへんやろ」

言われてみれば確かにそうだ。新たに三人が乗り込めば、相当濃密な空間になるだろう。

達也が運転席の窓をノックすると、市松は威圧感丸出しの顔で顎をしゃくった。乗れ、ということだろう。達也が助手席に回り、その真後ろに関、隣に明日香が座った。予想通りすぐに二酸化炭素で満ちてしまいそうな窮屈さだ。

「あっ、私こういうもんです」

関がリュックから名刺を取り出して渡そうとしたが、市松は振り返りもせず「結構です」と言った。どうやら仲良くなる気はないらしい。関もさして気分を害した様子はなく「いやぁ、乗せてもらって助かります」と慇懃《いんぎん》に頭を下げた。

「蒼井と申します」

明日香も一応といった感じで頭を下げたが、市松は案の定、前を見たまま「どうも」と返しただけだった。

「時間ないから行くぞ」

路肩に駐車していたミニクーパーは、方向指示器も出さずに車線に乗った。

狭い上に音楽もラジオもかかっていない。気まずい沈黙を抱えたまま塩小路《しおこうじ》通に入ったとき、関が不意に口を開いた。

「それにしても、珍しい捜査車両ですね。無線もついてないし」

「何か問題でも?」

「いやぁ、確かに公務員が職務中に私有車を乗り回すんは、大した問題やないですよ」

年寄りの嫌味を刑事は笑って受け止めた。

「まぁ、これも仕事みたいなもんですから」

「ほんまかなぁ」

今度は明日香が参戦した。柄《がら》にもなく挑発するような口調だった。達也は内心冷や冷やしたが、彼女が市松の嘘に迫ろうとしてくれているのだと気付き、心強く感じた。

「おい、上月。おまえと違って、連れは頼もしいなぁ」

「すんません……」

「達也君が謝ることないよ。人の弱みにつけ込んでこき使おうっていうんやから」

赤信号に捕まった市松が、聞こえるように舌打ちをした。達也は反射的に姿勢を正した。

「上月、どうやら俺が悪い人間やと吹き込んだらしいなぁ」

「そんなことは……」

「逆やぞ。俺は悪い奴を捕まえるんが仕事や」

達也に話し掛けているものの、市松が後部座席を意識しているのは十分に分かった。

「でも、あなたは……」

「うるさい女やの、黙っとけっ」

刑事の野太い声が明日香の反論を封じた。市松の半袖シャツから伸びる腕の筋肉が、怒りを表すようにピクピクと動いている。何をしでかすか分からない雰囲気があるので、車なしで富士サファリパークを歩き回るような怖さがある。

だが、明日香の顔に怯えを見たとき、達也の中で市松への怒りがじわじわと燻《くすぶ》り始めた。得体の知れぬ真剣師を捜す中で、彼女に対し友情に似た感情を抱いていた。

ダチは守る――。

それは旧型ヤンキーの信念であった。後先を考えることなく、達也は市松へ頭突きをかましていた。

「いてぇ！」

悲鳴を上げたのは無論、達也の方だった。キツツキが突然、熊を襲ったのだ。当然の帰結に、後ろにいる二人は薄ら笑いを浮かべていた。

「公務執行妨害や。また罪状増えたな」

市松は痛くも痒《かゆ》くもない素振りで首の骨を鳴らした。達也は熱を持つ額を押さえながら、謝ろうかどうか迷った。だが、それはあまりに情けないと自制心が働き、刑事に強気の眼差しを向けた。

「もうその手には乗りませんよ」

「人を詐欺師みたいに言うやないか」

「門田さんはパクられてませんよ」

達也は今日署で会った刑事の話をした。市松はなぜか楽しそうに笑ってハンドルを切った。国道一号を走っていた車は、九号を西進し始めた。

「身内にバラされたらしゃあないな」

案外あっさりと認めたので、達也は怒るよりも拍子抜けしてしまった。

「何がほんまなんですか？　門田さんは行方を暗《くら》ましたんでしょ？」

「飛んだんはほんまや」

「じゃあ、俺の彼女と逃げ出したんは……」

「おまえの彼女？　門田は自分の女と消えたんや」

「だから、それが俺の女なんです」

「おまえの彼女の名前は？」

「橋本千紗《はしもと》ですけど」

「あぁ、それは中西の女や」

「はぁ!?」

達也は衝撃でのけ反り、今度は窓に後頭部をしたたか打ちつけた。それでも、混乱であまり痛みを感じなかった。

「何なんすか？　どういうことっすか？」

「えらい興奮しとるな！　教えてくれ！」

ゴシップのにおいを嗅ぎ取ったのか、関が身を乗り出してきた。達也はそれを相手にせず、市松の腕をつかんだ。

「千紗は門田さんの元カノなんですよ」

「そうみたいやな。こっちの調べでは、おまえのとこに転がり込む前から中西の女や」

強い怒りでめまいがした。家を空けることが多かったのは、中西と会っていたからだ。ろくに家事もせず、酔っ払って帰って来ることも少なくなかった千紗の顔を思い出した。要するに、完全になめられていたのだ。

「どこの組織もいざとなったら尻尾切りってことを知らんのか？　中西と門田は仲良う飛んだぞ」

グルだったのだ。達也は憤りと不甲斐なさで泣きそうになった。何度門田に騙《だま》されれば懲《こ》りるのか。

「市松さん、何でそのことを隠してたんですか？」

「紐《ひも》であろうと人間の心であろうと、二重に結んだ方が固いんや。実際、おまえは自分で犯した微罪と中西からも追われてるという作り話で、雁字搦《がんじがら》めになったはずや」

結局、全員からコケにされていたのだ。達也から見れば、刑事もやくざも同じだった。みんな悪人だ。

「偉そうに言うてるけど、あんた、たいがいやで」

関があきれるように言った。

「大丈夫？」

ふて腐れるように窓の外を見ていた達也に、明日香が声をかけた。国道を走る車が、桂川に架かる西大橋に差し掛かった。川面に映る斜陽の光は、やるせない達也の心によく合っていた。

「根本的な疑問なんやけど、そもそも市松さん、何であんたは林鋭生を捜してるんや。正式な捜査でないのは、この車だけでも分かるさかい」

市松は関の問い掛けに答えなかった。

達也は身を沈めていた座席から半身を起こした。腹立ちは収まらないが、確認しなければならない核の部分だ。もう何を聞いても驚かない自信があった。

「昭和末期、大阪府警のある署の幹部宅に強盗が入ったでしょ？」

「何や、そんなことまで調べたんか？」

「そのことと関係があるんちゃいますか？」

車が赤信号の前で止まった。市松は達也を一瞥し、すぐ前を向いた。

「半分当たってるな」

「半分？」

刑事は短い首を縦に振った。そして、ためをつくるように押し黙った後、おもむろに口を開いた。

「まずは俺の兄貴の話を聞いてもらおか」

いつの間にか前方の小塩山《おしおやま》が大きく見える位置まで来ていた。信号が変わり再び動き出した車は、国道九号を離れ有料道路に入った。

4

予想通り、刑事は法定速度を気にしなかった。

景色が忙しなく表情を変え、やがて視界から街並みが消えた。山林に挟まれた道をひたすら西へ進む。

「終戦前年の五月、大阪の呉服屋の跡取り息子と従業員の間に男児が一人生まれた」

市松の低い声が、もの寂しい風景に吸い込まれていった。達也はその横顔をちらりと見たが、市松に特別な感情はなさそうだった。

「二人は恋愛関係にあったけど、両親と存命してた祖母が結婚に反対してて、なかなか一緒になられへんかった。女の方は十八になったばっかりで、貧農の子っていうのも気に入らんかったんやろう。でも、予定日の三ヵ月前に赤紙が来たことで、皮肉にも結婚が許されることになったんや。生まれた子の名は原彰造《はらしょうぞう》」

「ワシの三つ上か。またしんどい時期に生まれたな」

関は年齢が近いというだけで、原彰造に親近感を持ったようだ。

「とにかく食うもんに困ったらしい」

「そら、そうやろう。『決戦食』って知ってるか？　ワラとかサツマイモのつるなんかを小麦粉に混ぜたり、魚の小骨を油で揚げたり。雑誌に食べられる野草と虫を紹介してたぐらいや。ワシの親は自給農園を持ってたで」

市松の言葉を受けて話好きの関が時代背景を解説し始めた。彼によれば終戦前年は、紙不足で夕刊が廃止され、旅行の制限やレビューの禁止など市民生活から一層潤いがなくなった時期だという。

「この呉服店でも、東京の百貨店に貸衣裳部ができたって、えらい怒ってたそうや」

語り手が戻り、達也は運転席に視線を移した。

「終戦の年の二月、跡取り息子の死亡を知らせる電報が届いた」

市松は呉服屋一家の話を淡々と続けた。

故郷の福井県で出産してからそのまま居残っていた女は、葬式に出るために九ヵ月の彰造を連れて大阪へ帰った。長男を失い、戦地に送り出した次男の安否も分からぬ家族の住処は、ひっそりとして陰鬱な雰囲気が漂っていたという。

「一家の希望の光は彰造だけやった。女は家族から留まるように懇願されたみたいやけど、戦局が落ち着くまでという条件で福井に戻った。結局、そのときが家族を見た最後になったんや」

「え?」

後ろから明日香の声が聞こえた。矛先の定まらない話に、達也も戸惑った。

「空襲か?」

関の問い掛けに市松が頷いた。

「三月に大阪で大きな空襲があって、そこから連絡が途絶えたんや。女は近所の人とか同じ業界の人とか、住所が分かるところには片っ端から手紙を出したそうや。電話を借りたこともあったみたいやけど、なかなか安否が分からんかった。でも、乳児を連れて危険な場所には行かれへんし、子どもと離れるわけにもいかん。やっと同業の人間から手紙が届いたんは、七月のことやった」

「四ヵ月も分からへんかったんですか？」

「大阪の空襲は三十回以上あったからな。六月には止《とど》めを刺すみたいに、大規模なが四回もあったし。あんだけ民家に爆弾落としといて『人民を害することが目的ではない』ってビラを撒《ま》いてたんやから、アメリカもたいがいやで」

明日香の質問を関が拾った。今度はバックミラー越しに、市松が彼女に話し掛けた。

「同業者からの手紙を読んで、女は義理の両親と祖母が亡くなったこと、親戚が既に葬式を済ませたことを知って驚いたんや。さらに、どさくさに紛れて財産まできれいに分配してて、怒りを通り越してあきれたらしい」

重たい話とは対照的に、車は快調に風を切った。緑の壁が途切れ、右手にまた街並みが広がる。家々を照らす陽に勢いはなかったが、まだ日没までには時間がかかりそうだった。

「戦後、原家と離縁した女は、旧姓の谷村《たにむら》に戻した。谷村照枝《てるえ》。後に俺の母親になる人や」

やっと話の方向性が見えてきた。市松が言っていた「兄貴の話」とは彰造のことだろう。つまり、異父兄弟ということになる。達也は年齢差を計算しようとしたが、市松の歳を知らないことに気付いて止めた。

「戦後五年ほどして、照枝はまた大阪に出てきたんや。彰造が六つのときや。想像するしかないけど、朝鮮特需で景気がよくなったから出稼ぎのつもりやったかもしれん」

説明しやすいからか、それとも気恥ずかしいからか、市松は母親のことを名前で呼んだ。

「小さい子を抱えて女手一つで出て来たってことですか？」

「そうや。前の家とは縁が切れてたから、特に頼る人間もおらんかったらしい」

市松は明日香に答えると、少し考えるような間を置いた。

「市場で働いてたみたいな話は聞いたことあるんやけど、あの時代に子どもを食べさせようとしたら、並大抵のことやないと思う。たまに昔話をしてくれたけど、このときのことは何も言わへんねや」

「子どもに話したくないことの一つや二つ、親にもあるやろう」

慰めるように言った関の言葉を受け流して、市松は達也の方を向いた。

「さっき、半分当たってるって言うたんはそこや」

達也は首を傾げ、問い掛ける視線を送った。

「まぁ、そこは後で話した方がええかもしれんな。とりあえず、空白の期間があって、次にはっきりしたことが分かるんは、昭和三十六年。照枝が大阪市内にスタンドバーをオープンしたんや」

「懐かしいなぁ。昔住んでたとこ、駅前に結構スタンドがあったんや。親父がよう行ってたわ」

「照枝が開いたバーも駅前や」

「あっ、ほんま。どの辺？」

先ほどまで嫌味を言っていたとは思えないほど、関はフレンドリーに話している。懐《ふところ》に入るのがうまい、と達也はあらためて思った。

「姫島や」

「えっ！」

刑事が発した言葉によって、三人が一斉に前のめりになった。

「阪神の姫島やろ？　何ていう店や？」

「ドドンパ」

「知ってる！　親父が行ってたとこや！」

関は唾を飛ばして、運転席のヘッドレストをつかんだ。

「ということは、お宅、姫島の人？」

「ドドンパの近くにかしわの店あったやろ？　かしわの関。あれが親父の店や」

「あぁ！　何となく覚えてるわ」

珍しく市松も興奮しているようだった。

「でも、ドドンパはすぐに閉めたんちゃうかった？」

「そうや。店を開いた翌年、再婚を機に畳んだんや」

「ちょっと待て。市松って、ひょっとしてあの質屋の……」

「そう、質屋の市松と結婚して、市松照枝になったんや。で、その次の年、昭和三十八年に俺が生まれた」

「知ってるんですか？」

達也が振り向いて聞くと、関は嬉しそうに頷いた。

「この前、あの駐車場一帯に住宅が密集してたって言うたやろ？　俺と鋭生の家の裏に質屋があって、そこのことや」

「そうか。あんたは鋭生の家の近所に住んでたんか？」

市松も親近感を覚えたようだった。少し年齢に開きはあるが、同郷には違いない。

「ワシ、多分あんたが小さいとき、見たことあるわ。何や、早《は》よ言うてくれよ。でも、彰造は知らんな」

「兄貴は照枝がバーを開く前年に中学を卒業して、佐賀《さが》の炭鉱に行ったんや」

「炭鉱？　またそれはきつい仕事に就いたな」

「早よ自立したかったんやろ」

兄のことを話す市松の口調には、少し冷たいものがあった。

「盛り上がってるとこ、すみません。ちょっと整理したいんですけど」

タイミングよく明日香が会話に割り込んだ。ちょっと整理したいんですけど」

「関さんと市松さん、それに林鋭生は結局、どういう関係になるんですか？」

「幼馴染って言うには無理があるかな。昭和三十八年生まれってことは、ワシと市松さんは十六も年が離れてるし、市松さんと鋭生も八つちゃうんか？　この人が二歳ぐらいのときに鋭生が街を去るわけやから、覚えてないやろ？」

両手でハンドルを握っていた市松が軽く首肯した。

「関さんと彰造さんとは三つ違いですよね？」

「でも、彼は照枝さんが姫島に店を構える前に佐賀に行ってるわけやから、面識はないな」

「あっ、そうか。だいたい分かりました。要するに、年の離れたご近所さんってことですね」

明日香があっさりと結論づけると、姫島を中心にした思いがけない人間関係が何でもないように思え、達也はやや白けた。

目を細めている市松が「そろそろやな」と独り言を漏らした。道路標識を見ていたらしい。

「だいたいの背景は分かったけど、まだ、あんたと鋭生のつながりが見えてけえへんな」

関が水を向けたところで車が減速し始めた。

「鋭生と関係するんは俺というより、やっぱり兄貴の方やろな」

市松はウインカーを左方向へ点滅させ、さらに速度を落とした。ミニクーパーは左の道に進み、坂を下って有料道路から外れた。

5

亀岡市に入った。

県道は片側一車線だったが、前方に車の影は見えない。信号の間隔が長いこともあって、市松は相変わらず警察官らしからぬ速度でミニクーパーを転がした。

京都市内とは明らかに異なる穏やかな風景に、達也は目的地に近づいていると実感した。徐々に胸の内が昂っていく。運転席の刑事が再び口を開いた。

「中学を卒業してからすぐ佐賀の炭鉱に行って以来、彰造はずっと母親の元に帰って来《こ》んかった。俺が初めて兄貴に会ったんは中学二年のとき、昭和五十二年ごろや。大阪で弁当屋を始めたみたいで、割引券持って来たんや。当時彰造は三十過ぎやったけど、既に前髪が後退しとってな、上の歯も一本抜けてて、えらい老けとった」

「つまり、十七、八年ぶりに親に顔を見せたわけや。息子にも空白の期間があるんやな。この間、何をしとったんや？」

「炭鉱は一年ほどで辞めて、そこからは全国を転々としとったみたいや。母親にもあんまり話せへんかったらしいけど、東京におったこともあったそうや」

「よう開店の準備金貯めたな」

ライターという職業のせいか、専《もっぱ》ら関が質問するようになっていた。

「俺も靴買《こ》うてもうたりしてんけど、子どもながらに胡散臭い感じがして好きにならへんかった。そのうち、弁当屋以外にスポーツ用品店もやるようになって、さらにジュークボックスの営業も始めた」

「えらい働きもんなんやないか」

「一回、俺の親父が飲み屋で彰造を見かけたらしいねんけど、明らかに性質の悪そうな輩《やから》と一緒やったって。特に用事もないのに、急に自分の店に来るようになったんを気味悪がってな」

「確かにええ話ではなさそうやな」

達也は門田を思い出した。おかげで不気味な影がちらつく不安をうまく想像することができた。

「それから一年もせんうちに、彰造はまた寄りつかんようになった。母親なんかは『ちょっと里心がついたんやろ』って気楽やったけど、よう考えたら故郷でも何でもないからな」

市松はいつの間にか照枝のことを母親と呼ぶようになっていた。

「その照枝さんと彰造の仲はよかったんか？」

「特に連絡を取ってるわけでもなかったから、放任って感じやな」

「同じ息子《おんな》でも、あんたとは違うってこと？」

「そうやな。高校卒業してから俺が刑事になるって言うたとき、母親は口やかましく反対してたから」

「危ないっていうこと？　それとも質屋を継いでもらいたいってことか？」

市松はなぜかそれには答えず、しばらく無言で運転した。

長い捜索の旅が佳境を迎えているというのに、辺りは長閑《のどか》だった。四方は山で囲われ、道路の両脇には緑の畑が続く。遠くに工場やプレハブのような大型店舗が点在する典型的な田舎の風景だ。

「彰造の正体が分かるんは、昭和の終わりごろになってからや」

「正体？」

達也の問い掛けに、市松は薄く頷いた。

「昭和六十二年になってすぐや。親父から連絡があって、また彰造が家に来るようになったって。様子を見に行きたかってんけど、当時、山一抗争の和解が大詰めを迎えてたから、情報収集で休みが取られへんかった」

「あぁ、懐かしいなぁ。ワシも社会部の応援で取材したわ」

「で、彰造さんは何か都合の悪いことをしたんですか？」

関による話の脱線を察した明日香が、素早く軌道修正した。興味のある分野なので、達也は少し残念に思った。

「同じ年やったか、次の年やったか覚えてないねんけど、ある日親父から電話がかかってきて、ちょっと店に来てほしいって。盗まれた物があるって」

「盗まれた物……」

達也にはまだ話の着地点が見えていなかった。じれったさに、体がくすぐったく感じる。

「将棋の駒や」

「あっ！」

関と同時に達也も叫んだ。明日香も手を口に当てて驚いていた。

「その駒って……」

市松は助手席の方を向いて首を縦に振った。

「林富士夫。鋭生の父親が作った駒や」

「市松さんのお兄さんはそれを盗んだと？」

「そうや。親父から連絡を受けて、仕事を抜け出して実家に帰ったんや。後にも先にもあんなに怒った親父を見たことなかった。その駒は、林富士夫が作った、最後にして最高の傑作やったそうや」

「ちょっと待ってくれ。何でおやっさんの駒をあんたの父親が持ってたんや？」

関はまだ興奮覚めやらぬ様子だった。

「うちは質屋やで。金と引き換えにしたに決まっとる」

「でも、親しいしてたワシにも見せてくれへんかったぐらいの駒やで。それを質に出すとは……」

「あんたも事情知ってるやろ。林富士夫が家族のために独りになったことを」

「そら分かってるけど……」

「もちろん金も必要やったやろ。でも、それだけやない。体が動かへん以上、駒への未練を断ち切るには処分するしかないやろ。それでうちの親父に話を持ちかけたんや」

「つまり、質屋の市松と駒師の林には交流があったってことか？」

「俺もそのとき初めて知ったけど、うちの実家には林富士夫の駒が他にもいっぱいある。林家の生活がしんどそうやなって察したときは、駒を買ってたそうや。でも、それは単なる同情やない。俺の親父も商売人や。林富士夫の仕事を心底認めとったんや」

関はそれきり黙り込んでしまった。輪郭はぼやけていたが、達也は林富士夫の最高傑作というその駒に、魔力のようなものを感じた。素朴な疑問が浮かんだので、再び刑事の横顔を見た。

「市松さんの親父さんも将棋をするってことですか？」

「結構強かったみたいや。俺も小さいときに教えてもらったけど、親父が全然手加減せえへんからおもろなくなって止めた」

「彰造さんはどうなんですか？」

「あいつは真剣師や」

「はぁ!?」

またもや驚かされ、三人が同時に身を起こし、刑事に催促する視線を投げかけた。

「駒が盗まれた後、親父が事情を説明してくれた。さっき関さんが言うてた空白の期間、あいつの主な収入源は賭け将棋やったんや。道場もそうやけど、地方の旅館なんかでスポンサーを募ってやる真剣が結構あったそうや」

「でも、ワシ市松彰造なんて聞いたことないぞ。谷村でもないわ」

「強いと分かってしもたら、誰も勝負してくれへん。だから、その都度《つど》偽名を使ってたみたいや」

「名誉欲の欠片《かけら》もないんやな」

「将棋で腹は膨れんし、女も抱けん。それを可能にするんは金だけや。侘《わび》しいけど、分かりやすい人生哲学や」

「また邪魔するようで申し訳ないんですけど、話を整理させてほしいんです」

毎度絶妙のタイミングで明日香が割って入った。ほとんどピースは出そろったというのに、達也も明確な答えが導けずにいた。

「昭和六十三年の対局の相手は、彰造さんってことなんですか？」

「そうや」

「つまり、彰造さんは実家から盗んだ林富士夫の駒を、鋭生は一千万円を賭けたってことですね？」

「二人の間にどんなやり取りがあったかは想像するしかないけどな。彰造が最初に俺の実家に現れたとき、駒の存在を知った可能性がある。そこで新世界にいる鋭生に声をかけ、事情は明かさず富士作最後の駒を持っていると告げた。後にもう一回姿を見せたときは、鋭生に賭け金が用意できたタイミングやないかな？　真剣の前に駒を盗んで勝負に至った。こう考えるとしっくりくる」

達也はようやく合点がいった。鋭生があれほどまでに金の亡者《もうじゃ》にならなければならない理由が今、はっきりと分かった。

「親父はあの駒を売らんと決めとった。だから一切店には出さんかった。林富士夫の人生を考えたら、よう商売にせんかったんやろ。おそらく、息子の鋭生に返すつもりやったんやと思う」

明日香は思案顔で口を閉ざしてしまった。自らの母親のことを考えているのかもしれない。

「で、あんたは何で今ごろになって鋭生を捜す気になったんや？　今回彰造と対局することなんか知らんかったはずや。まさか、将棋の同人誌を読んでるとは思えんし」

「今年の四月、署に電話がかかってきたんや」

「彰造本人から？」

「そうや。三十五年ぶりの会話や」

「何の用やったんや？」

「『母ちゃんは生きてるか？』って。何を今さらと思ったな。両親ともとっくに死んでるから。そのことを伝えたらちょっと、間が空いてな。『達者で暮らしてくれ』って」

「それだけか？」

「いや。駒のことを言うたんや。親父が最後まで怒ってたって。そしたら『あの駒のことは考えてる』って」

「考えてる？」

「彰造は詳しいことは言わんと『俺らなりのやり方がある』って」

「俺ら、なぁ……」

関はそこで質問に区切りをつけた。

「兄貴の言い方やと、俺らっていうのは自分と鋭生を指すんやないかと思ったんや」

「つまり、真剣師っていうこっちゃ」

「これは対局するってことやな、とピンときた。同時に、細くなった兄貴の声を聞いて、あんまり長ないいんちゃうかとも思《おも》た」

「それであんたは、この兄ちゃんに鋭生の捜索を命じたんか」

関は筋が通ったとばかりに頷いていたが、達也には引っ掛かることがあった。

「市松さん、さっき、有料道路に乗る前に『半分当たってるな』って言いましたよね？」

「照枝さんの過去の話のときも何か言い掛けてました」

　達也の発言を明日香が補足した。

　前方に名前の分からない低い山が迫り、県道がうねりを見せる。車はそのまま道なりに進んだ。左手に小川があるのみで、辺りには納屋もない。

「こっちの方はもっと個人的なことなんやけど」

　十分な間を空けた後、市松が一段と低い声を響かせた。

「さっきおまえが言うてた大阪府警幹部宅の強盗《タタキ》の件や。この犯人と犯人に情報を漏らした刑事は後に捕まった」

「でも、その二人を仲介した鋭生だけが捕まらず、ちゃっかり金はもらった、と聞きましたけど」

「その通り。マスコミには伏せ通せたけど、後になって管理職以上が結構飛ばされた」

「その中に市松さんが慕ってた人がいたんじゃないですか？　だから鋭生を捜し出すんやないですか？」

　市松は鼻息を漏らすと、目尻に皺を作った。分かりにくい笑顔に、達也は戸惑った。

「今さら俺が鋭生を見つけ出して何すんねん？」

「何って……」

「しばくんか？　恐喝するんか？　それが何になる。そんなことしたら、相手に弱みを握られるだけや」

「違うんですか？」

「ちゃう。この件がマスコミに隠し通せたんは何でやと思う？」

思わぬ切り返しに、達也は言葉に詰まった。それは関も明日香も同じだったようだ。誰も何も発することができなかった。

「盗まれた内部資料が過去の事件を扱ったもんやからや」

「なるほど。既に終わった事件やったら、公判で弁護士から突っ込まれることもないわな」

「幸い当時は一部の人間しか強盗のことを知らんかったから、漏らしたらすぐに犯人が分かる」

「それで、過去の資料にある昔の事件とあんたがどう関わってくるんや？」

市松がバックミラー越しに関を見た。

「その資料がまだ警察の手元に返ってきてないんや」

「何やて？　当事者は二人ともパクったんやろ？」

「鋭生が持ってるはずなんや。でも、肝心の奴を捕まえられんうちに、二人の別件の裁判が終わってもうた」

「じゃあ、あんたはその資料を奪い返しに行くってことか？　何ちゅう執念やねん」

「もちろん。でも、自分の警察《かいしゃ》には戻せへん」

「……、どういうこっちゃ？」

「捕まった二人のうち、元刑事の方が出所してから俺のとこに訪ねてきた。特に親しいわけでもなかったから、訝しんどったんや。一応、家上げて話を聞いたらな、そいつがとんでもないこと言いよった」

誰も相槌を打たず、三人は集中して刑事の言葉を待った。

「資料の中に、俺の母親に関することが書いてあったって」

「母親って、照枝さんのことかいな……」

「一応、概要は聞いたけどな。戦後、息子一人を抱えて大阪に出てきてから、スタンドバーを開店させるまでの空白の期間。母親がある事件に関わったんやないかと、内偵されとったらしい」

市松の警察への就職に反対していたという母親の話を達也は思い出した。先ほど関に質問されたとき、市松は何も答えなかった。

「その元刑事が家に来た一年ちょっと前に母親が亡くなってるから、確かめようがない。親父はまだ生きてたけど、再婚前のことをわざわざ蒸し返すんも気が引けた」

「兄貴と鋭生。あんたにとっては、二重の意味合いがあったってことか」

六時五十分過ぎ。空はまだ夕方の中ほどにあった。窓の外を見ていた関が、ぼそりとつぶやいた。

「確かに個人的なことや」

左手に旅館の名が入った木彫りの看板が見えた。

達也はいよいよ最後だと思った。市松はウインカーを出すと、すぐにハンドルを切った。

6

エンジンが切れた瞬間、四つのドアが一斉に開いた。

宿の前にある駐車場には、ほかに国産車が二台停まっているだけで、虚しいほどに広さを感じる。風は既に涼しかった。その場に立って四方の山々をぐるり見渡すと、別世界に閉じ込められたように思う。明日香は緑薫る空気を吸い込んだ。

車が県道から外れ停車するまでの数分の間に、陽は山の背に隠れ、茜《あかね》色に染まる頂に群青色の幕が下りようとしていた。空はこれから刻々と表情を変えるだろう。母の手紙を見つけてから四ヵ月。時の流れは一定でも、過ごした日々の分厚さが別の物差しを伴って、明日香に感傷を迫る。

土地を持て余しているのか、敷地にはサッカーゴールのあるグラウンドや小規模な農園があった。宿の横は白い玉砂利が敷き詰められた庭になっていて、手前のウッドデッキの真ん中に正方形の炉がある。所々島のように浮かぶ芝生のラインに沿って、淡く光る行燈が並ぶ。冴えないサッカーグラウンドや農園とは対照的に、こちらは洗練された雰囲気が漂っていた。

一方、建物の外観は太陽光パネルのようなガラス窓が連なり、和の情緒がまるでなかった。バブル期に建てられたかのような落ち着きのなさが、庭のがんばりを台無しにしている。

だが、客でもない人間に不平をこぼす資格などない。一行は無言のうちに進み、四本の太い柱に支えられた屋根の下を潜った。市松がためらうことなくガラスドアを押した。

一角に土産物屋と喫茶店があるものの、ロビーは閑散としていた。吹き抜けで開放感があり、紫色の絨毯に古めかしさはない。内側には改装から間もないような明るさを感じる。

左奥にあるフロントに一人立っていた若い女が、四人を、恐らく先頭の市松を見てギョッとした。それでも彼女はプロらしく、すぐさま柔和に笑った。

「ようこそ、いらっしゃいませ」

薄い桃色の和服を着た女が丁寧にお辞儀した。

「お名前をお伺いしてもよろしいでしょうか？」

「林鋭生って客が泊まってるやろ？」

「はい？　あのっ、お客さまは……」

「急いでんねん。早よしてくれ」

女は気圧されている様子だったが、かと言って迂闊《うかつ》に客の個人情報を漏らすほど抜けてはいなかった。警察手帳でも見せるのかと思っていた明日香は、あまりに捻りのない市松の正面突破にあきれてしまった。

「すみません。こちらに宿泊している林鋭生の娘です」

堪り兼ねた明日香が図体ばかり大きい刑事を押し退《の》けた。

「はぁ」

女は警戒心をそのまま貼り付けたような作り笑いを浮かべた。

「今日、将棋の盤を用意していただいたんじゃないでしょうか？」

明日香は一《いち》か八《ばち》か鎌をかけた。以前、仕事で泊まった旅館が、プロ仕様の将棋盤一式を貸し出していたことを覚えていたのだ。鋭生が秋葉の家から直接この旅館に来たのなら、将棋盤を持参する可能性は低い。そこで旅館で用意しているのではないかと踏んだのだった。

「あっ……。はい。ご用意させていただきましたけど」

「『愛用の扇子を忘れた』って父から連絡がありまして」

「そうですか……」

女は説明を求めるように、大柄の刑事とリーゼントの青年を見た。

「ワシは将棋専門雑誌のライターで、こっちの若い方がアシスタント、この大男は立ち会いって言うて、まぁ審判みたいなことをするんです」

「えっ、あのぅ、プロの方の対局なんですか？　何も伺ってなかったもので」

「二人とも伝説的な棋士でして、雑誌でも特集を組む予定なんです。もう始まってますかね？」

プロともアマとも言わず、関は棋士という表現でごまかした。女は状況を呑み込めない様子で、二、三度頷いた。

「そうしますと、お客様もお泊りになられるということでよろしいでしょうか？」

「いや……」

否定しようとした市松の肩をつかみ、達也が前に出た。

「ええ。もちろんです。仕事のこともあるんで、林先生の隣の部屋が空いてたらお願いしたいんですが」

「はい、少々お待ちください」

明日香は達也のとっさの機転に感心した。さすが伊達《だて》に日陰の道を歩んでいない。

娘役の明日香は扇子を渡すと帰る設定にし、残る三人で四階の和室をひと部屋押さえた後、一行は仲居の案内を断ってエレベーターへ急いだ。

あまり大きいとは言えない箱の中に乗り込むと、達也がせっかちに「4」のボタンを連打した。扉が閉まった瞬間、四人は顔を合わせて笑った。

「結局、刑事が足引っ張ったな」

関がからかうように言うと、市松は案外余裕の顔で年寄りを見た。

「いざとなったら、手帳があるがな」

「そんなもん、通報されるんがオチや」

エレベーターが止まって外に出ると、嫌でも緊張感が高まった。

よく磨かれた板の廊下が奥へ延びる。ここには旅館の名前が入った三角形の行燈が一定の間隔で置かれていた。外の物とは違って、和紙が光を和らげている。

美しい木目を見せる板も、四人の歩調に合わせて鳴き砂のように音を立てた。目指すは突き当たりの一室。廊下が軋むごとに、年月を感じさせる熟れた色の格子戸に近づく。

あの部屋に林鋭生がいると思うと、明日香の胸はさらに高鳴った。現実離れした目撃証言を得る度に、実態があやふやになっていく不思議な男だった。幻の生物を目にするような興奮がある。事実、明日香の中でこの伝説の真剣師は、カッパよりも現実味の薄い存在だった。

格子戸の前で全員が歩みを止めた。明日香はジャケットの内ポケットに入っている母の手紙に手を当てた。

加奈子――。

おそらく最後に書かれたであろう封筒裏の差出人名。鋭生からその名を呼ばれるとき、母はどんな笑みを見せていたのか。心の中にいろんな笑顔をしまっているはずなのに、なぜかホスピスのベッドの上で、弱々しく笑う顔が浮かんだ。
今さらながら、亡くなったんだという事実が突き刺さり、胸が痛む。
明日香は達也と目を合わせ、力強く頷き合った。
無意識のうちに震えた指が、格子戸の取っ手を捉えた。

最後の対局

背の低いコップに残っていたビールを飲み干した。

苦味のある炭酸が焼きそばの甘辛いソースの余韻を消し去る。

「これ、ひょうきん族どないなるねん？」

カウンターに座る男がつぶやくように言うと、鉄板を挟んで中に立っている店主が「しばらくあかんでしょ」と応じた。二人とも奥の高台に設置されている小さなテレビを見上げていた。午後の遅い時間だからか、店には自分を入れて三人しかいない。

ワイドショーで流れているのは、人気絶頂のお笑い芸人が、弟子たちを引き連れて出版社に押し掛け、社員たちに暴行を加えた事件だ。今日の未明に起こったらしく、画面にはおどろおどろしいテロップとともに、興奮した男のリポーターが映り、お祭り騒ぎだった。

話し掛けられるのが億劫《おっくう》だったので、スポーツ紙を置いてテーブル席を立った。勘定を済ませて表に出ると、柔らかい涼風に吹かれた。師走《しわす》に入っていたが、まだ張り詰めるような冬の風ではない。歩きながらダークグレーのトレンチコートを羽織り、襟を立てた。コートの内ポケットに重みを感じ、無意識のうちに手を当てていた。

内ポケットの封筒には、新旧の一万円札が五十枚。聖徳太子と福澤諭吉、それぞれ大きさが異なるので不揃いのまま入っている。会社に内緒で地上げを手伝い、今朝、不動産ブローカーの男から報酬を受け取ったのだ。これで約束の金を揃えることができた。

国鉄の駅の階段を上がった。改札では銀色のラッチの中で、二人の駅員が雑談していた。背格好の似た駅員たちは、申し合わせたように気怠そうな表情を浮かべている。うち一人が鳴らす改札鋏《かいさつばさみ》の「カチカチ」という連続音が、煩わしく耳に入る。

住宅街にある小さな駅だった。閑散とした中、特に急ぐ様子もない背広の男が、中年太りの腹をさすって改札へ向かう。貧乏揺すりのような鋏の音が、一刻途切れた。

誰もいない券売機の前に立つ。両手をトレンチコートのポケットに入れたが、小銭入れの感触がなかった。体をまさぐりながら無意識のうちに振り返ると、斜め前方に並ぶ公衆電話が目に入った。左端の電話機の前に、小柄な女が立っている。

後ろ姿に見覚えがあり、白い膝丈のコートから目が離せなくなった。話に夢中になっている女が体の向きを変えた。横顔を見て、思わずサングラスを外した。さほど高くはないが形のよい鼻梁《びりょう》、二重瞼の大きな目、寂しそうな薄い唇。見間違えるはずもなかった。

加奈子――。

何もできず、ただ立ち尽くした。手にしたまま行き場所を失ったサングラスをコートのポケットに入れ、角刈りの頭をさする。声を掛けるべきか否かの判断を脇へやり、彼女の横顔をじっと見つめた。

加奈子は怒っていた。話すごとに口元が引き締まり、声が大きくなっていく。「いい加減にしてよ」という言葉がはっきりと耳に届いた。声を掛けない方へ心の針が振れる。だが、このまま去ることなどできなかった。

彼女は腰に手を当てて深くため息をついた。不機嫌でも整った顔に変わりはない。長かった髪は肩口までになっていたが、短髪の自分には縁のない艶があった。

受話器の持ち手を変え、左手で髪を耳にかき上げたとき、不意に加奈子がこちらを向いた。彼女の視線が宙をさまよう。背を向けようと思ったが、呼吸が乱れて縛りつけられたように体が固まった。

そして、視線が合った。

加奈子は一瞬目を細め、唇を噛んだ。みるみるうちに涙が溢れ、両側の瞼からこぼれ落ちる。目の前のゲートが開くようにためらいが消え、第一歩を踏み出した。嬉しさなのか、切なさなのか、胸の内の感情にラベルを貼れないまま駆け寄った。涙でくしゃくしゃになる彼女の顔を見ていると、堪《こら》えきれなくなる。

後先を考えずにおもいきり抱き締めた。ひんやりとしたコートの感触を確かめながら目を閉じる。包まれていた彼女が鼻をすする音を聞いて、ようやく激しい心の揺れが静まった。加奈子の細い肩を持ったまま体を離した。

ほんの刹那、無言で見つめ合う。彼女の潤んだ目は笑いを含んでいた。

「電話、切っていい？」

加奈子が緑色の受話器を持っていたことに気付き、両手を上げた。後ろの改札から笑い声が聞こえた。恥ずかしさに顔が火照る。

「ぜひ」

我ながら間抜けな答えだと思った。

彼女は静かに受話器を置いた。

先ほど上ったばかりの階段を下り、少し歩いて国道沿いのファミリーレストランに入った。中途半端な時間帯とあって空席が目立つ。フロアが広いので、より一層ひっそりとした雰囲気が漂う。愛想のいいウエイトレスは、わざわざ一番奥の窓際のテーブル席に案内した。

加奈子もお昼は済ませていたらしく、無難にホットコーヒーを注文した。何から話せばいいのか分からないのは向こうも同じようで、しばらく二人して国道を眺めた。

「明日香にチョコレートパフェ、ごちそうしてくれたよね？」

加奈子が沈黙を破ったのを機に向かい合った。

「今いくつや？　もう覚えてないやろな」

本当は彼女の娘の年を覚えていたが、会話のきっかけになればと、とぼけた。

「今年から中学生。すごい生意気なんよ」

コーヒーがきてから、この十年間のことを少しずつ語り合った。当たり障りのない会話の中でも、加奈子の日常が充実とは程遠いところにあるのが分かった。

「旦那は元気でやってるんか？」

二人にとって楽しい話題にならないのは知っていたが、ずっと避けて話すのは白々しい気がした。加奈子は少しうつむいてから首を振った。

「それ、どういう意味？」

「分からへん」

「分からん？」

「普段、ずっと海外におるから」

そこで彼女の旦那が繊維関係の商社に勤めていることを思い出した。

「今、一時的に帰って来ててね。今日の夜、久しぶりに家族揃って外食しようって約束してててんけど」

「あかんようになった？」

「うん。泊まり込みで仕事するって」

「それであんなに怒ってたんか」

視線を上げた加奈子が、小さな顔に照れ笑いを浮かべた。旦那との食事を楽しみにしていたことに、少し胸が痛む。

「電話してるとき、私、どんな顔してたんやろ？」

「長州力《ちょうしゅうりき》って知ってる？」

加奈子は「いい加減にしてよ」と言っていたときのように、眉間に皺を寄せた。

「知らん」

不満そうな表情を見れば、彼女が嘘をついたことは明らかだった。膨れっ面に、懐かしさが込み上げる。

「女優や」

加奈子は口元を押えてしばらく笑い続けた。一度ツボに入ると止まらない。あのころの彼女の笑顔が重なり、中学生の子を持つ彼女が随分若く見える。散々笑った後、加奈子はすっきりした様子で頬杖をついた。

「もう、旦那がおらへん生活に慣れてしもたわ」

散歩にでも行くようにけろりと言った。

「娘のことを放ったらかしやから許せんの。でも、家におったら、おったで、ちょっと空気が変わるっていうか……。ほら、あれや」

加奈子の言わんとしていることがすぐに分かった。

「亭主元気で留守がいい」

きれいに声が合わさると、二人で噴き出した。

「最近、コマーシャルも何でもありやんね」

何も特別なことはしていないのに、長い時の隔《へだ》たりが薄らいでいく。くるくると表情を変えるその顔を見ているだけで心地よかった。

「いい人、見つかった？」

コーヒーのお替わりを頼んだ後、加奈子が言いにくそうに聞いてきた。相変わらず不器用なところは自分と同じだ。苦笑いして首を振る。手を額にやったとき、サングラスを外していたことを思い出した。急に落ち着かなくなり、話題を変えようと父親の駒が見つかったことや真剣でけりを付けることを告げた。

「一千万？」

加奈子はあきれたように、ソファーの背もたれに体を預けた。

「お金、どうすんの？」

「もう用意したんや」

どのようにして稼いだかは、あえて口にしなかった。しかし、加奈子の困ったような顔を見れば、心中を察することができた。目の前にいる男がギャンブラーだということは、彼女が一番知っている。

「親父の駒を取り戻したら、工房を開こうと思ってるんや」

「工房？」

「うん。将棋駒の職人になりたいんや」

誰にも話せなかった将来のことを惑うことなく口にできる。なぜ加奈子にだけは、催眠術にかかったように心を許せてしまうのだろうか。気付けば頭の中に引いた図面を基に、工房の配置を説明していた。夢を語るのは楽しかった。加奈子は時折、茶々を入れながらもニコニコして聞いてくれた。彼女の相槌が、氷を張るようにしてある孤独感を溶かしていく。

一段落したとき、外の陽が傾いていた。無論、いつまでも店にいることはできない。別れの時が近づいていた。三杯目のコーヒーが空になるころ、互いに言葉が途切れがちになった。

「別居するつもりやの」

加奈子が意を決した様子で言った。心が弾んだものの、何と声を掛ければいいのか分からなかった。

「さっきもそのことで喧嘩してたてん」

「そんな大事な話を公衆電話でしてたんか？」

「問題は、大事な相手かどうかってこと」

コーヒーをもう一杯頼もうか迷ったが、止めておいた。好きな女の不幸せに、気持ちが明るくなっている。冷静になろうと、姿勢を正した。

「今度結婚するときは、旦那さんがずっと家におってくれたらいいな」

夕陽に染まる国道を見ながら、加奈子が漏らした。考え事をしている彼女の顔が美しかった。浮かんだ言葉を口にしようとしたが、うまく唇が動かない。ポケットからサングラスを取り出してかけた。少し平静を取り戻せた。

加奈子がこちらを見る前に伝えた。

「職人はずっと家におるで」


翌年の春、加奈子は離婚した。

それを機に彼女たち母娘の近くに引っ越し、会社では社長に頼んでデスクワークに配置換えさせてもらった。金を返せない客に返済プランを提示するという業務だ。申し訳なさそうな顔をしていても勝手ばかり言う連中に辟易したが、これも工房を構えるまでの我慢だと思うと乗り切ることができた。

人生で最も輝いていた季節。また、その明るい気分によく合う世の中でもあった。株価は上がり続け、アメリカ崩れの派手さが持てはやされた。乗り遅れないようにと、より高いもの、よりノリのよいものを求めた。

だが、浮かれてばかりもいられなかった。加奈子の娘へは特に配慮が必要だった。両親が離婚した直後に母親が恋人を連れて来て、思春期の娘が喜ぶとは到底思えない。自分の過去を振り返れば、その気持ちは容易に想像できた。加奈子の両親は既に他界し〝壁〟となる存在はなかったものの、大切な関係だからこそ慎重に事を運びたかった。

もちろん、駒作りの研究にも精を出した。子どものいる恋人とは常に自由に会えるわけではない。会社から帰った後、休日に一人でいるとき、大半の時間を黄楊を手にして過ごした。これで家族を養うんだと思うと、自《おの》ずと気合いが入った。後は父が最後に残した駒を手に入れるだけだった。そのまだ見ぬ駒は、父が自ら集大成と称した幻の作品だ。どうしても取り戻したかった。

しかし、肝心の連絡が来ない。何度か催促の電話を入れたが、相手の真剣師はのらりくらりとはぐらかすのみ。そうして、ようやく対局が決まったときは、加奈子との再会から一年半が経っていた。しかも、向こうは賭け金をさらに二百万円上乗せするよう要求してきた。こちらが断れないことを見越していたのだろう。

情けないことに、賭け金の一千万を除いてはほとんど貯金がない状態だった。対局相手から電話があったと知らせたとき、加奈子に戸惑いを見破られた。そして、自らの預金を引き下ろして持たせてくれたのだった。

「どうせすぐ返ってくるから」

その金は自分への信頼の証であるが故に、決して裏切ることはできなかった。

対局の前日、京都の鍼灸院へ行った。持病の腰痛を万全の状態にしてから加奈子と合流し、嵐山へ向かった。初めてデートした場所だ。

食べ歩きをしながら買い物をするという、二十代のころとあまり変わらない過ごし方をしたが、当時よりも楽しかった。別れがあった分、失った時間を取り戻そうと気持ちが昂っていたのかもしれない。

彼女の娘が修学旅行でいないのをいいことに、旅館を予約した。宿泊先へ向かう途中、渡月橋から西へ、桂川を眺めた。穏やかな流れが、反射した陽の光を下流へと運んでいく。

「明日、勝負が終わったら家に来てくれる？　娘を紹介したいから」

それは指輪も買えない不甲斐ない男を気遣ったプロポーズだった。遠くを見る加奈子の横顔に不安の色はなかった。

強い人だ――。

対局が決まってからは、会社を辞めて退路を断った。人生を賭けた勝負を前に、最愛の女の存在が心強かった。

「もうチョコレートパフェじゃ喜んでくれんかな」

二人して笑った。

十歳のときの敗北を取り戻す最初で最後のチャンス。新たに父親になることの難しさは、痛いほど分かっている。どうしても、職人としての自分を加奈子の娘に見せたかった。

ずっと思い描いていた幸せは、はっきりとした輪郭を持って目の前にある。桂川の川面《かわも》と同じく、輝かしい未来を想った。

橋の欄干に手を置いたまま空を見上げた。

南の空にはいつの間にか、薄暗い雲が立ち込めていた。

障子から残照の憂いが消えた。

畳十枚分の部屋に光を届けるのは、弱々しい橙《だいだい》色の照明のみであった。灰色の追想に心が重くなる。感傷に浸るにはこの上ない舞台だ。

本榧の六寸盤を挟み、市松彰造と向かい合っていた。二十五年ぶりの再会。分厚い座布団の上で背中を丸めて正座する男からは、往年の精気が感じられなかった。白くやや長い髪は力を失い、風通しよく所々の歯が抜け落ちている。しかし、黄色く濁った目だけは、当時の粘り気を備えていた。

彰造が光沢のある木箱から、龍の刺繡が入った巾着袋を取り出した。無言のうちに袋の口を開け、全ての駒を将棋盤の真ん中に注ぐ。重なり合った黄楊の気高い音が室内に響いた。

彰造は飴色の駒の群れから「王将」をつまみ上げた。そのためらいのない素振りに、再び四半世紀前の敗北を痛感させられた。真剣師らしい「かまし」の一手。勝負は既に始まっている。屈辱を呑み込んで崩れた駒の山から「玉将」を探した。

それぞれが駒を置くたび、ピシッという厳《いか》めしい音が鳴り響く。「大橋流《おおはしりゅう》」に則《のっと》り、互いを牽制し合うように四十枚の駒を並べ終えた。彰造が余った二枚の「歩」を巾着袋に収め、それを駒箱にしまった。

おそらく、人生で最後の対局になる。目を閉じて呼吸を整えると、自分が武者震いしているのが分かった。

何の前触れもなく、スーっと襖の開く音が聞こえた。複数の人間の気配を感じたが、目を呉《く》れることはない。対局前、集中以外に必要なものなどない。

それは相手も同じだった。彰造は自陣の「歩」を五枚取り、両手に包んで振った。畳に放った駒が見せたのは、五枚全てが裏面の「と」。先ほど駒を並べる際に先制攻撃を受けたが、盤上ではこちらの先手となった。

背筋を伸ばし、視線をぶつけ合う。腹の底に自分でも驚くほど大きな闘志があった。微塵《みじん》も負ける気がしなかった。

「お願いします」

互いに頭を下げた。

時間制限はない。目を閉じたまま、闘志が澄み切るまで待つ。感情の波が水平を描く感覚をつかむと、再び瞼を開いた。

盤上に滑らせた駒を人差し指と中指の間に挟み、束の間宙でためをつくる。駒を置くと、始まりにふさわしい威厳のある音が鳴った。

初手、７六歩。

角道《かくみち》を空ける定跡の一手。彰造は予想通りとばかりに、３四歩と同じく角道を通して応じた。次の先手６六歩、後手８四歩で、振り飛車《ふびしや》と居飛車の対決だとはっきりした。

二十五年前とまるで同じだった。不甲斐ない逆転負けの将棋。父親の形見と自分の未来が手中から抜け落ちると、手のひらに残ったのは脆弱《ぜいじやく》な己の抜け殻のみであった。

物心ついたときから将棋駒に囲まれて育った。強制も世襲もないのに、父との思い出のほとんどは八十一升の世界。ボロボロになった詰将棋の本を繰り返して解き、答えはもちろん、二百題近くあった問題全てを再現できるまでになった。家に定跡の本はなく、全ての戦法を父親から教わった。銭湯から戻った後、本榧の六寸盤を挟むのは、食事や睡眠と何ら差のない暮らしの肝《きも》だった。

学んだのは勝負の機微だけではない。学校の授業のない日曜日には、休むことを知らない父の横で、ずっと作業を眺めていた。仕事中に話し掛けることは許されず、父は終始難しい顔をしていたが、丸太から宝石のような駒が出来上がるのは魔法に思えた。いつだったか、銭湯の湯船に浸《つ》かっているとき「父ちゃんの後を継ぎたい」と言ったら頭をはたかれた。帰りに買ってくれたオレンジジュース。父が喜んでいたと気付くのは後のことだ。

五十一手目、7六歩。

棋譜上に残るのは初手と同じ「7六歩」でも、意味合いは大きく異なる。

序盤から淡々と駒組みが進み、先手が美濃囲《みのがこ》いを完成させ、後手が穴熊《あなぐま》を築きつつあった。穴熊は鉄壁の囲いだが、組むのに手数がかかる。無論、先手は早めに攻撃を仕掛けなければならない。だが、彰造は守りを固める前に機敏に飛車を振って、先手の弱点である角の頭を狙ってきた。「7六歩」はそれを受ける一手だ。だが指した後の局面を見て「丁寧」と紙一重にある「弱気」ではないかとの直感が働いた。指を鳴らしてため息をついた。

不安が記憶を呼び戻す。

小学校四年の初夏。時間帯は覚えてない。普段は温厚な教頭先生が教室に飛び込んで来て、名前を呼ばれたのだ。教頭の車の助手席に乗り、道中で父が病院に運ばれたことを聞いた。単なる風邪でないことは、先生の表情で分かった。父を失うかもしれないという不安が急速に胸の内を蝕んでいった。

相部屋の病室に駆け込んだ。赤い目をした母におもいきり抱き締められた。母は「男の子やねんから、しっかりしいや」と言うと、ベッド脇まで手を引いて行った。仰向けに寝ていた父は、一人息子を見ると、微かに頬を緩めた。違和感を覚えたが、気になる点がはっきりしない。

何か話そうとした父がもどかしそうに呻いた。最初はふざけていると思ったが、くすりともしない母を見て、何か大変な病気なのだと気付いた。

脳卒中——。病院を出て、父の着替えを取りに帰る途中、母から聞いて怖くなった。「父ちゃんはもう、体の右側が動かされへんの」。そう言った後、母は背を向けて泣いた。まだ四十歳を過ぎたばかりの父の身に、こんな不幸が訪れようとは想像もできなかった。市電の窓から呆然と外を見ていた母の横顔は、今でも夢に見る。

六十五手目、２五桂。

ようやく本格的に駒がぶつかり始めた。

互いに持て余し気味だった角を交換し、決戦の準備は整った。先ほどの受けは腰の引けた一手だったが、相手もこちらのすきをうまく突くことができなかった。形勢は五分。穴熊の牙城を崩すのは今しかない。彰造の顔がやや歪んだ。端攻めを宣言するため軽快に跳んだ桂馬は、あのときと同じように敵陣を睨んでいる。

父は戦争の話を嫌った。しかしそれは、平和を願う気持ちの表れというよりは、劣等感の裏返しであった。病気により徴兵を免れたことが、最後までコンプレックスとしてつきまとった。そう教えてくれたのは、駅前でかしわ屋を営む近所のおじさんだ。

戦後、徳島から大阪へ出て来た父は、将棋駒に魅了された。不動産屋で働きながら職人を目指したが、原木の黄楊すら入手できないありさまだったという。黄楊櫛屋からたどって何とか基盤となる材料を確保したものの、漆のニジミを防ぐ「目止め」の作業さえ知らないほどの素人だった。

三十歳で母と結婚し、姫島に工房を開くようになってからは、さらに仕事に没頭した。研究にも余念がなく、いい駒があると聞けばすぐに手紙を出し、見せてもらえるまで何度も足を運んだ。

「職人が休むんは、盆と正月だけでええ」

酒を飲むとよく口にした言葉だ。実際、寝ても覚めても駒のことばかり考えている人だった。子どもながらに、その気迫には圧倒されたものだ。やがて、父の駒が評判となり、百貨店でも売られるようになった。一度、こっそり母と見に行ったときは、誇らしくて周囲の客に父のことを教えて回りたいほどだった。そして五歳のとき、ついにタイトル戦で使う駒に選ばれ、父は駒師として最高の栄誉を与えられたのだ。

倒れてから三ヵ月、父は何とか胡坐をかけるまで回復していたが、相変わらず右半身は不自由で言葉も片言だった。母親が働きに出ても、生活を維持するどころではなかった。父の表情は日に日に乏しくなっていった。

淀むような暑気の夜。その日のことは、死ぬまで忘れることはないだろう。和室の真ん中で、一語一語を嚙み締めるように「しょくにんに、なったらあかん……、かいしゃに、はいれ」と言った後、新しく父親になる男の話をたどたどしく伝えてきた。

「絶対に嫌や」

頑として首を縦に振らない息子を父は切なそうな目で見た。「すまん……、すまん……」と頭を下げる姿を正視できなかった。ほんの数ヵ月前まで、自信に満ちた誰よりも頼もしい父だった。夢は日本一の駒師だ。父と離れられるわけがなかった。

「しんけんで、きめよう」

このままごね通せないのは分かっていたので、選択肢はなかった。棋力はほぼ互角。人生初の真剣は、父を相手に人生を賭けた闘いとなった。終盤までは優勢を保った。だが、勝ちを意識した瞬間、盤上の魔物に足をすくわれた。後にも先にもあれほど悲しかったことはない。

昭和四十年九月。大阪万博の開催が決定した直後、父を失った。


百二手目、２二玉。

彰造の指が軽やかに駒から離れた。

互いに手持ちの角を敵陣に打ち込んだ後、いよいよ端歩をぶつけた。敵玉が潜る「1」の筋へ飛車を転回し、持ち駒の歩と香車を絡めて波状攻撃を仕掛けたが、彰造は守り駒がはがされるたびに辛抱強く受け続けた。惜しみなく駒を投入したため、攻めが切れると途端に苦しくなる。力でねじ伏せようとしたとき、彰造が長考して放ったのが「２二玉」だった。

駒を継ぎ足して守りを固めるものとばかり思っていたが、地下深く潜んでいた敵玉が、ひょいっと地上に顔を出したのだ。ムキになって攻めるこちらを軽くいなすような一手に、束の間息が詰まった。

強い――。

盤面から相手を見上げる。その老いた容貌からは二十五年以上の歳月を感じるほどだ。体が悪いのか顔色もよくない。だが、粘り気のある目が示すように、将棋は少しも錆《さ》びついていなかった。

棋力だけで見れば向こうに分《ぶ》があるかもしれない。鮮やかな攻撃より、こちらの意気をくじく守りの手にこそ玄人の力が表れる。それは十五歳のとき、嫌というほど思い知らされた。

初めての挫折《ざせつ》。

新しい父親は磊落《らいらく》な人だった。万博に向け、交通機関をはじめ大阪の街がどんどん様変わりしていく中、継父の土建会社も比例して大きくなっていった。名字が変わり生活が潤った。だが、うまく気持ちを切り替えることができず、実父への罪悪感に苦しんだ。父のことを一切口にせず、新たな生活に馴染んでいく母を軽薄に思った。中学に入るころには、家族間で居心地の悪い距離が出来上がっていた。

二年生のとき、母が妊娠した。すき焼きの鍋を囲みながら、照れくさそうに報告した二人の顔をよく覚えている。あのとき、孤立が決定的なものになったのだ。矜持《きょうじ》を持って生きた職人のことなど、もはやなかったことになっている。しかし、自身が確固たる証である以上、どうしても長い物に巻かれることはできなかった。

一人で生きていく。そう決めたとき、自分の武器は将棋しかないと思った。中学校の数学教師の伝手《つて》で、大阪市内に住む棋士が会ってくれることになった。

父と離れるとき、もう会わないと約束させられた。真剣勝負の結果。その重みを知っているからこそ、五年もの間姫島に近づかないようにしてきた。棋士に会う前の日、ひと目だけでもと思い長屋に向かった。だが、戸口にかかっていたのは知らない名字の表札。父と仲良くしていたかしわ屋のおじさんを訪ね、父の消息を聞いたが、首を横に振るばかりだった。そして、あの長屋が取り壊されることを知った。工事を受け持つのは継父の会社だった。建物がなくなれば、ここに最高の駒師がいた過去も消えてなくなる。

棋士に挨拶を済ませた後、門下生との試験対局に臨んだ。確かに父のことで精神的に不安定だったことはある。だが、奨励会で揉まれているセミプロたちとは、将棋の分厚さがまるで違った。渾身の攻めも軽くあしらわれ、情けなさに心が折れた。結果は五戦全敗。

「年齢的にもプロは厳しいと思います」

棋士から失格の烙印《らくいん》を押され、完全に居場所がなくなった。

翌日、誰もいない居間で、簞笥《たんす》にあった金を全て鞄《かばん》に詰め込んだ。二度と戻る気はなかった。金を使い果たして死ぬつもりだった。

百八手目、８八飛成。

端攻め一辺倒ではどうにもならなくなった。

牙城を崩したのも束の間、敵方の玉が自由に逃げ回るすきを与えてしまったのだ。やむなく、中央に嫌な形で残っていた相手の歩を取り払い、それを合図に攻守が入れ替わった。そして、とうとう手薄だった「８」筋に侵入した敵の飛車が龍王に昇格した。「新世界の昇り龍」がこのザマだ。

冷たくなった茶を含む。彰造は濁った目で盤面を睨みつけていた。頭の中にはこちらの玉を追い詰める、複数の筋が浮かんでいるはずだ。それを今、濾過《ろか》するような消去法で勝ちを手繰り寄せようとしている。ここからしばらくは忍耐を強いられる時間になりそうだ。

やられるかもしれない――。

だが、明確に危機を悟ったとき、相反する情動が持ち上がってきた。それは常に恐れと表裏を成す、このひりひりする感覚だ。

あの夏の大一番のときもそうだった。

プロへの道が閉ざされても、やはり自分を助けたのは将棋だった。真剣で生計を立てられないうちは、関西の町道場を転々としてひたすら腕を磨いた。今、同じような暮らしをすることは不可能だろう。昭和四十年代はまだ、少年一人がすり抜けられるほどのすき間が社会にあった。未成年のうちから道場で知り合ったおっさん連中について酒場を回り、それが縁でちょっとした仕事に就いたり、京都にいるときは鍼師の家に居候させてもらったりして飢えを凌《しの》いだ。自動車教習所の費用を全て出してくれた男もいた。

将棋道場での真剣のコツもつかんだ。最初はわざと負け、レートが上がってきた頃合いを見計らって一気に巻き上げる。自分の腕だけで生きているという確かな実感があった。

人生の転機は唐突に訪れた。十九歳のとき、縁日で見た二十九手詰の大道将棋を解いたときだ。巧妙な引っ掛けが随所にちりばめられていたが、若い脳は瞬時に作り手の意図を見抜くことができた。将棋道楽だった「さわやかローン」の社長に声を掛けられ、借金の取り立てを手伝うようになった。サラ金を選んだのは、金に困ったからではなく、恨みがあったからだ。

誰にも祝われることなく二十歳を迎えた。成人して最初に命じられた仕事は、借金まみれの元ストリッパーの捜索。同僚の男が執拗に人間関係をたどり、和歌山《わかやま》県の白浜《しらはま》で件《くだん》の元ストリッパー——蒼井千賀子を発見した。警察の介入を恐れた社長が千賀子の家族と連絡を取るよう指示し、匿っていたアパートに兄と姉を呼び出した。かび臭い六畳一間。そこで加奈子と出会ったのだ。

勝ち気そうな目が不安に揺れているのを見たとき、守ってやりたいと思った。一目惚れだった。だが、恰幅のいい彼女の兄から、既婚者でしかも娘までいると聞かされ、動揺してしまった。女のことで胸が苦しくなるなど初めてのことだ。

妹の世話をする姉と、妹を監視する男。その奇妙な状況が二人から正常な判断力を奪ったのかもしれない。千賀子の見張りを交代し、加奈子を車で送ることが何度か続くうちに、もはや抑えられないほど想いが膨らんでいた。そしてその気持ちは、夫と子を持つ若い女に伝わっていたはずだ。

千賀子に金を貸していた他社と揉めた挙句「真剣で片を付けることになった」と聞いたとき、あまりに前時代的だったので笑ってしまった。社長からは当然のように会社代表に指名され「負けたら沈める」と真顔で送り出された。

敗北は許されない。それは千賀子の家族にも言えることだった。

「勝ったら、一緒になってくれ」

対局の前日、京都の鍼灸院から帰った後のことだ。アパートの一室で、妹のいる前で、手を握ったこともない家族持ちの女にプロポーズした。

「絶対に勝ってください」

覚悟した顔の加奈子から承諾を受け、妹が祝福してくれた。

対局当日、冷房が切られた新世界の将棋クラブで、武者震いが止まらなかった。敵方のやくざに囲まれていようと、相手が新宿で有名な真剣師であろうと、全く負ける気がしなかった。

加奈子と娘を何としてでも食わせる。娘はまだ幼かったが、継父に対する子どもの気持ちは痛いほど分かっていた。自分ならうまくやれると確信があった。

午前零時、対局が始まった。序盤の駒組みの段階でかなり時間を消費してしまい、誰が見ても劣勢の局面。新宿の真剣師は相当な棋力に違いなかったが、焦りはなかった。日本刀を喉元に突きつけられているようなひりひりとする感覚。まさに真剣の世界だった。三十秒将棋になって攻守が逆転し、龍王をつくってから一気に仕留めた。

新世界の昇り龍。その異名とともに加奈子を手に入れた、はずだった。しかし、千賀子と中立の立場だった兄以外、加奈子の離婚を許す者はなく、当人たちとはかけ離れた所で話がこじれていった。同棲することもままならず「千賀子のことが落ち着いたら」と、しばらく距離を置くことにした。

その判断は今も大きな後悔としてある。覚せい剤取締法違反の罪で猶予判決を受けた後、心臓疾患《しっかん》で千賀子が命を落とした。ようやく戻ってきた末っ子を何の慈悲もなく奪われた家族の悲しみを、枠の外で想像するしかなかった。

やがて届いた一通の手紙。

一緒になれません――。

目に焼き付けるようにして見た震える文字。郵便受けの前で、立ち尽くすしかなかった。


百二十三手目、4三角成。

盤上は混沌《こんとん》としていた。

互いが示し合わせたように、それぞれの玉を両側から挟み打つ陣形を目指した。局面は明らかに終盤の様相を呈していた。だが、勝敗の天秤は不安定に揺れ続けている。ここからが真の正念場だった。ほんのささいなミスで女神は背を向ける。

中盤、敵陣に打ち込んだ地雷のような角を切り、相手の金と引き換えに王手をかけた。角という大駒を渡すのだ。この一局を左右する勝負手だった。

手のひらに汗がにじんできた。揃えた膝の前に置いていた扇子を開いた。

いてもたれ！

思わず「フッ」と笑い声を漏らしてしまった。乱れに乱れた真田の文字は品性の欠片もなかったが、荒馬のような勢いが感じられた。今朝、厄除《やくよ》けにもらったものだ。思えば、真田もどうしようもない道を歩んできた。だが、父を取り戻すため「命賭ける」と言って立ち向かってきた少年は、三十を過ぎてから挫折を乗り越えて夢を叶えた。

自分の人生を振り返るにあたり、真田は欠かせない存在だ。

加奈子と別れてからは再び取り立て中心の生活に戻り、道場ではただボーッと対局相手を待つ時間が増えた。「新世界の昇り龍」の噂を聞きつけて指しに来る物好きもいたが、一つの例外をつくることなく返り討ちにした結果、孤独を招いたのだ。腕を上げるほど暇になるという皮肉な商売だと、あらためて痛感させられた。

そんな空虚な日常を埋めるようにして現れたのが、今、目の前に座る真剣師だ。

「あんたの親父の駒を持ってる」

その駒は完成させてから、父親が誰にも見せなかった幻の作品だった。

「自分の考えが正しいかどうか……」

まだ元気だった父親はそう言って、一人息子にすら見せようとしなかった。

こちらの足元を見るように、彰造が提示した額は一千万。名も知らぬ男だったが

「新世界の昇り龍」の存在を快く思っていないことだけは分かった。

親父の駒を取り返す。新たな目標は、暮らしに張りを持たせた。それからはやくざだろうが、犯罪者だろうが、金になると思えば手を組んだ。取り立てにも精を出し、賞金の出るアマチュア棋戦にも出場した。

真田と会ったのは、そんな折のことだ。父親の帰りを待つ少年に、自らの姿を重ね合わせた。強くなろうとひたむきに向かってくる真田を見るうちに、将棋に対する考え方が変わり始めた。十五歳で家を出て、ちょうど同じ年月を独りで過ごしてきた。真剣の世界から足を洗おう。真田の存在と三十路という年齢に背中を押され、違う形で将棋に携わろうと思った。そのとき、心に浮かんだのが父の存在だった。

少年との日々は呆気なく幕が下りた。常識で考えれば、小学生がいつまでも一人暮らしを続けることなどできない。頭では分かっていたが、胸には一抹の寂寥が残った。

駒に漆を塗るときに使う蒔絵筆。父と別れる前にこっそり持ち出したものだ。テレビもないアパートで、筆先を蛍光灯に透かした。毛先に向かうほど半透明のグラデーションをつくる。上質の証だ。猫の首回りの毛を使うが、コタツに入っているような猫は毛が縮れて使い物にならない。技術が上がるほどに、道具は生命線となる。職人の世界は、互いの技術に支えられているのだ。

市松彰造との真剣を制し、父の駒を取り戻した後、駒師として生きていこうと決めた。そのためには金が必要だった。


百三十五手目、5八歩。

勝負手は不発に終わった。

中央に活路を見出し、細い攻めをつないでいったが、しつこく受け続けられて拠点の駒を払われた。ここではっきりと敗勢を悟った。

負けを知らせるように腰に痛みが走る。鍼の効果が切れ始めたのだ。胡坐から正座に戻し、相手の表情を窺《うかが》う。彰造の顔は火照っていた。おそらく、自分が見えている「詰めろ」をたどっているのだろう。

「5八歩」は最後の賭けだ。敵を盤上のエアポケットに誘い込む妖しい受けの一手。これが自分にできる精いっぱいの抵抗だった。真剣師らしい黒い地雷を埋めたのだ。

しかし、局面は望まぬ方向へ流れていくだろう。二十五年前も、そして今も、弱い将棋指しのままだ。人生を賭ければ、必ず負ける。

この部屋で全てを失った。彰造が対局を引き延ばしていた理由は、指し始めてすぐに分かった。こちらの将棋を徹底的に研究していたのだ。時間が経つごとに場の雰囲気に呑まれ、父親との真剣勝負を思い出して冷や汗が止まらなくなった。生まれ変わりたいと願うほど、集中力が削がれていく。周囲の誰もが「新世界の昇り龍」の勝負強さを信じていたが、自分だけは知っていた。己の弱さを。加奈子に合わせる顔がなかった。父親になる自信が失せた。

それからの自分の人生にどれほどの価値があっただろうか。人間関係が煩わしくなると職を替え、住む場所を変えた。過去から延びる糸は唯一、父親の違う妹とつながっていた。スーパーの掲示板を介するだけの、今にも切れそうな細い糸。

意図的に将棋から離れた生活を送っていたが、八年前に母が死ぬと、自ずと駒を作るようになっていた。新聞記事で真田の活躍を知り、頼まれもしないのに練習台を買って出た。そして気付いたのだ。やっぱり自分は将棋が好きなのだ、と。

思い出の嵐山で駒師として細々と生き、このまま還暦を迎え、やがて死ぬものだと思っていた。だが、一人の女が工房を訪ねてきてから、暮らしにさざ波が立ち始めた。

加奈子の娘だ。目を見た瞬間に悟った。同時に、ただ一人愛した女に何が起こったのかも。

百三十六手目、5八同龍。

強い駒音がして我に返った。

盤上を見たとき、目を疑った。敵が地雷を踏んだのだ。

彰造の顔にはまだ興奮が残っていた。自分のミスにまだ気づいていないようだった。敗勢といえども、真剣師同士の勝負に「一手」もの大差がつくことはない。

やはり、この男は長くないのかもしれない。

老いた風貌よりも、勝ちを逃したこの一手こそが全てを表していた。

静かな夜だった。障子の向こうは、対局を始めたときよりもさらに深い闇色に染まっている。初手からどれだけ経っただろうか。いくつになっても同じだ。将棋を指すと時間の感覚を失ってしまう。

駒台に手を伸ばし、金をつかんだ。相手の龍の横腹に厳かな音を立てて打ち込んだ。これで「詰めろ」から逃れられた。

彰造が天を仰いだ。盤上に視線を戻して自嘲の笑いを漏らした後、最後の攻めを仕掛けてきた。一手一手、間違えないよう慎重に指していく。

確実に勝ちが近づいてくる。一度はあきらめかけた勝負だ。描いた通りに追い詰められる敵玉が、一つずつ逃げ道を失っていく。

百六十五手目、4三桂。

一か八かの地雷を埋めてから三十手目、桂馬が下段にいる相手玉に王手をかけた。

物音一つしない静謐《せいひつ》な時が流れた。

彰造は大きく息を吐いて二、三度頷いた。

「参りました」

互いに一礼してから、言葉もなく盤面を睨んだ。

「もう年やな」

彰造が疲れた顔で目頭を揉んだ。そして、傍らに置いていた駒箱を差し出した。

受け取ると、すぐ畳の上に置いて蓋を開けた。真っ白な巾着の駒袋が入っていた。

ゆっくりと持ち上げて左の手のひらに載せる。「カラッ」と小気味いい音が鳴った。

ずっと追い求めていた父親の駒が、目の前にある。胸がいっぱいになり、緊張から手が戦慄《わなな》く。駒袋に指を入れて、駒を一つ取り出した。「玉将」だった。銘を確認する。

富士作――。

間に合った。

薄れゆく文字に心が震えた。今にも消えてしまいそうなほど儚《はかな》いのに、文字は一画ごとに際立ち、優雅な丸みを帯びている。気品に満ちた書体には、唯一無二の美しさがあった。

やはり「書き駒」だったのだ。

駒袋を抱き締め、声を殺して泣いた。この駒、この文字にたどり着くまでにどれほどの時間を費やし、汗を流しただろうか。自分には到底行き着くことのできない匠《たくみ》の頂。

家を去るとき、和室の真ん中で胡坐をかき、背を震わせていた父。これまで懸命に自分の道と向き合い、家族を養ってきた。その結果、粉骨砕身の半生は何ら報われることなく、暗い家の中に独り置き去りにされる。胸が引き裂かれそうだった。堪らなくなって「父ちゃん！」と叫んだ息子の声を聞き、父は左手で顔を覆った。

父が残してくれた、父の全てが詰まった駒。悲しみの沼から、もう一度安堵が浮かび上がった。

間に合った――。

エピローグ

石でつくられた細い通路の脇に、雪が積もっている。

身を切るような朝の山風に、明日香はコートの襟《えり》を立てた。ストッキングの足元はかなり冷えていたが、澄んだ水色の空が心を明るくする。並み立つ墓の間を歩き、区画の一番端を目指した。

葬式の帰り、タクシーの中から見上げた六甲山地。母が亡くなって一年が過ぎ、今はその山地から街を見下ろす霊園にいる。明日香は未だ母の夢を見る。

肉親の死は決して心を傷つけるものではない。後悔や喪失感は煙たい教師のように、時々折れそうになる自分を叱り、励ましてくれる。節目を迎えるにあたり、ようやく分かり始めたことだ。

母の墓石近くまで来たとき、何か白い物が目に入った。石碑の前に立つと、供物台に巾着袋が置いてあった。明日香はそっと手を伸ばし、袋を手に取った。「カラッ」

と木の音が鳴る。

将棋駒だった。袋の口を開けて陽の光を入れた。指でかき混ぜながら「玉将」を探す。

大きな駒をつまみ上げた。「玉将」の文字は鮮明で、駒に直接漆が塗られている。

「書き駒」だ。底に書かれた文字を見る。

鋭生作――。

明日香はもう一度「玉将」の文字を見た。本人の風貌とは似つかわしくない、しなやかで柔らかい書体だった。胸が熱くなって、駒袋を握り締めた。

来てくれたんだ。

あの対局の後、鋭生に母の手紙を渡した。彼はサングラスをしたまま素直に礼を言った。

「三十年以上前にも一回、手紙をもらったんや」

頬を緩めた鋭生は、明日香が何も言わないうちに命日と墓地の名前を聞いてきた。

初めから自分が娘であることを知っていたようだった。

まだ話したいことがあったのに、いざ前にすると緊張して言葉が出てこなかった。

当然のように、そのすきを突いたのは関だ。鋭生は髪の毛のない旧知の男を見て笑った。そして、父親の作品が入った駒袋を手渡した。駒を見た関が涙ぐむのを見て、明日香は少々面食らった。とても涙腺があるように見えなかったからだ。

市松は敗れた兄に手を貸し、立ち上がらせた。真剣勝負に敗れた以上、内部資料は闇のままになった。だが、明日香はそれでいいと思っている。今になって親の暗部を覗き見たところで、子どものためになるとは思えない。

鋭生が父の駒を追い続けた理由。関によると、それは「書き駒」が持つ特徴にあった。

現代では盛り上げ駒が最高級品と言われている。駒に直接漆を塗る「書き駒」は、使っていくうちに文字が消えてしまうのだ。

大阪の神社に四百年前から伝わる駒があると聞きつけた林富士夫は、ひと目見るために毎日手紙を持参して神社へ挨拶に行き、とうとう見せてもらえるまでになった。公家が書いた気品のある字に惚れ込んだ彼は、それから平安時代に公家が書いたお経の文字を研究するなど、独自の書体を模索し始めたという。

林富士夫が「書き駒」に到達した背景には、駒師としての哲学があった。いつまでも使ってもらえる品をつくることは、職人の仕事の一つだ。だが、手にすることで消えていくという有限の領域に「生」を感じたとき、ものづくりの本質を見出したのだ。

さらに、将棋駒は闘い続けることで「生」を全《まっと》うする。その呼吸する駒は棋士とともに身を削り、やがて盤上に散る。

「見たもんは形にできる」

関が教えてくれた林富士夫の口癖だ。消える前に父親の傑作を目にした鋭生は、父の矜持の通りにこの駒を完成させたのだ。

「姉さん！」

両手に仏花を持った達也がこちらに駆けてくる。あれだけ鋭生に会いたがっていたのに、彼は何も話せずにただ背中を見送っただけだった。

「似合うやん、その髪」

昨年の秋、立体駐車場の修理を主な業務にする会社に就職した達也は、リーゼントをやめて前髪を下ろしている。今、第二種電気工事士の資格を取るため、仕事から帰ると机に向かう日々だ。

花立てに菊の花を差し込み、供物台には駒袋、その隣に大好きだったイチゴのショートケーキを置いた。線香とろうそくに火を灯し、達也と二人で手を合わせて瞼を閉じた。

会えてよかった。

今、心からそう思う。母を愛し、母に愛された男。一つ悔いが残るとすれば、大切なことを聞き忘れたことだ。

あの格好は結局、西部警察より先だったのだろうか。

明日香は独り目を開けて、明るい街並みを見渡した。緑の向こうに広がるパノラマには、不揃いのビルや高速道路の橋、そして人々の暮らしがあった。

出されなかったもう一通の手紙。

林鋭生に渡した封筒の中には、彼が三十年以上前に受け取ったものと、違う未来が詰まっていたのかもしれない。

海面が陽光を反射し、波に揺られる輝きがまばゆかった。嵐山の工房で見た、あの美しい駒のような煌《きら》めき。遠くでカモメの群れが舞った。

明日香は冴えた冷気を胸いっぱいに吸い込んだ。

神戸の海は、今日も優しい。

取材協力　熊澤良尊
参考文献『小池重明実戦集　実録・伝説の真剣師』宮崎国夫著・団鬼六監修（木本書店）

特別対談　石橋蓮司×塩田武士

真剣師・林鋭生を生んだ、昭和という時代

ドラマ「盤上のアルファ」の林鋭生役・石橋蓮司さん

塩田　新聞記者時代に、テレビ担当として取材したこともあるのですが、昨日、「盤上のアルファ」の現場で初めて撮影をじっくり見せていただきました。原作者として現場を見ると、すごく罪悪感があって……。小説を書くとき、会話文というのは自分の調子のバロメーターのようなところがあって、良いときはすごい速さで書いてしまうのですが、その一つ一つの台詞《せりふ》を、俳優さんたちは一体何回言わなければいけないのか、と。同じシーンをカメラの位置を変え何度も繰り返し撮影するのを見て、とても申し訳ない気持ちになりました。

石橋　僕のほうはこのあと、いよいよ真田《さなだ》信繁《のぶしげ》役の上地《かみじ》（雄輔《ゆうすけ》）くんとの対局場面を撮ります。ドラマ原作の『盤上のアルファ』や、この『盤上に散る』という作品は、読んで自分に馴染みのある世界だなとまず感じましたね。自分が真田少年くらいの年

齢だったころ、たとえば縁日の屋台の隅などで将棋を指していた人たちのことは記憶にあるんですね。そのころの、昭和の空気というのを原作からも感じて、懐かしかったですね。

塩田　嬉しいです。石橋さんはちょうど僕の父親と同い年なんです。僕の父親はとても破天荒で、ある日突然、車を買って来たり、また気付いたらそれを売っていたり。僕も四歳でもうスナックに連れて行かれていたんです。そのときに見ていた昭和の男の元気の良さというのをよく憶えているんですね。それで昭和を舞台に小説を書くことが好きなんです。

石橋　昭和の匂いのする人間ばかりが出てくる、まさに昭和の話なんだなと感じました。誇張でもなんでもなく、当時こういう人はたくさんいました。戦後、焼け跡になった町で真っ黒焦げの何もないところから始めて、自分の身代を作っていく。想像力と執着心と、あとやっぱり食べるということがものすごく大きなテーマだったわけですよね。成功と失敗が日ごとに違うくらいの世界で、人間っぽい、人間くさい人たちが、たくさんいたんです。戦地から帰ってくる人がいたり、ご両親を失った子どもたちがいたり、進駐軍もいる。その世界の中でどうやって自分が生き延びていくのか、本当に人間の隠すことない本能で動いていたみたいな世界がありました。

僕の親父は建具屋だったんですけど、まさに職人の世界なので、職人さんの意地の張り方とか、作品に対するこだわり、どんなにはぐれていても仕事に対してはプライドを持つ姿というのも、見聞きして育ちました。夜は飲んで荒くれているんだけれど、作品に対しては非常にこだわるんですよね。

塩田　言い方は悪いんですけれど、はったりのきく時代でもあったと思うんですよね。それがまた面白い。いつの間にか状況が追いついて結局、帳尻が合っていたりとか。それに比べると今、はったりが「ちょっと待って」、とすぐにウィキペディアで確認されてしまう面白くなさ（笑）。小説家としては、そうじゃないところが書きたいですね。今、考えてみたら父親の話していたことなんて、嘘が八割くらいだったんじゃないかと思うんですよね（笑）。

真剣師というアウトローの魅力

塩田　小説を考えるときには対立軸を意識するんです。『盤上のアルファ』の主人公の一人は真田信繁という、三段リーグ編入試験を目指す男ですが、彼を書くときに、その対極にいるのは真剣師だろうと。『真剣師　小池重明』(団鬼六・著）で読んだ小池重明の型破りな人生も頭にありました。新聞記者時代には実際に真剣師を取材したこともあったのですが、皆、「大阪将軍」などの異名を持っているんですよ。アマチュア将棋の、システム化されていない感じというのは昭和だな、と。中でも真剣一局で生きている真剣師というのは、面白いなあ、と思ったことが林鋭生《はやしえいせい》を書いたきっかけなんです。

石橋　子どものころ、縁日などにはプロとしてではなく将棋で生きている人がいました。あれも職人さんの延長線上に見えて面白いと感じていましたね。

それと自分が役者という道を歩き出してから、なぜか知らないんですがいつのまにかアウトローの役が多くなって（笑）、道を外れた人間に対する好奇心をすごく持つようになりました。たとえば犯人の役をもらってその題材になった事件があると知ると、その裁判資料を読んだりするんです。動機は何だったんだろうと、それを知っていくことで一つの個性を出していく、〝石橋流〟の役の作り方というのがあるんですよね。アウトローのほうが人間くさいというか、倫理観とかだけでは生きていけない人間の本来持っている幅というのか、情念というのか、そういうものがふつふつとわき上がってくるところが好きですね。

だから今回『盤上に散る』を読んでも林鋭生《えいせい》という人物は非常にわかる。まず自分のスタイルがあり、そのスタイルへのこだわりがある。「自分の生き方」というのが先にあってしまったために、そこに合わせようとしたり、あるいはそこから脱落して新たな道を見つけようとしたりするんですよね。虚実が入り交じった人生というのが非常に面白かったですね。

塩田　小説家も書くために資料を読んだり取材をしたりして、事件やその背景を描いていくんですが、僕は人間を書きたい、という思いが一番強いんです。お話を伺うと、石橋さんも「人間を演じる」ということに対する強い思いがおありだと知って、だから僕は石橋さんが好きなんだなと。嬉しいです。

棋士の純粋さと迫力と

石橋　僕が子どもの頃は誰でも将棋を指していました。最初は親父に教わりましたし、職人はだいたいみんなできました。子どもを教育するのに将棋は一番いいそうですよ。親が優位に立てるじゃないですか（笑）。上から目線でね。

塩田　僕も父親から将棋を教わったときには、僕が、これはもう絶対勝てない！と悔しがっているときに、「アホのた〜け〜し〜」と父が歌っていたのを憶えています。

石橋　大人になってだんだん指さなくなりましたが、「座頭市」という勝新太郎《かつしんたろう》さんのテレビ映画シリーズに出演したとき、勝さんはすごく将棋がお好きで、よく相手を

させられたんですよね。もちろん自分が優位に立てるからですが（笑）。そのドラマの中で、内藤《ないとう》（國雄《くにお》）九段が出演なさって、竜虎という役で真剣師同士で指すという場面があったんです。そのときに駒の並べ方、指し方というのを教わって。それをつい、「内藤さんと平手で指したのは俺くらいだ」と言ってしまうものだから、尾鰭《おひれ》がついて、「石橋は強い」というふうになっちゃってるんじゃないかなあ、と思います。確かに平手で指したんですが（笑）。そういうことで将棋には興味を持って記事を見たりもしています。

塩田　僕は文化部に配属されて担当記者になってまず驚いたのは、いきなり棋士の住所録を渡されて「好きにしてください」と言われたこと。それまで警察担当などで「住所を割る」ことの大変さを痛感していたので、なんといい世界なんだ、と思いました。取材対象との距離が非常に近い。すぐ親しくなって飲みに行ったり。棋士は皆さんとてもピュアでいい方たちなんですよね。

一方で取材では雑感を書くために対局室に入るんですが、セミの鳴き声しかしない静まり返った広い部屋で男二人が体を揺らしている。あるとき部屋に入るなり羽生《はぶ》さんにぎろっとにらまれたことがあって、さらに羽生さんが深いため息をつかれたので、「邪魔してしまった！」と。その迫力に、なぜただ将棋を指しているということにここまで圧倒されるのかと、すごみを感じました。そのあと謝りにいったら憶えていらっしゃらなかった。そこまで深く入り込んでいるんですね。

普段のピュアな感じと、真剣勝負になったときの近付き難いオーラ、これがものすごい非日常なんです、勝負の世界の。だから人生を賭けてやる真剣師も面白いんですよね。

石橋　普段行っているお寿司屋さんに、棋士の二上《ふたがみ》（達也《たつや》）さんがいらしていたので、よくお話をしていました。それにＮＨＫのすぐそばにあった「うな将」という鰻《うなぎ》屋さんは、大将がとても将棋が強くて、ＮＨＫの将棋番組に出た人は皆、そこに寄るんですね。そこで会ったりしていて、将棋との距離は近かったんですよね。棋士は本当にピュアだと思いますね。

書き駒の「有限」の美しさ

塩田　『盤上に散る』では駒師を書いたんですが、僕はもともと駒が好きで、駒の音が好きなんです。棋士が指したときの駒の音、これは一九九五年ごろのNHKスペシャルで羽生善治《よしはる》さんと佐藤康光《さとうやすみつ》さんの対局を観て（編集部註：「対決〜羽生名人と佐藤竜王〜」1995年）、その死闘の中に響く駒の音にすごく惹《ひ》かれて興味をもったのがきっかけでした。

石橋　以前、ロケで行っていた山形の天童《てんどう》が将棋駒の町だったのが記憶にあります。職人さんが作品に対して集中している姿って胸を打たれますよね。

塩田　記者時代、タイトル戦のお世話をしていたのですが、駒が本当にきれいなんですよ。宝石のように光るまで磨いてある。それを盤に指すときのピシッと鳴る音も含めて、きれいだなあ！　と。それで駒師をいつか書いてみたいと思っていました。

駒には数種類あって、盛り上げ駒は漆《うるし》で文字を塗ってあって美しく高価。書き駒は木に文字を書いているだけなので使っているうちに消えていってしまうんですね。それで値段も安いんです。でも取材をさせていただいた駒師に、最終的にどんな駒を作るのが理想ですかと訊いたときに、「僕は書き駒を極《きわ》めたい」とおっしゃって。「消えるからええんや」と。これだけすごい駒を作ってこられた方が、「消えていくってていうのはそれだけ将棋を指してもらったということだし、僕もいつか消えていく」と言うのを聞いたとき「有限」ということの美しさ、職人さんという「作る」仕事だからこそ、去り際の美しさというのを意識されるんだなと。それで『盤上に散る』というタイトルにしたんです。

石橋　消えてゆくものを肯定するという気持ちはよくわかりますね。消えるというのは人々が触っているということ、自分の作品に手を触れてくれた人々の歴史や、その人たちの思いを抱えて消えていくっていうようなことを想像させますね。我々も演技して観てもらわなければ仕方ない。観られることによっての作品、表現なので、触れられることの大切さ、そして「有限」というのは、素晴らしいなと思いますね。

演技に活きる「昭和」という財産

塩田　実は僕は高校生のときにテレビで「遊びの時間は終らない」(1991年)という映画を観て以来の石橋さんの大ファンなんです。本木《もとき》雅弘《まさひろ》さん主演の作品なんですが、僕の中では石橋さんが主役なんですよね。お笑いをやりたいと思っていた頃だったので、こんな面白い俳優さんがいるんだ！　と衝撃を受けました。石橋さんが画面に映るたびに何か面白いことを言ってくれるんじゃないか、と期待するんですけど、必ず言ってくれるんですよ。すぐにビデオを買って、友達の家に持って行って二人で涙が出るまで大笑いしました。最後はテープが擦《す》り切れてしまって……。

石橋　あの頃もアウトローの役ばかりやっていたんですけど、本当はああいうの、大好きなんですよね。あの署長は真面目なんですよね、真面目ゆえにすぐ豹変《ひょうへん》してしまう（笑）。監督も面白がってくれて、思い付いたらどんどんアドリブでやっていましたね。

塩田　出演されている役者さん、皆さんすごいんですけど、石橋さんは本当に際立っているんですよ！　突き抜けているんです！

石橋　ある意味俺の遊びも止まらない、そういう作品です。それをこんなにウケている人がいるっていうのは、嬉しいですけど、ビデオが擦り切れるまで観たって、そんな馬鹿がいるかと（笑）。一回や二回は観てもいいけど（笑）。関西人だなあ〜。

塩田　最高です、コメディを書くとなったらこんなお手本ないというくらいです。一方で「浪人街」（１９９０年）を観ると、緊張感みなぎる居合の場面、武士の渋み。それを一人の人間が演じているという振り幅の広さ。石橋さんは僕の中ではずっとスーパースターなんです。

石橋　自分が演じる人間っていうのは、今も昭和から出ていないと思うんですよね。全部それがベースになっています。もちろん年齢的にも、与えられる役がそうですからね。昭和というのは、さまざまなことを経てきた時代で、それをどう乗り切ってきたのか本当に人それぞれです。過激に生きてきた方もいれば、「平穏こそ真実」と、生きてきた方もたくさんいらっしゃる。そういう方たちを見ながら生きてこられた、目撃できたというのは一つの財産ですね。これは本を読んでもわからないことなんで

すよね、匂いというか。

敗戦から朝鮮戦争があって東京オリンピックが来て、ここまで発展してきたというのを、子どもの目からずっと目撃できた。そこに生き抜いた人間たちを見てこられたことは本当に良かったと思いますね。その中からいくつかピックアップして自分の身体におろしてくるというか。こういう人いたよな、と。

塩田　僕は小説で学生運動や、六〇～七〇年代の闘争を知ったんですけど、石橋さんはまさにそのまっただ中で、蜷川《にながわ》（幸雄《ゆきお》）さんのお芝居で観客を追い出したりということをなさっていた。それこそ虚実のわからない世界で、虚実の境目を地でいっていたんですよね。本当に熱い感情をぶつけられる対象があったというのが、羨《うらや》ましいですね。

石橋　そうですね、たとえば父親世代に戦地の話を聞いても、ほとんど実感としては受け取っていないと思うんですよね。どんな悲惨な話であっても。体験していないとフィクション化して聞いてしまう。ただ六〇年代、七〇年代というのは自分たちがその体験をしているので、そういう世界を目撃したのが全部、自分につながっていますね。当時はそれまでリアリズムだった演劇に対して、そうじゃない、一つのフィクションとしての演劇を蜷川さんが表現した。それに観客が呼応してくれたんですよね。観客も全共闘でラジカルだから、あ、対話ができてる、と。彼らも毎日ゲバ棒もってやっていますから、呼応してくれるんですよね。

塩田　すごい！　すごい時代！

石橋　昭和っていうのは、日本人の本能みたいなものを集約した期間だと思いますね。僕は疎開から品川へ戻って来たのが四歳のときで、町は真っ黒焦げでした。親父は建具屋だったので仕事はたくさんあって、けっこう儲《もう》かったり、でも金を持つと失敗したり。その人間くささとかそういうものを形成した、そんな時代。だからある人の中に、どういう心情がそこにあるのか、こういうふうに言っているけれど実はこう言いたいんだね、というのが、昭和の人間に対してはわかる。今の時代や、これから大きく変わっていく時代、僕なんかはよくわからないこともあるけれど、僕は昭和を代弁できれば、それでいいかなと。とてもいい時代に生きたかなと思っていますね。

塩田　今日はありがとうございました。めちゃくちゃ緊張しましたけど、すごく嬉しかったです。

石橋　でも「遊び」から入ってくれたから気が楽でした（笑）。

（二〇一八年十一月七日　於：渋谷エクセルホテル東急）

写真／矢野雅之

本書は二〇一四年三月、小社より単行本として刊行されました。

|著者| 塩田武士 1979年兵庫県生まれ。関西学院大学卒業後、神戸新聞社に勤務。2010年『盤上のアルファ』で第5回小説現代長編新人賞、'11年、将棋ペンクラブ大賞を受賞。'12年、神戸新聞社を退社。'16年、『罪の声』(講談社)で第7回山田風太郎賞を受賞。同書は「週刊文春ミステリーベスト10」第1位、2017年本屋大賞第3位にも選ばれた。ほかの著書に『女神のタクト』『ともにがんばりましょう』(ともに講談社文庫)、『歪んだ波紋』(講談社)、『崩壊』(光文社文庫)、『雪の香り』(文春文庫)、『拳に聞け!』(双葉文庫)、『騙し絵の牙』(KADOKAWA)など。

盤上《ばんじょう》に散《ち》る

塩田武士《しおたたけし》

講談社文庫

定価はカバーに
表示してあります

2019年1月16日第1刷発行

発行者――渡瀬昌彦
発行所――株式会社 講談社
東京都文京区音羽2-12-21 〒112-8001
電話 出版 (03) 5395-3510
販売 (03) 5395-5817
業務 (03) 5395-3615

Printed in Japan

デザイン―菊地信義
本文データ制作―講談社デジタル製作
印刷―――豊国印刷株式会社
製本―――株式会社国宝社

ISBN978-4-06-513758-1

講談社文庫刊行の辞

二十一世紀の到来を目睫に望みながら、われわれはいま、人類史上かつて例を見ない巨大な転換期をむかえようとしている。

世界も、日本も、激動の予兆に対する期待とおののきを内に蔵して、未知の時代に歩み入ろうとしている。このときにあたり、創業の人野間清治の「ナショナル・エデュケイター」への志を現代に甦らせようと意図して、われわれはここに古今の文芸作品はいうまでもなく、ひろく人文・社会・自然の諸科学から東西の名著を網羅する、新しい綜合文庫の発刊を決意した。

激動の転換期はまた断絶の時代である。われわれは戦後二十五年間の出版文化のありかたへの深い反省をこめて、この断絶の時代にあえて人間的な持続を求めようとする。いたずらに浮薄な商業主義のあだ花を追い求めることなく、長期にわたって良書に生命をあたえようとつとめるところにしか、今後の出版文化の真の繁栄はあり得ないと信じるからである。

同時にわれわれはこの綜合文庫の刊行を通じて、人文・社会・自然の諸科学が、結局人間の学にほかならないことを立証しようと願っている。かつて知識とは、「汝自身を知る」ことにつきていた。現代社会の瑣末な情報の氾濫のなかから、力強い知識の源泉を掘り起し、技術文明のただなかに、生きた人間の姿を復活させること。それこそわれわれの切なる希求である。

われわれは権威に盲従せず、俗流に媚びることなく、渾然一体となって日本の「草の根」をかたちづくる若く新しい世代の人々に、心をこめてこの新しい綜合文庫をおくり届けたい。それは知識の泉であるとともに感受性のふるさとであり、もっとも有機的に組織され、社会に開かれた万人のための大学をめざしている。大方の支援と協力を衷心より切望してやまない。

一九七一年七月

野間省一

講談社文芸文庫

中村真一郎

この百年の小説　人生と文学と

解説＝紅野謙介

漱石から谷崎、庄司薫まで、百余りの作品からあぶり出される日本近現代文学史。博覧強記の詩人・小説家・批評家が描く、ユーモアとエスプリ、洞察に満ちた名著。

なＪ３

978-4-06-514322-3

中村真一郎

死の影の下に

解説＝加賀乙彦　作家案内・著書目録＝鈴木貞美

敗戦直後、疲弊し荒廃した日本に突如登場し、「文学的事件」となった斬新な作品。ヨーロッパ文学の方法をみごとに生かした戦後文学を代表する記念碑的長篇小説。

なＪ１

978-4-06-196349-X

須藤靖貴　抱きしめたい
須藤靖貴　池波正太郎を歩く
須藤靖貴　どまんなか(1)
須藤靖貴　どまんなか(2)
須藤靖貴　どまんなか(3)
須藤靖貴　おれ、力士になる
鈴木仁志　司法占領
須藤元気　レボリューション
菅野雪虫　天山の巫女《みこ》ソニン(1) 黄金の燕
菅野雪虫　天山の巫女《みこ》ソニン(2) 海の孔雀
菅野雪虫　天山の巫女《みこ》ソニン(3) 朱烏《あけがらす》の星
菅野雪虫　天山の巫女《みこ》ソニン(4) 夢の白鷺
菅野雪虫　天山の巫女《みこ》ソニン(5) 大地の翼
鈴木大介　ギャングース・ファイル〈家のない少年たち〉
鈴木みき　日帰り登山のススメ〈あした、山へ行こう！〉
瀬戸内晴美　かの子撩乱
瀬戸内晴美　京まんだら(上)(下)
瀬戸内晴美　祇園女御(上)(下)
瀬戸内晴美　花怨

瀬戸内寂聴　新寂庵説法 愛なくば
瀬戸内寂聴　人が好き［私の履歴書］
瀬戸内寂聴　白道
瀬戸内寂聴　寂聴相談室 人生道しるべ
瀬戸内寂聴　瀬戸内寂聴の源氏物語
瀬戸内寂聴　愛する能力
瀬戸内寂聴　藤壺
瀬戸内寂聴　生きることは愛すること
瀬戸内寂聴　寂聴と読む源氏物語
瀬戸内寂聴　月の輪草子
瀬戸内寂聴　新装版 寂庵説法
瀬戸内寂聴　死に支度
瀬戸内寂聴　新装版 蜜と毒
瀬戸内寂聴　新装版 花《か》怨《えん》
瀬戸内寂聴・訳　源氏物語 巻《まき》一《いち》
瀬戸内寂聴・訳　源氏物語 巻《まき》二《に》
瀬戸内寂聴・訳　源氏物語 巻《まき》三《さん》
瀬戸内寂聴・訳　源氏物語 巻《まき》四《し》
瀬戸内寂聴・訳　源氏物語 巻《まき》五《ご》

瀬戸内寂聴・訳　源氏物語 巻《まき》六《ろく》
瀬戸内寂聴・訳　源氏物語 巻《まき》七《しち》
瀬戸内寂聴・訳　源氏物語 巻《まき》八《はち》
瀬戸内寂聴・訳　源氏物語 巻《まき》九《く》
瀬戸内寂聴・訳　源氏物語 巻《まき》十《じゅう》
関川夏央　子規、最後の八年
先崎学　先崎学の実況！盤外戦
妹尾河童　少年H(上)(下)
妹尾河童　河童が覗いたインド
妹尾河童　河童が覗いたヨーロッパ
妹尾河童　河童が覗いたニッポン
妹尾河童 野坂昭如　少年Hと少年A
瀬尾まいこ　幸福な食卓
関原健夫　がん六回 人生全快
瀬川晶司　泣き虫しょったんの奇跡 完全版〈サラリーマンから将棋のプロへ〉
瀬名秀明　月と太陽
曽野綾子　透明な歳月の光
曽野綾子　新装版 無名碑(上)(下)
三浦朱門 曽野綾子　夫婦のルール

蘇部健一　六枚のとんかつ
蘇部健一　六とん2
蘇部健一　届かぬ想い
曽根圭介　沈底魚
曽根圭介　本ボシ
曽根圭介　藁《わら》にもすがる獣たち
曽根圭介　TATSUMAKI〈特命捜査対策室7係〉
zopp　ソングス・アンド・リリックス
田辺聖子　川柳でんでん太鼓
田辺聖子　おかあさん疲れたよ(上)(下)
田辺聖子　ひねくれ一茶
田辺聖子　愛の幻滅(上)(下)
田辺聖子　うたかた
田辺聖子　春情蛸の足
田辺聖子　蝶花嬉遊図
田辺聖子　言い寄る
田辺聖子　私的生活
田辺聖子　苺をつぶしながら
田辺聖子　不機嫌な恋人

田辺聖子　どんぐりのリボン
田辺聖子　女の日時計
谷川俊太郎訳 和田誠絵　マザー・グース 全四冊
立花隆　中核VS革マル(上)(下)
立花隆　日本共産党の研究 全三冊
立花隆　青春漂流
立花隆　生、死、神秘体験
滝口康彦　一命
滝口康彦　粟田口の狂女〈レジェンド歴史時代小説〉
高杉良　労働貴族
高杉良　広報室沈黙す(上)(下)
高杉良　会社蘇生
高杉良　炎の経営者(上)(下)
高杉良　小説日本興業銀行 全五冊
高杉良　社長の器
高杉良　祖国へ、熱き心を〈東京にオリンピックを呼んだ男〉
高杉良　その人事に異議あり〈女性広報主任のジレンマ〉
高杉良　人事権！
高杉良　小説消費者金融〈クレジット社会の罠〉

高杉良　小説 新巨大証券(上)(下)
高杉良　局長罷免-小説通産省
高杉良　首魁《しゅかい》の宴《うたげ》〈政官財腐敗の構図〉
高杉良　指名解雇
高杉良　燃ゆるとき
高杉良　挑戦つきることなし〈小説ヤマト運輸〉
高杉良　銀行大合併〈短編小説全集(上)〉
高杉良　エリートの反乱〈短編小説全集(中)〉
高杉良　金融腐蝕列島(上)(下)
高杉良　銀行大統合〈小説みずほFG〉
高杉良　勇気凜々
高杉良　混沌《こんとん》 新・金融腐蝕列島(上)(下)
高杉良　乱気流(上)(下)
高杉良　小説会社再建
高杉良　小説ザ・ゼネコン
高杉良　新装版 懲戒解雇
高杉良　新装版 虚構の城
高杉良　新装版 大逆転！〈小説 三菱・第一銀行合併事件〉
高杉良　新装版 バンダルの塔

講談社文庫　目録

高杉　良　新・燃ゆるとき
高杉　良　管理職の本分
高杉　良　挑戦巨大外資(上)(下)
高杉　良　破戒者たち〈小説・新銀行崩壊〉
高杉　良　第四権力〈巨大メディアの罪〉
高杉　良　巨大外資銀行
高杉　良　最強の経営者〈アサヒビールを再生させた男〉
竹本健治　新装版 匣《はこ》の中の失楽
竹本健治　囲碁殺人事件
竹本健治　将棋殺人事件
竹本健治　トランプ殺人事件
竹本健治　狂い壁 狂い窓
竹本健治　涙《るい》香《こう》迷《めい》宮《きゅう》
竹本健治　新装版 ウロボロスの偽書(上)(下)
竹本健治　ウロボロスの基礎論(上)(下)
竹本健治　ウロボロスの純正音律(上)(下)
高橋源一郎　日本文学盛衰史
高橋源一郎・山田詠美　顰蹙文学カフェ
高橋克彦　写楽殺人事件

高橋克彦　総門谷
高橋克彦　北斎殺人事件
高橋克彦　歌麿殺《さつ》贋《がん》事件
高橋克彦　蒼《あお》夜《や》叉《しゃ》
高橋克彦　広重殺人事件
高橋克彦　北斎の罪
高橋克彦　総門谷R 阿黒篇
高橋克彦　総門谷R 鵺(ぬえ)篇
高橋克彦　総門谷R 小町変妖篇
高橋克彦　総門谷R 白骨篇
高橋克彦　星封陣
高橋克彦　炎《ほむら》立つ 壱 北の埋み火
高橋克彦　炎立つ 弐 燃える北天
高橋克彦　炎立つ 参 空への炎
高橋克彦　炎立つ 四 冥き稲妻
高橋克彦　炎立つ 伍 光彩楽土〈全五巻〉
高橋克彦　白妖鬼
高橋克彦　降魔王
高橋克彦　鬼

高橋克彦　火怨〈北の燿星アテルイ〉(上)(下)
高橋克彦　時宗 壱 乱星
高橋克彦　時宗 弐 連星
高橋克彦　時宗 参 震星
高橋克彦　時宗 四 戦星〈全四巻〉
高橋克彦　天を衝く(1)～(3)
高橋克彦　ゴッホ殺人事件(上)(下)
高橋克彦　竜の柩(1)～(6)
高橋克彦　刻謎宮(1)～(4)
高橋克彦　高橋克彦自選短編集〈1 ミステリー編〉
高橋克彦　高橋克彦自選短編集〈2 恐怖小説編〉
高橋克彦　高橋克彦自選短編集〈3 時代小説編〉
高橋克彦　風の陣 一 立志篇
高橋克彦　風の陣 二 大望篇
高橋克彦　風の陣 三 天命篇
高橋克彦　風の陣 四 風雲篇
高橋克彦　風の陣 五 裂心篇
高樹のぶ子　飛水
田中芳樹　創竜伝1〈超能力四兄弟《ドラゴン》〉

田中芳樹　創竜伝2〈摩天楼の四兄弟《ドラゴン》〉
田中芳樹　創竜伝3〈逆襲の四兄弟《ドラゴン》〉
田中芳樹　創竜伝4〈四兄弟《ドラゴン》脱出行〉
田中芳樹　創竜伝5〈蜃気楼都市《ミラージュ・シティ》〉
田中芳樹　創竜伝6〈染血の夢《ブラッディ・ドリーム》〉
田中芳樹　創竜伝7〈黄土のドラゴン〉
田中芳樹　創竜伝8〈仙境のドラゴン〉
田中芳樹　創竜伝9〈妖世紀のドラゴン〉
田中芳樹　創竜伝10〈大英帝国最後の日〉
田中芳樹　創竜伝11〈銀月王伝奇〉
田中芳樹　創竜伝12〈竜王風雲録〉
田中芳樹　創竜伝13〈噴火列島〉
田中芳樹　魔天楼〈薬師寺涼子の怪奇事件簿〉
田中芳樹　東京ナイトメア〈薬師寺涼子の怪奇事件簿〉
田中芳樹　巴里《パリ》・妖都変〈薬師寺涼子の怪奇事件簿〉
田中芳樹　クレオパトラの葬送〈薬師寺涼子の怪奇事件簿〉
田中芳樹　黒蜘蛛島《ブラックスパイダー・アイランド》〈薬師寺涼子の怪奇事件簿〉
田中芳樹　夜光曲〈薬師寺涼子の怪奇事件簿〉
田中芳樹　霧の訪問者〈薬師寺涼子の怪奇事件簿〉

田中芳樹　水妖日にご用心〈薬師寺涼子の怪奇事件簿〉
田中芳樹　魔境の女王陛下〈薬師寺涼子の怪奇事件簿〉
田中芳樹　タイタニア1〈疾風篇〉
田中芳樹　タイタニア2〈暴風篇〉
田中芳樹　タイタニア3〈旋風篇〉
田中芳樹　タイタニア4〈烈風篇〉
田中芳樹　タイタニア5〈凄風篇〉
田中芳樹　ラインの虜囚
田中芳樹 幸田露伴 原作　運命〈二人の皇帝〉
田中芳樹 土屋守　「イギリス病」のすすめ
田中芳樹《ほか》文 皇名月 画・文　中国帝王図
田中芳樹 赤城毅　中欧怪奇紀行
田中芳樹 編訳　岳飛伝〈青雲篇〉(一)
田中芳樹 編訳　岳飛伝〈烽火篇〉(二)
田中芳樹 編訳　岳飛伝〈風塵篇〉(三)
田中芳樹 編訳　岳飛伝〈悲曲篇〉(四)
田中芳樹 編訳　岳飛伝〈凱歌篇〉(五)
高田文夫　誰も書けなかった「笑芸論」〈森繁久彌からビートたけしまで〉
高任和夫　江戸幕府 最後の改革

高任和夫　貨幣の鬼〈勘定奉行 荻原重秀〉
谷村志穂　黒髪
高村薫　李歐《りおう》
高村薫　マークスの山(上)(下)
高村薫　照柿(上)(下)
多和田葉子　犬婿入り
多和田葉子　尼僧とキューピッドの弓
多和田葉子　献灯使
高田崇史　QED〈百人一首の呪〉
高田崇史　QED〈六歌仙の暗号〉
高田崇史　QED〈ベイカー街の問題〉
高田崇史　QED〈東照宮の怨〉
高田崇史　QED〈式の密室〉
高田崇史　QED〈竹取伝説〉
高田崇史　QED〈龍馬暗殺〉
高田崇史　QED ～ventus～〈鎌倉の闇〉
高田崇史　QED〈鬼の城伝説〉
高田崇史　QED ～ventus～〈熊野の残照〉
高田崇史　QED〈神器封殺〉

高田崇史　QED ～ventus～〈御霊将門〉
高田崇史　QED〈河童伝説〉
高田崇史　QED ～flumen～〈九段坂の春〉
高田崇史　QED〈諏訪の神霊〉
高田崇史　QED〈出雲神伝説〉
高田崇史　QED〈伊勢の曙光《あけぼの》〉
高田崇史　QED ～flumen～〈ホームズの真実〉
高田崇史　毒草師〈QED Another Story〉
高田崇史　試験に出るパズル〈千葉千波の事件日記〉
高田崇史　試験に敗けない密室〈千葉千波の事件日記〉
高田崇史　試験に出ないパズル〈千葉千波の事件日記〉
高田崇史　パズル自由自在〈千葉千波の事件日記〉
高田崇史　化けて出る〈千葉千波の怪奇日記〉
高田崇史　麿の酩酊事件簿〈花に舞〉
高田崇史　麿の酩酊事件簿〈月に酔〉
高田崇史　クリスマス緊急指令〈～きよしこの夜、事件は起こる！～〉
高田崇史　カンナ 飛鳥の光臨
高田崇史　カンナ 天草の神兵
高田崇史　カンナ 吉野の暗闘

高田崇史　カンナ 奥州の覇者
高田崇史　カンナ 戸隠の殺皆
高田崇史　カンナ 鎌倉の血陣
高田崇史　カンナ 天満の葬列
高田崇史　カンナ 出雲の顕在
高田崇史　カンナ 京都の霊前
高田崇史　鬼神伝 鬼の巻
高田崇史　鬼神伝 神の巻
高田崇史　鬼神伝 龍の巻
高田崇史　軍神の血脈〈楠木正成秘伝〉
高田崇史　神の時空《とき》 鎌倉の地龍
高田崇史　神の時空 倭《やまと》の水霊
高田崇史　神の時空 貴船の沢鬼
高田崇史　神の時空 三輪《みわ》の山祇《やまつみ》
高田崇史　神の時空 嚴島《いつくしま》の烈風
竹内玲子　永遠に生きる犬〈ニューヨーク チョビ物語〉
団鬼六　悦楽王〈鬼プロ繁盛記〉
高野和明　13階段
高野和明　グレイヴディッガー

高野和明　K・Nの悲劇
高野和明　6時間後に君は死ぬ
高里椎奈　銀の檻を溶かして〈薬屋探偵妖綺談〉
高里椎奈　黄色い目をした猫の幸せ〈薬屋探偵妖綺談〉
高里椎奈　悪魔と詐欺師〈薬屋探偵妖綺談〉
高里椎奈　金糸雀《カナリア》が啼く夜〈薬屋探偵妖綺談〉
高里椎奈　緑陰の雨 灼けた月〈薬屋探偵妖綺談〉
高里椎奈　白兎が歌った蜃気楼〈薬屋探偵妖綺談〉
高里椎奈　本当は知らない〈薬屋探偵妖綺談〉
高里椎奈　蒼い千鳥 花霞に泳ぐ〈薬屋探偵妖綺談〉
高里椎奈　双樹に赤 鴉の暗《くろ》〈薬屋探偵妖綺談〉
高里椎奈　蟬の羽〈薬屋探偵妖綺談〉
高里椎奈　ユルユルカ〈薬屋探偵妖綺談〉
高里椎奈　雪下《せっか》に咲いた日輪と〈薬屋探偵妖綺談〉
高里椎奈　海紡《つむ》ぐ螺旋《らせん》 空の回廊〈薬屋探偵妖綺談〉
高里椎奈　深山木薬店説話集〈薬屋探偵妖綺談〉
高里椎奈　孤狼と月〈フェンネル大陸 偽士伝1〉
高里椎奈　騎士の系譜〈フェンネル大陸 偽士伝2〉
高里椎奈　虚空の王者〈フェンネル大陸 偽士伝3〉

高里椎奈　闇と光の双翼〈フェンネル大陸 偽士伝4〉
高里椎奈　風牙天明〈フェンネル大陸 偽士伝5〉
高里椎奈　雲の花嫁〈フェンネル大陸 偽士伝6〉
高里椎奈　終焉の詩〈フェンネル大陸 偽士伝7〉
高里椎奈　ソラチルサクハナ〈薬屋探偵怪奇譚〉
高里椎奈　天上の羊 砂糖菓子の迷児〈薬屋探偵怪奇譚〉
高里椎奈　ダウスに堕ちた星と嘘〈薬屋探偵怪奇譚〉
高里椎奈　遠《とお》に呱《こ》々泣く八重の繭《まゆ》〈薬屋探偵怪奇譚〉
高里椎奈　童話を失くした明時《あかとき》に〈薬屋探偵怪奇譚〉
高里椎奈　来鳴《きな》く木菟《みみずく》日知《ひし》り月《つき》〈薬屋探偵怪奇譚〉
高里椎奈　星空を願った狼の〈薬屋探偵怪奇譚〉
高里椎奈　雰囲気探偵 鬼鶫航《きのつぐみわたる》
大道珠貴　ショッキングピンク
高橋和　女流棋士
高木徹　ドキュメント 戦争広告代理店〈情報操作とボスニア紛争〉
平安寿子　グッドラックららばい
たつみや章　ぼくの・稲荷山戦記
たつみや章　夜の神話
武田葉月　横綱

高橋祥友　自殺のサインを読みとる〈改訂版〉
田中啓文　猿猴《えんこう》
高嶋哲夫　メルトダウン
高嶋哲夫　命の遺伝子
高嶋哲夫　首都感染
たかのてるこ　淀川でバタフライ
高野秀行　西南シルクロードは密林に消える
高野秀行　怪獣記
高野秀行　アジア未知動物紀行〈ベトナム・奄美・アフガニスタン〉
高野秀行　イスラム飲酒紀行
高野秀行　移民の宴〈日本に移り住んだ外国人の不思議な食生活〉
高野秀行／角幡唯介　地図のない場所で眠りたい
田牧大和　花合せ〈濱次お役者双六〉
田牧大和　質草破り〈濱次お役者双六 二ます目〉
田牧大和　翔ぶ梅〈濱次お役者双六 三ます目〉
田牧大和　半可心中〈濱次お役者双六〉
田牧大和　長屋狂言〈濱次お役者双六〉
田牧大和　身をつくし〈清四郎よろず屋始末〉
田牧大和　錠前破り、銀太

田牧大和　錠前破り、銀太 紅蜆《べにしじみ》
田牧大和　錠前破り、銀太 首魁《しゅかい》
田丸公美子　シモネッタの本能三昧イタリア紀行
田丸公美子　シモネッタのどこまでいっても男と女
竹内明　秘匿捜査〈警視庁公安部スパイハンターの真実〉
高殿円　カーリー〈I.黄金の尖塔の国とあひると小公女〉
高殿円　カーリー〈II.二十一発の祝砲とプリンセスの休日〉
高殿円　カーリー〈III.孵化《ふか》する恋と帝国の終焉〉
高殿円　メサイア〈警備局特別公安五係〉
田中慎弥　犬と鴉
高野史緒　カント・アンジェリコ
高野史緒　カラマーゾフの妹
瀧本哲史　僕は君たちに武器を配りたい〈エッセンシャル版〉
竹吉優輔　襲名犯
竹吉優輔　レミングスの夏
高田大介　図書館の魔女 第一巻 第二巻
高田大介　図書館の魔女 第三巻 第四巻
高田大介　図書館の魔女 烏《からす》の伝言《つてこと》(上)(下)
大門剛明　反撃のスイッチ

橘 もも　OVER DRIVE《オーバードライブ》
橘 もも 著 沖田×華 原作 安達奈緒子 脚本　小説 透明なゆりかご (上)(下)
滝口悠生　愛と人生
高山文彦　ふたり〈皇后美智子と石牟礼道子〉
陳 舜臣　中国五千年 (上)(下)
陳 舜臣　中国の歴史 全七冊
陳 舜臣　中国の歴史 近・現代篇 (一)(二)
陳 舜臣　小説十八史略 全六冊
陳 舜臣　新装版 阿片戦争 全四冊
陳 舜臣　琉球の風 (上)(下)〈レジェンド歴史時代小説〉
千早 茜　森の家
千野隆司　大店の暖簾《のれん》〈下り酒一番〉
知野《ちの》みさき　江戸は浅草
筒井康隆　創作の極意と掟
筒井康隆　読書の極意と掟
筒井康隆ほか12名　名探偵登場！
津島佑子　黄金の夢の歌
津村節子　遍路みち
津村節子　三陸の海
津本 陽　真田忍俠記 (上)(下)
津本 陽　本能寺の変
津本 陽　武蔵と五輪書
津本 陽　幕末御用盗
土屋賢二　純粋ツチヤ批判
塚本青史　呂后
塚本青史　王莽
塚本青史　光武帝 (上)(中)(下)
塚本青史　張騫
塚本青史　凱《がい》歌《か》の後《のち》
塚本青史　始皇帝
塚本青史　三国志 曹操伝 上〈落暉の洛陽〉
塚本青史　三国志 曹操伝 中〈群雄の彷徨〉
塚本青史　三国志 曹操伝 下〈赤壁に決す〉
辻原 登　マノンの肉体
辻原 登　寂しい丘で狩りをする
辻村深月　冷たい校舎の時は止まる (上)(下)
辻村深月　子どもたちは夜と遊ぶ (上)(下)
辻村深月　凍りのくじら
辻村深月　ぼくのメジャースプーン
辻村深月　スロウハイツの神様 (上)(下)
辻村深月　名前探しの放課後 (上)(下)
辻村深月　ロードムービー
辻村深月　ゼロ、ハチ、ゼロ、ナナ。
辻村深月　V. T. R.
辻村深月　光待つ場所へ
辻村深月　ネオカル日和
辻村深月　島はぼくらと
辻村深月　家族シアター
新川直司 漫画 辻村深月 原作　コミック 冷たい校舎の時は止まる (上)(下)
常光 徹　学校の怪談〈K峠のうわさ〉
常光 徹　学校の怪談〈百円のビデオ〉
坪内祐三　ストリートワイズ
津村記久子　ポトスライムの舟
津村記久子　カソウスキの行方
津村記久子　やりたいことは二度寝だけ
恒川光太郎　竜が最後に帰る場所
月村了衛　神《み》子《こ》上《がみ》典《てん》膳《ぜん》

講談社文庫　目録

2018年12月15日現在